郁金香书系

王圣思 著

难得是相逢

南京师范大学出版社

图书在版编目(CIP)数据

难得是相逢 / 王圣思著. —南京：南京师范大学出版社，2017.2

(郁金香书系)

ISBN 978-7-5651-3074-8

Ⅰ. ①难… Ⅱ. ①王… Ⅲ. ①散文集－中国－当代 Ⅳ. ①I267

中国版本图书馆 CIP 数据核字(2016)第 325676 号

书　　名	难得是相逢
作　　者	王圣思
责任编辑	张元卿
出版发行	南京师范大学出版社
地　　址	江苏省南京市宁海路 122 号(邮编:210097)
电　　话	(025)83598919(总编办)　83598412(营销部)
	83598297(邮购部)
网　　址	http://www.njnup.com
电子信箱	nspzbb@163.com
照　　排	南京理工大学资产经营有限公司
印　　刷	江苏凤凰扬州鑫华印刷有限公司
开　　本	850 毫米×1168 毫米　1/32
印　　张	10
字　　数	208 千
版　　次	2017 年 2 月第 1 版　2017 年 2 月第 1 次印刷
书　　号	ISBN 978-7-5651-3074-8
定　　价	28.00 元
出 版 人	彭志斌

南京师大版图书若有印装问题请与销售商调换

版权所有　侵犯必究

小序
王圣思

父亲王辛笛先生健在时是南京《开卷》的作者和读者，而我也一直是《开卷》的读者，曾经也为这份刊物写过一些文字。父亲最后一本散文集《梦馀随笔》就是《开卷文丛》执行主编董宁文先生联系落实的。在病床上父亲拿到刚出版的新书时，脸上露出了微笑，那是自我们母亲病逝后几乎难得一见的笑容。而在父亲的追悼会上，我们赠送给前来悼念的读者们的也正是这本书，仿佛是诗人父亲送给读者的最后一曲"天鹅之歌"。

《梦馀随笔》封面

二〇一六年新年伊始,承宁文先生约稿,希望能将我近年来撰写父亲及其友人的文章收录为十万字的集子,我没有立刻答应下来,因为没有把握,不知是否写有那么多的字数。在二〇一〇年我已与小姐姐圣珊合作出版过一本《何止为诗痴·辛笛》,似乎已把往年所写的文章大多收入其中了。尽管这五年来也写了一些父亲与外公、父亲与友人过往历史的相关文字,但从未考虑过再次结集。当找出这些文字细数之后发现,竟然也有十余万字,若再做些增减,完成宁文的约稿应无问题。文集题目源自父亲赠送旅美诗人张错(振翱)先生的诗句"人生难得是相逢",为简明扼要定为《难得是相逢》。立意在如下几个方面:一是我很幸运出生在这样一个和睦温馨且充满了浓浓文化和文学氛围的家

一九八一年圣思与父亲一起读《九叶集》

庭,与父母、与外公(徐森玉)、与大舅(徐伯郊)、与四叔(辛谷)等亲人相逢;也因此有幸能与父亲的友人们(郑振铎、巴金、罗洪、盛澄华、袁可嘉、杜运燮等)及其作品相逢;人生难得是相逢,从我自己来说,恢复高考后,我得以与我的大学良师(王智量)和同学(哈若蕙、汤朔梅)相逢,与我在大学时所喜爱的研究对象(俄罗斯文学家屠格涅夫、叶赛宁及中国"九叶"诗人们)相逢……所有这些都给予我情感上的滋养、精神上的熏陶和灵魂上的启迪,均可称得上是此生"难得"的"相逢"。

全书分四辑。第一辑以写父亲的友人为主,其中有我与他们接触的经历,以及我阅读他们诗作后的感悟分析。第二辑主要是关于父亲及亲人长辈们的纪念文字。第三辑是为我所撰写及编辑的书籍和文集所作的自序、后记和编后记,还有为同学著作所写的跋文。第四辑是关于俄国文学与中国及"九叶"诗派的研究论文。每一辑并未完全按时间顺序排列,而是依据内容来安排。自忖无论文章长短,都是我有感而发的用心之作,有的是我的亲身经

二○○一年深秋圣思在书桌前

历,有的凭借史料而作,有的是思考的结晶,三者或各有侧重,或交织在一起。现在我怀着敬畏之心将此书呈现给读者,期盼与大家分享写作和阅读的心得。

感谢学生王芳在繁忙的教课之余为我校读文稿,并建议取此书名;感谢兄姐圣群和圣珊为我的书稿寻找选配照片而忙碌;更要感谢宁文先生给予的机会和南京师范大学出版社为出版此书所花费的宝贵精力。

二〇一六年二月于西南一隅

目 录

小序 / 1

第一辑

怀念父亲的挚友盛澄华先生 / 3

杜运燮的"朦胧诗" / 33

"我是沉寂的洪钟"
　　——悼念袁可嘉先生 / 53

智量师 / 73

从《恋人书简》再版想到的 / 82

"九〇后"的桃源人
　　——访丁景唐先生 / 87

小屋餐厅的诗吟
　　——读王果近作所想起的 / 91

第二辑

许国何须惜此身
　　——纪念徐森玉先生诞辰一百三十周年、逝世四十周年 / 99

爱书岂是为身谋
　　——记徐森玉、徐伯郊、王辛笛两代三人与郑振铎的交往 / 127

辛笛与《大公报》七十年因缘 / 153
怀 思
　　——纪念父亲辛笛百年诞辰 / 160
忆父亲与大学诗社 / 166
重读四叔辛谷的诗 / 170

第三辑
《静水流深》自序 / 187
《智慧是用水写成的——辛笛传》后记 / 190
《听水吟集》后记 / 195
《记忆辛笛》编后记 / 203
《何止为诗痴·辛笛》后记 / 206
《海上文学百家文库·辛笛卷》编后记 / 209
《海上文学百家文库·杭约赫、陈敬容、唐祈、唐湜卷》编后记 / 214
哈若蕙《一片冰心》跋 / 220
跋：麦田和湿地的守望者
　　——读汤朔梅诗集《湿地的太阳》/ 224

第四辑
中国叶赛宁研究述评 / 235
屠格涅夫与《父与子》和《父与子》与巴金 / 273
"九叶"诗人群体形成原因初探 / 286

第一辑

怀念父亲的挚友盛澄华先生

盛澄华先生是父亲辛笛在清华大学外文系读书时的好友,他俩是同龄人。二〇一二年父亲和澄华伯伯一起迎来他们的百岁诞辰。在这样的日子里,让我更加怀念这位具有浪漫情怀、才华横溢的父执。在我们家,他也是父亲最经常提到的名字,有关他的个性和轶事,我们少年时代就耳熟能详,常会引起我们的兴趣。六十年代初我到北京去旅游,遵照父亲的嘱咐去拜访澄华伯伯。他很热情,关切地问起父亲的情况,让我感到亲切的是,不仅因为他家和我家一样有许多书,他悉心研究的法国大作家纪德的全集整齐地排列在书橱里,更是因为亲眼看到了这位父亲在家常挂念的才子挚友。只是发现我见到的他已无父亲描述中那种当年的潇洒倜傥了,岁月在他的身上留下了消瘦衰弱的痕迹。

二十世纪九十年代在澄华伯伯离世二十多年后,晚年的父亲还惦念着好友的儿子们,希望了解他们的情况。信寄到他们的母亲韩惠连教授工作的外交学院,没想到被退回,也就失去了和他们的联系,父亲不无惆怅。尽管父亲与澄华伯伯是好朋友,但在他们夫妻离异这一变故中,父亲始终同情的是惠连姨,对好友颇有微辞。他常会感叹她真不容易,这样一位职业女性独自把五个儿子抚养培育成人,并坚持出色的教学工作。在父亲去世一年以后,二〇〇五年通过广西师范大学出版社的魏东君,我又与他们联系上了,父亲和澄华伯伯在天之灵知道了一定都会很高兴。我把为父亲写的传记《智慧是用水写成的——辛笛传》寄给了当时九十三岁的惠连姨和盛氏兄弟,不久收到惠连姨的来信和寄赠的回忆录《轻舟已过万重山》,使我对澄华伯伯当年的留学生涯、在国外与父亲及其他友人的交往又有了进一步的了解。另外还读到友人提及澄华的文字有杨绛姨的《我们仨》、四十年代风靡一时的长篇小说《风萧萧》作者、后去香港的作家徐訏先生的《盛澄华》,以及澄华的学生唐祈、李

辛笛儿女看望百岁老人韩惠连

升恒等先生的追忆文章等，也让我多侧面地了解、认识了澄华伯伯的一生。

一

盛澄华是浙江萧山人，生于一九一二年，父亲比他略小几个月。大学时代他俩加上同班同学孙晋三常在一起切磋学问，是最要好的朋友，在校园里有"三剑客"之美称。孙晋三出身于牧师家庭，英文极好，盛澄华第二外语法文学得好，最早在美国人温德教授的课上闻得纪德大名，以后喜读纪德的作品，在大学读书期间就已开始关注这位法国现代作家，并撰写介绍文章。父亲幼年读私塾，中文功底扎实，尽管自十岁起学英文，但对两位好友的外语能力仍很推崇。

他们都爱好文学，课余大量读书。当时歌德的《少年维特之烦恼》是大学生们爱读的作品，澄华读后激动不已，更是身体力行，加入了模仿维特的行列，身穿黄背心，脚蹬长统靴，这样的装束在大学里成为一道可观的风景。更有一些失恋的男生，仿佛也经历了维特式的感情波折，为此寻死觅活。所以在父亲眼里澄华是位浪漫才子，他有反叛的个性，在家事中也可见一斑。暑假期间他回老家萧山，他家在当地很富有，也颇有名。当他得知家族中发生的一些丑事后，怒不可遏，拿起墨笔，在雪白的粉墙上连写一串黑色大字和惊叹号："无耻！无耻！无耻！"然后把笔一扔，打道回校。

他们仨曾想办个杂志，起名为《取火者》，暗指古希腊神话中盗火给人类的普罗米修斯。但当时校内学生会中政治派别争斗激烈，往往是左派右派轮流坐庄，他们拟办刊物的那年正好"右派"执掌大权,从刊物的名字就嗅出什么,不同意他们办刊,结果只好作罢。他们三人中澄华最活跃,自己办不成刊物,就参加《清华周刊》的编辑工作,他最早主编文艺栏目,在他之后是哲学系擅写文学批评的李长之任该栏目的主编,再后来由父亲接替主持这一栏目。

一九三五年他们在清华大学毕业,澄华立刻去法国留学,晋三考取庚子赔款留美官费生,父亲则留在北平,任教于贝满和艺文两所中学。澄华到法国后首先给父亲写信,告知一路上的情景及到达巴黎后的近况;过了四五天后才将平安抵达的信函寄回老家。结果萧山老家的回信经杭州转上海转北平转西伯利亚,最后澄华在巴黎收到,可过了三个星期,还迟迟不见邮路更近在北平的父亲来信。因此写信埋怨好友把他给忘了;同时提到父亲离别时的承诺——要从他们的通信中锻炼自己的恒心,结果却未兑现,让他颇为失望。其实,父亲并没有忘记他,澄华一路写成的《海上随笔》寄到北平《晨报》副刊发表,父亲将他的文章一篇篇收集起来,然后寄至巴黎,但因澄华搬家,没有收到。于是父亲又将自己每次多买的留存好友文章的八份报纸再次寄去。父亲总是很留意友人在报上的文章,生怕他们看不到,会热心地寄去,这样的习惯一直保持到老年。但他却懒于写信,因为要说的话太多,反而落笔困难,在他当时的日记①里,他记录了好友的来信,一边忏悔,一边仍在拖延。直到实在拖不下去的时候,才会一鼓作气写长长的回信加以弥补。

---

① 《夜读书记》附录《春日草叶》,上海出版公司出版,一九四八。

留学生在国外学习有各自的目标和选择。澄华在巴黎就不读学位,不考文凭,而是专心致志地研究纪德。当时纪德还健在,在法国享有极高的声誉,占有文坛领袖的地位,由他创办的《新法兰西评论》聚集了一批很有影响的作家,如普鲁斯特、罗曼·罗兰、瓦雷里、克劳岱尔等都是撰稿人或是由该杂志推出成名的。澄华就近研究他,与他交往,阅读、翻译他的作品,碰到问题或疑惑就写信请教,纪德欣赏这位年轻人的见解,也常用书信答复他。纪德若在巴黎,澄华会打电话给他,要求上门面谈,纪德则尽可能地安排时间与他见面。如此,既有书信往返,又有亲炙风采交谈的机会,澄华认为这样钻研自己喜爱的学问才是最重要的,有所专长才是学习的目的,比面面俱到地读学位有意思得多。

二

澄华早在第一封信里就劝父亲赶快准备到英国去读书,路过巴黎一定要到他那里停留一下——"我等着你!"同时在信尾写道:"朋友,心地放坚些!别做什么事都那么犹豫。"看来到底是老同学,还是很了解父亲的性格。毕业后一年很快过去了,父亲这里还是没什么动静。远在法国的澄华耐不住接二连三地来信催促他。原来,父亲打算教两年书,取得一些实际经验,并对中国社会的需求有进一步了解之后,再考虑出国学习。但国内的局势已经越来越动荡不安,日本侵略者加紧磨刀霍霍。他若再不行动,也许就出不去了。在澄华不断的函牍催促下,他终于写下告别他留恋的北平古城的诗句——"从此不再是贝什的珠泪 / 遗落在此城中"(《垂死的城》),于一九三六年夏,在朱光潜教授的建议和荐引下,去苏格兰首府爱丁堡大学攻读英国文学。

父亲的目的地是英国,必须走海路才能到达。他从上海坐船先到意大利,然后到法国,在巴黎他多停留了几天,为的是与好友相聚。异国他乡两人重逢,都兴奋异常。父亲记得就借宿在澄华居住的学生小公寓里。那时的拉丁区不是富人居住之所在,而是穷艺术家、留学生相对集中的地方。澄华住三楼,房间不大,盥洗设备还不如父亲在天津老家的卫生间。父亲发现中国留学生的生活还是很清苦而简朴的,平时连手纸都不买,而是把前一天看过的《巴黎晚报》裁成方块,权作草纸使用。吃饭也随便得很,有一顿没一顿的,有时到外面的小饭馆吃,有时自己在家里弄点东西打发一顿。父亲感到很新奇。澄华常请父亲去住处附近的一家小饭馆吃饭。菜肴价钱低廉,但法国人讲究生活情调,再小的餐馆也和大饭店一样,餐桌上放着小瓶红葡萄酒,免费供应,作为饭前开胃酒。餐厅里有那种走街串巷的乐师两三人,拉弹着提琴、吉他或手风琴,在餐桌旁为客人演奏助兴,琴声悠扬,一曲终了,客人给些小钱,他们又去别处弹拉。澄华竭尽地主之谊,每天陪着父亲出去游览。卢浮宫里历代艺术珍品琳琅满目,各类沙龙画展上新画派层出不穷。印象派马奈、德加、塞尚、雷诺阿、梵高、高更的名画,让父亲大开眼界。父亲尤其酷爱莫奈的《日出的印象》、《睡莲》等,色彩点画的运用,光线明暗的交错,朦胧诗意的画面让他感到似曾相识,与他追求的现代诗境有着某种相通,让他品味再三。在巴黎大街上、卢森堡公园里有着各种雕像栩栩如生,难忘卢梭雕像的风采。而罗丹震撼人心的雕塑艺术也是父亲所喜爱的。澄华又领他去巴黎的墓地走走,那里静谧安宁,绿荫幽幽,更像是目不暇接的文化花园,墓碑上的名字让他感到亲切,有他青少年时代就已"神交"的作家,如波德莱尔、莫泊桑、巴尔扎克、大仲马等等,在翻译或阅读他们作品时就与他们对话过,此时在他们的长眠之地再次"相见",仿佛心贴得更近了。澄华还带他去音乐厅欣赏德彪西的现代音乐,让父亲耳目一新。他意识到绘画、雕塑、音乐和诗歌这些人类艺术实际是息息相通的。现代诗所体现的官能交感在音乐、绘画中也凸现出来,这也让父亲想起在国内阅读李商隐、龚定庵作品时的相似感受。

和澄华好友一样,父亲也不看重学位,尽管他去爱丁堡大学原是想拿硕士学位的,但因学校规定,攻读英国文学硕士学位还必须修完他最不喜欢的数学和政治经济学。他想与其浪费时间、精力和钱财读自己厌烦的课程,还不如不要学位,有更多的时间可以专挑自己感兴趣的文学、历史、哲学等课程旁听,如长诗《荒原》的作者艾略特到爱丁堡大学接受博士荣誉学位时,父亲就没有放过聆听他讲授《莎士比亚专题》的机会。而业余时间则主要是自己看书和写诗,这样读得自由,写得开心,倒也得其所哉。

一九三七年学校放春假,澄华又来信邀请父亲再访巴黎。父亲如约而去。他又一次徜徉在画苑、博物馆、音乐厅、公园等地,再次加深了对十九世纪后半叶印象派绘画和现代音乐的手法和风格的理解。有时他也和澄华一起研读纪德作品。对小说《伪币制造者》父亲感到尽管结构新奇,但读之别扭,不太能接受,好友之间常有一番争论。但对《地粮》、《新粮》等作品则满心喜欢,文体优美并充满诗意,令他心折,尤其终生难忘纪德的名言——"我思,我信,我感觉,故我在"。澄华也曾约他同去拜访纪德,可惜纪德外出旅行而未能如愿。因此他主要还是从纪德的作品中认识这位当时影响极大的法国作家,也在澄华的研究、翻译和言谈中加深了对纪德的理解,同时在法国文学的氛围中,感受文学青年对这位现代文豪的敬仰之情。

两次巴黎之行及留学生涯大大丰富了父亲对西方古典文学,尤其对西方现代文学艺术的认知,丰沛的文化氛围的熏陶和刺激激活了他的创作欲望,他写下一系列的异域诗篇。其中《孩子》一诗更是与澄华直接相关。澄华曾约他一起去地中海游玩,说那里的风景美极了,父亲因故未能成行。但收到澄华寄自法国芒东旅游胜地的来信,生动地描写了那片有名的蔚蓝海岸以及岸上许多柠檬树挂满果实的景象,引得父亲浮想联翩,仿佛身临其境,想象出一种情境,并注入了哲理。因此,父亲认为:"如果说我的诗路历程与印象主义的绘画和音乐有所关联,那么,这两次巴黎之行旅正为我赢得丰硕的收获。这也就和我与澄华亲密的友谊分不开了。"①

三

父亲对我说起过,有一次和澄华在巴黎街头散步,曾与清华学长钱锺书杨绛夫妇不期而遇,当时只是相视而笑,莫逆于心,但未多作交往。他觉得澄华看重作家研究,专攻纪

---

① 辛笛《忆盛澄华与纪德》,《嬛嫏偶拾》第一二四页,上海教育出版社,一九九八。

德作品,不像一般留学生唯学位文凭是问,这点与锺书看重真才实学地研究学问是相一致的。父亲与锺书杨绛夫妇有较多交往是在四十年代的上海,所以他有诗云:"花城邂逅游仙侣,歇浦留连欲曙天",并注明"花城指巴黎,歇浦即上海"。① 其实,澄华与锺书杨绛夫妇往来更早于父亲。在清华大学,澄华与杨绛及另一位后来也留法的李玮都是学习第二外语法语的同学,早就相识。锺书和杨绛一九三六年假期到日内瓦出席"世界青年大会"前后曾去巴黎,当时就托澄华帮他们在巴黎大学办好注册入学手续。次年八月,澄华在巴黎火车站接他们,然后送他们至他已找好的公寓安顿下来。在巴黎的同学有时也有聚会,锺书杨绛带着他们未满周岁的女儿到李玮家,遇见澄华和他的"意中人"H小姐(即韩惠连),杨绛的印象是"年轻貌美"。她在《我们仨》中回忆道:"盛澄华很羡慕我们夫妻同学,也想结婚。可是H小姐还没有表示同意。"而锺书对学位的看法在《我们仨》里也有记录:"锺书通过牛津的论文考试,如获重释。他觉得为一个学位赔掉许多时间,很不值当。他白费功夫读些不必要的功课,想读的许多书都只好放弃。……锺书从此不想再读什么学位。我们虽然继续在巴黎大学交费入学,我们只各按自己定的课程读书。巴黎大学的学生很自由。"②

---

① 王辛笛《赠答槐聚居士》,《听水吟集》第二十五页,香港翰墨轩出版公司,二〇〇二。
② 杨绛《我们仨》第九十二页、九〇—九一页,三联书店,二〇〇三。

在巴黎,澄华还与其他友人交往。徐讦也是其中的一位。徐讦年长澄华四岁,毕业于北京大学哲学系,并修心理学。一九三六年到法国留学,在巴黎认识澄华。后来他俩一起搬到了大学城,他住比利时馆,澄华住瑞士馆,两人时相往来。徐讦回忆——"盛澄华则是我很亲密的朋友","我们几乎三天两头都在一起。一同吃饭、一同听音乐会、一同参观画展、一同看戏、也一同打乒乓。"出国之前徐讦不仅读哲学和心理学,受时代的影响也读了不少马克思主义辩证法、唯物论,并相信之。他发现澄华的文艺修养深于他,法文也比他好,但关于哲学书或马克思的书读得不多,且笃信纪德,往往从纪德的《从苏联归来》、《再谈从苏联归来》的观点看待苏联式的社会主义革命。他俩常有激烈的争论,但不仅没伤感情,反而更促进他们之间的友谊。他感到奇怪的是,后来他的"思想慢慢地从马克思主义的范围中蜕脱出来",五十年代初去了香港;而澄华在以后则"成为最尖端的纪德的否定者了"。也许正是所处的时代社会使然?一九三七年中国抗战军兴,徐讦在一九三八年离开法国回到孤岛上海,本想在法国"读书的计划,完全放弃,以后就从事写作。"①不久接到澄华和惠连结婚的喜柬,并回信祝贺。他后来赴重庆,在抗战期间成为小说畅销于大后方的作家。而他的作品中也正因为有哲学和心理学内涵的积淀,即使写抗日题材的潜伏、间谍,也不同寻常。

澄华与惠连能够相识,以致最后喜结良缘,正是徐讦无

---

① 徐讦《盛澄华》,载廖文杰、王璞编《念人忆事——徐讦佚文选》第一三九——一四〇页,岭南大学人文学科研究中心,二〇〇三。

意中做了介绍人。因为他们第一次相见是徐訏约上澄华同去看望韩惠连的。当时惠连住在巴黎大学城的美国馆。一九三六年十二月,宿舍服务员通知她有两位中国同学来看她。她下得楼来,却不认识这两位男士。其中一位自我介绍,说他叫徐訏,北大哲学系的,比她早毕业,但在学校里就知道她是法文系的两颗明珠之一,同时向她介绍了另一位同来者——盛澄华,清华大学英文系毕业,在巴黎研究大作家纪德的著作。徐訏很健谈,聊起不少北大的往事,澄华在一旁插不上话。惠连不愿怠慢客人,就问他学英文为何来法国,他回答道,法语是他的第二外语,是她们北大法语系主任梁宗岱先生所教,从梁教授那里学到许多法国文学的知识,所以下决心到法国来深入学习。那天惠连请他们在大学城的食堂吃了一顿晚餐,之后握手道别。在惠连的印象中,他们谈吐纯朴亲切,不事夸张。徐訏的穿着相当随意,不拘小节。澄华则身着笔挺的咖啡色西装,戴着金丝边眼镜,头发梳理得很整齐,面目非常清秀,看上去很有年轻学者的风度。不过,惠连并不想频繁往来,因为她要抓紧时间读书,一心准备拿到专业文凭。没想到学校放假的圣诞夜那天,澄华单独来约她外出,去观赏法国节日夜晚的热闹景象。他们在街上逛逛,到教堂坐坐,还去咖啡馆聊起家常。由此两人开始交往。后来澄华几乎每天晚餐都去邀她同往,也就渐渐熟悉起来,并很快坠入爱河。即便如此,他们的主要精力仍然放在读书学习用功上。

四

在国外,父亲与澄华还有一次相聚,那是一九三八年春①。澄华想多学些知识,打算到爱丁堡大学进修半年,父亲为他办好了入学手续,并安排好住处。澄华很满意,他一到爱丁堡,立刻就可以去大学听课了。在爱丁堡进修期间,盛、韩两位暂时分别的恋人互相思念,澄华在报平安之后的第二封信里就向惠连求婚,第三封信就请她在暑假去爱丁堡与他结婚。惠连立刻回信拒绝了,因为她还从来没向家里提到过有一位男友,更没介绍过他的情况,所以在没得到父母的应允之前,是不可能在国外结婚的。这时澄华显露了他的性格,热情、大胆、执着、知难而进。出于强烈的爱,他瞒着惠连直接给她父母写了一封长达十几页的信,详细介绍他的家庭情况和自己的学历,谈了他的性格、爱好和为人,表白了求婚的诚意。这封信写得洋洋洒洒,淋漓尽致,感动了惠连的老父亲。惠连的父亲反而写信责怪女儿事先不告诉家里这些情况,经过全家的讨论,赞成他俩在国外结婚;当然,澄华也得到未来老丈人的回信,允诺他的求婚请求。受澄华的影响,惠连也不再以追求文凭为目的,而是为自己作好回国做教师的打算而发愤利用巴黎大学的优越条件,多学和积累欧洲文化史方面的知识,希望具备这方面的专长。

---

① 我在《辛笛传》中按父亲所忆是一九三七年春,韩惠连在《轻舟已过万重山》中回忆则是一九三八年春,现在我取后者所说的年份。

是年六月中旬课程一结束,惠连就启程去英国,先坐火车到法国加莱,再坐轮船到伦敦,澄华已等在那里了,两人一起坐长途汽车抵达爱丁堡。父亲把他们接到了他的住处。惠连回忆道:"王先生胖胖的,脸上总是带着笑容,一看就知道是一位忠厚诚恳的好好先生。一进门,他很细心地招呼我去卫生间梳洗,然后请我到小客厅休息喝茶。他对我讲早已替我们租好了一套住处,房间也都收拾干净了,但今天已经太晚,他让我们两人都暂时在他那里住下,勉强休息一宿。"①惠连感到安排得热情而合理。第二天一早,父亲带着他们去看房子,租的是一室一厅的房子,有小卫生间和小厨房。所有房间的家具都很简朴实用。惠连没想到像"辛笛先生这样一个未婚男子为别人怎么会想得如此周到"。就在那天,他们坐在小客厅里,父亲又为他俩的婚事开始热心地筹划。建议写喜帖分寄给国内外的亲朋好友告知一下;以后再为在法国较亲密的同学举办一个茶话会即可。澄华惠连也赞同父亲的看法——"咱们是中国人,这个帖子还是用中文写好。"于是父亲自告奋勇地为他们拟写了一个中文稿,不久惠连在日内瓦国际图书馆工作的同学据此印制了精美的中文喜帖寄来,也就是徐讦后来在上海收到的喜柬。

父亲还记得,当时在美国公费留学的晋三也利用假期来他这里,"三剑客"在英伦又碰头了,老同学相见,有聊不完的话题:谈论毕业后各自的情况,不同地域的海外见闻,

---

① 韩惠连《轻舟已过万重山》第一五九页,自印本二〇〇五年版。以下引文均见此书。

互相打听来自祖国的消息,还满怀温馨地回忆起他们早夭的《取火者》,还有他们毕业论文所写的外国作家,澄华的纪德、晋三的劳伦斯、辛笛的哈代,以及现在所从事的文学研究课题等。当然,看着澄华已经结婚,尽管父亲心中已有母亲徐文绮年轻的倩影,但他和晋三都还没有进入正式恋爱的状态,三人谈论的话题自然也涉及男女感情问题,当然此时惠连并不在场。澄华——这位当年少年维特的模仿者、现在的已婚人,摆出一副老资格的样子问他昔日的两位同窗:"你们知道,恋人是如何接吻的吗?"父亲老老实实地回答说:"不知道。"他不仅不知道,而且还想不明白:"鼻子对鼻子的,怎么吻得到呢?"澄华作为过来人十分老到地教他们:"两人的脸稍侧一下,成个斜十字,鼻子错开,不就吻到了?"边说边还伸出左右手的食指斜着相对以作示范,那两位才恍然大悟,一阵嘻嘻哈哈,认为倒也是经验之谈。

澄华和惠连尽管成家了,但他俩在国内从来没有自己做过饭菜,"于是,澄华跟着辛笛到市场去,学着买些蔬菜、面包、黄油、干酪、熏鱼、肉肠之类。我们就用这些原料拼凑着做成了午餐和晚餐"。有趣的是,在我们做子女的眼里自理能力最差的父亲在惠连的回忆中居然是"做饭的水平要比我们强些,做出的花样也要多些"。婚后,惠连看到"白天,澄华和辛笛各自在家中钻研他们自己的课题,有时他们也会去大学图书馆查找资料","有时也会去爱丁堡大学听课,那里实行一年三个学期的教学制式,可能是天气非常凉爽吧,在夏季学校也安排一个学期来授课",这与法国的大学每年两个学期不一样。他们"都忙于学习和研究"①,她就请澄华在爱丁堡大学借了一些巴尔扎克、左拉等法国作家的作品在家阅读。在爱丁堡,惠连住了一个多月,薄毛衣一直穿在身上,那里的夏季让她感到过于凉爽了,那么可想而知冬天就更不用说了。难怪父亲前一年在爱丁堡写下的诗《门外》,落款正是——"在一个阴寒多雨而草长青的地方"②,正是苏格兰爱丁堡冬天的景象。

一九三八年八月底,澄华结束了在爱丁堡大学的学习和研究,夫妻俩一起返回了巴黎。此时锺书杨绛已带着女儿启程回国。父亲原本还想去法国进修,并与开始写信交往的母亲商量,邀她也去法国留学,两人约好在巴黎见面。那时母亲早已在"七七"事变之初就中断了在日本京都帝国大学历史研究院的研究生学业,后在上海考入海关工作。但在信件的长途往返之中,二次大战已迫在眉睫,不仅母亲未能成行,连父亲也在一九三九年大战爆发之前与留英好友戴镏龄一起匆匆离开了英国,经新加坡回到上海。同年十一月澄华惠连带着在法国出生的长子也踏上了归国的路程。

五

父亲回到上海即与我母亲家的长辈见面,然后去天津奔其母丧,再返回上海,由昔日师长郑振铎和张寿镛校长分

---

① 以上引文见韩惠连《轻舟已过万重山》第一六○页、一六一页、一六二页。
② 辛笛《手掌集》第六十二页,上海星群出版公司,一九四八。

别介绍入暨南、光华两大学任教,开设《莎士比亚》和《英美诗歌》等课程。一九四〇年父亲与母亲结婚。太平洋事变后,父亲因家累没有随大学内迁,而入银行任职员。澄华夫妇也是先回到上海,与亲友团聚。

盛澄华与韩惠连及长子合影

以后澄华去了陕西城固,然后惠连带着儿子历尽千辛万苦赶去与他会合,只见他穿着黑色长袍、留着山羊胡子,高兴地张开双手来迎接他们,那好像天主教神父的模样把惠连吓了一跳。原来澄华长途跋涉来到城固,车子在山路上转弯的时候把放在车顶上他的行李给甩掉了,他只好在当地做了这一身衣服,而留须则表示对妻子的忠贞。抗战期间他们选择到城固,是因为好友晋三正在陕西城固西北联合大学任教,他介绍他们夫妇俩也都到这里来教书。这所大学是在"七七"事变后由北平师范大学、国立北平大学、天津北洋工学院先后迁到陕西城固,临时组建成了国立西北联合大学。澄华在英语系教书,惠连讲授《法语》和《欧洲文化史》。当时在西北联大读书的学生、后来与父亲也有颇多交往,并被称作"九叶诗人"之一的唐祈在《诗歌回忆片断》一文中有两段写到澄华是他特别感激的可敬的老师:

盛澄华先生那时才二十九岁,为了回祖国参加抗战,刚从法国巴黎回国,他讲授《英诗》、《法国现代文学》等课程。他对法国作家纪德、诗人艾吕雅、阿拉贡都有精湛的研究。我经常在课外到他家向先生请教,他对欧美前期现代主义既有深刻的分析研究,对后期又有敏锐的感受,对法国浪漫主义的得失利弊也多有阐发,启发我们从比较、分析、鉴别中得出实事求是的看法。我所尝试的中国式的十四行诗,他在内容、形式、音韵、结构等等方面,都耐心给予指导,使我慢慢探索到它完全有可能移植(经过改造)成为中国新诗的形式之一。后来我运用这个形式写了不少西北十四行诗。

盛先生对自己写作和翻译都认真严肃,他教会了我:一、为了完整地表现进步的丰富的思想和认识,需要丰富多样的形式,也需要高度的艺术技巧。二、诗歌创作要在艺术方面起点作用,要提出新的东西,创新的东西;没有创新,诗的生命也就停止了。三、应当终生禁止自己写得马虎、草率。这三点和我相约彼此遵守。我以先生的教言作了座右铭。这也许就是我日后虽然不停地写、却发表得特别少的原因之一吧,当然,自己对作品总是感到不满意则是更大的原因。①

以后澄华夫妇又接受重庆北碚复旦大学英语系主任梁宗岱的邀请,去那里任教。澄华利用业余时间开始翻译纪德的《伪币制造者》。此时徐讦也在重庆,住在姚家巷,他曾去复旦大学探望过澄华几次,而澄华若进城就在徐讦的小书房里打地铺,老朋友相逢,是有很多可谈的。巧的是此时晋三在重庆正编办杂志《时与潮文艺》,主要介绍欧美现代文学,澄华的文章《忆纪德》发表在一九四三年三月《时与潮文艺》的创刊号上,那原是他于一九四二年十一月在陕西城固写下的《地粮》译序,发表时有所删节。其实《地粮》的翻译早在一九三七年他还在法国的时候就完成了。

抗战胜利了,大后方的人们纷纷回上海。一九四六年澄华到上海复旦大学任教授,接着惠连一人带着四个孩子一路艰辛地来到上海与丈夫团聚。他们与一些老朋友又联系上了。晋三也到复旦教书,父亲仍在上海金城银行工作,三位好朋友又在上海见面了。澄华惠连也曾受邀去锺书杨绛家做客,估计就在那时澄华将自己翻译出版的两书《伪币制造者》和《地粮》送给两位学长。我在上海图书馆近代文献阅览室看到这两册书,扉页都写有:"中书季康 兄 正之 澄华 卅五年五月",即一九四六年五月赠给锺书杨绛的。

---

① 《唐祈诗选》第一九九页、二〇〇页,人民文学出版社,一九九〇。

《伪币制造者》是重庆 成都：文化生活出版社一九四五年二月版；《地粮》是重庆 成都：文化生活出版社一九四五年六月版。两书上都盖有两个章印：上海市私立合众图书馆藏书、上海图书馆藏书。看来先由合众图书馆收藏，后入归上海图书馆收藏。

在此期间，澄华曾为本校教授洪深所掩护的学生领袖被军警逮捕而仗义执言，并领头发起罢教，得到响应。第二天师生罢教罢课，接受报刊的采访、发表声明，迫使当局放了人。当然，在校内他也受到了压力，他还到我们中南新村的家里避住了一些时日。不久他接到清华大学外文系的聘书，于是举家搬到了北平。

盛澄华

在教书之余他整理了有关纪德的书稿《纪德研究》，在出版前记中提到："这书出版，友人中得助于辛笛兄的地方最多，此外佩弦先生①也一直鼓励我完成这工作。"②前记写于一九四八年八月二十一日。在他写下这些文字的前一年纪德获得诺贝尔文学奖，因此书中也收有他在一九四七年十一月撰写的《介绍一九四七年诺贝尔文学奖金得主纪德》一文。

---

① 佩弦即朱自清。
② 盛澄华《纪德研究》，上海森林出版社，一九四八。

父亲当时在上海利用业余时间与杭约赫、陈敬容、唐祈、唐湜等创办具有流派特色的诗刊《中国新诗》,该刊以森林出版社的名义出版。父亲就把澄华多年研究纪德的心血结晶《纪德研究》书稿推荐给杭约赫,建议由森林出版社出版。一九四八年八月《中国新诗》第三集封底印有森林出版社的新书预告:

《夜读书记》(读书记)　辛笛著,印刷中;
《复活的土地》(长诗)　杭约赫著,印刷中;
《纪德研究》(论文集)　盛澄华著,印刷中;
《浴》(日记抄)　　　　盛澄华著,印刷中。

到一九四八年九月,在《中国新诗》第四集封底以及《诗创造》第二年的第二三四辑(一九四八年八至十月)封底又以星群出版社①的名义在论著栏目刊有:《夜读书记》辛笛著,即出;《纪德研究》盛澄华著,即出;在诗集栏目有《复活的土地》,即出。但盛澄华著日记抄《浴》未见列入任何栏目。一九四八年十月《中国新诗》第五集封底森林出版社的新书预告中,《浴》又出现了。此后《中国新诗》和《诗创造》,连同出版这两份诗刊及书籍的森林出版社和星群出版公司都被当局查封。所幸的是《纪德研究》仍得以问世,版权页上写着上海森林出版社一九四八年十二月出版;父亲的《夜读书记》同年同月却是由上海出版公司出版;杭约赫的长诗

---

① 星群出版社和森林出版社其实是同一家,都由杭约赫主持。

《复活的土地》系一九四九年三月仍以上海森林出版社名义出版。唯有那本《浴》至今未见踪影。徐訏以前倒是看到过澄华一直没发表过的散文,认为"他的散文多是抒写他个人在生活上的体验与深沉机敏的一些感想"[①],并希望他这样的文字能够出书。

《中国新诗》第五集封底盛澄华两部新书预告

那时尽管北平还没有解放,但清华园里已洋溢着解放的气息,澄华也积极投入其中,对未来充满乐观,他的思想有了很大的发展和变化,还借书回来给惠连看,如艾思奇的《大众哲学》、毛泽东的《新民主主义论》等。也许正因为如此,唐祈在回忆中曾提及,当时他在上海森林出版社,澄华要求他"把已排印的翻译的纪德小说、自己的散文集《浴》烧

---

① 徐訏《盛澄华》,载廖文杰、王璞编《念人忆事——徐訏佚文选》第一四一页。

毁,可见他对自己思想要求的严格,和对文学的严肃态度"①。看来,唐祈把《纪德研究》误记为翻译的纪德小说②了。要求烧毁排印中的书这件事父亲没有说起过。唐祈也没说那本"印刷中"的《浴》最后是如何处理的。也许在出版社被查封时与其他书籍一起被毁掉了?

六

　　澄华的激情与新时代十分合拍。一九四九年他是第一个报名参加"中国人民解放军南下工作团"的教授,轰动整个清华园。他穿上灰军装,打着绑腿,脚着黑布鞋白袜子,一副军人模样,随工作团到武汉接收武汉大学,直到患了肺病才回到北京。以后中国全盘学习苏联,高等院校调整,清华大学从此成为理工科大学,澄华也就调入了北京大学西语系。惠连也参加了工作,先在外国语学校教书,后来又到外交学院任教,成为法语系教授。不幸的是,五十年代中期澄华提出离婚,于是惠连带着五个孩子独立生活,澄华后来又再婚了。父亲得知他们离婚的消息非常吃惊而惋惜,他们在爱丁堡结婚时的情景还历历在目,这么理想的一对怎么说离就离了!五十年代后期父亲带着儿子到北京天津等地去看望亲友,与澄华见面时看到法文版的纪德原著倒着插在书橱里,还是没忍住,不客气地数落了老友,但事情已经不可挽回了!以后澄华若有一点稿费就会请孩子们出去吃顿好饭,在当时粮食蔬菜肉类匮乏的年代给他们增加些营养。

---

　　①　《唐祈诗选》第一九九页、二〇〇页。
　　②　盛澄华翻译的纪德作品并未在森林出版社出版过。

他还曾投昆明湖自杀未遂,听说下到湖里后,想到惠连和孩子们的痛苦和困难,又从水中爬上了岸,只是不肯吃饭、不肯见人,惠连深知他一时想不开是会走极端的。结果领导还是请惠连去劝慰他一番。他表示以后绝不再做那种糊涂事了,让北大的员工在颐和园找了他半夜,感到很惭愧。

澄华的学生李升恒在《追忆盛澄华教授》一文中提到他当时的深刻印象:"盛先生个子不高,面孔很尖而消瘦,戴一副眼镜,四十岁上下,胡茬子满嘴。"给他们上课时正是一九五八年受到大字报批判,"说什么他不肯上课,只想研究,写论文,这样好多拿稿费"。但他们接触下来,发现盛教授上课"采取座谈方式,全班十来个学生同他坐在一起,像聊天似的,启发式的教学,大家觉得收获颇大"。学生对他的印象也好起来。一九六〇年他们北大西语系的高年级学生下放到十三陵泰陵大队劳动锻炼,系主任冯至先生和盛澄华先生与他们两个学生同住一户贫下中农家里,每天学生为房东家挑水,两位老师也合抬一桶水,磕磕绊绊抬到家,一桶水也就晃成了半桶多一点。学生不让他们去抬水,但他们说劳动锻炼不能代替。老教授们在农村里主要干积肥的活儿。每人提着一个粪筐,拿着一把小铲子,见到路边任何人畜粪肥都要拣到筐里,然后倒到生产队的肥堆上,有时为了多拣粪,看到牛在牛圈外拉屎拉尿,他们会勇敢地冲上前,不怕牛粪牛尿溅脏了裤脚鞋袜。[①]

到了"文革"期间,北京大学的师生更是大多下放到江

[①] 引文及内容见网上李升恒《追忆盛澄华教授》,"未名湖杂忆"/五柳村文存。

西鄱阳湖鲤鱼洲五七干校劳动改造,有的染上了血吸虫病,有的累死他乡。澄华就是其中之一。他的第四个儿子在参加了追悼会后赶到母亲下放的江西上高县,系外交部的五七干校,他告诉母亲:"父亲来到鲤鱼洲后,一直和年轻人一起劳动,一起挑河泥,拦湖造田,一起睡在铺着稻草的帐篷里。他从未觉察自己患有心脏病,这次上午去湖边劳动,在中午回去休息的路上感到有些不舒服,就直接到医务室去了。据说医生给他打了强心针后,他感到更不舒服,不到半小时人就去了,没有留下任何遗言。北京大学对他的评价是不错的,认为他思想要求进步,工作积极,教学有方,是一位很有成绩的教授。"①这位孜孜不倦悉心研究纪德全部作品的专家,这位写有一千三百一十三页研究笔记、翻译纪德不少作品的教授学者,就这样在一九七〇年九月二十日离开了人世,享年五十七岁。

八十年代李升恒在巴黎遇到梁宗岱先生之弟梁宗亨先生,得知李是北京大学毕业的,就打听起澄华的情况,原来三十年代在巴黎留学时他和澄华曾同住过一室,知道澄华遭遇后,感叹道:这样一个好人,这样用功的一位学者,怎么竟会落得如此遭遇,而深为惋惜。

父亲并不知道澄华最后日子的具体情况。"文革"造成全国陷入抄家批斗的疯狂之中,父亲所有的藏书都在抄家之后被卡车装走,原先手头保存的一本《纪德研究》也下落不明,南北友人更是不敢互通音讯。直到七十年代初,局势有所松动,父亲与友人锺书、镕龄悄悄用旧体诗唱和。正是

---

① 韩惠连《轻舟已过万重山》第三〇五页。

从戴镏龄——一同留学爱丁堡大学的老友、广州中山大学英文系主任——那里得知澄华已于前一年即一九七〇年去世的消息。为此，父亲写下七绝两首表达自己的伤悼，一九七九年又从澄华在北京大学的同事那里打听到一些情况，因此父亲后来又作了补记：

故旧共悼亡友盛澄华往事[①]

秋九月得镏龄自羊城来书，惊悉澄华竟于年前已作古人，为之愀然良久，然终无泪可挥矣。

> 一从岭外羽书驰，报我梅开喜可知。
> 但惜故人乘鹤去，墓前宿草已离离。

> 何期一别即黄泉，未尽文才为舛偏。
> 回首少年维特梦[注1]，欲挥无泪洒尊前[注2]。

注1：歌德名作《少年维特之烦恼》。
注2：苏东坡诗有云："存亡惯见浑无泪"。

一九七一年九月

补记：窗友萧山盛子澄华生前为海内研究法国文豪纪德的有数名家之一，抗战期间在大后方译有《地粮》、《伪币制造者》、《日尼微》等作品，胜利后并将论文多篇辑成《纪德研究》一书。兹北京大学陈占元兄过沪，承再告澄华已于一九七〇年秋病殁。回忆我辈同在少年时代酷爱歌德《少年维特之烦恼》。而尔后澄华治

---

① 王辛笛旧体诗集《听水吟集》第十四页。

学之余则身体力行,理智不能胜情,往往偏颇任性,遂终不免于坎坷,思之不禁怆然无已。

一九七九年三月

镏龄接信后也和诗两首,共同悼念他也相识的友人——《悼澄华、步辛笛原韵》:

> 水木清华誓别离,从戎革命汉皋池。
> 何因重作湖边隐^(注),翻向虫鱼认故知?
> 注:指北京大学未名湖。

> 话到伤心日影偏,坠欢难拾泪如泉!
> 荒唐歌德欺人甚,"烦恼"还如世纪前!^(注)
> 注:爱情是永恒主题之一。

也就在澄华逝世之后,父亲曾接到诗人何其芳的来信,告诉他在北京东安市场中原书店内见到纪德亲笔签名赠送澄华的全套《纪德全集》,何其芳希望父亲能尽快将之买下保存。无奈终因南北相隔太远,且父亲仅拿生活费,一时无力购买而鞭长莫及,不久这套书就被有识之士买走了,让父亲遗憾不已。而纪德写给澄华的十三封亲笔信也从此失落了。

七

"文革"之后父亲在归还的书中仍未见《纪德研究》。父亲去看望巴金老人时,曾谈起纪德的文艺观和道德观,也提到澄华的《纪德研究》一书,巴金认为罗曼·罗兰更对我们的脾胃,是中国人更能接受的作家。但他把父亲的惦念放在心上,不久他在整理自己曾被封存的书籍时发现有一本《纪德研究》,是他哥哥的藏书,上面盖有"尧林图书馆印",于是转赠给父亲留念,让父亲十分感谢。

父亲晚年怀念故人的心绪益重,正好我从书店买回张若名女教授所著《纪德的态度》一书,这是她一九三〇年通过的博士论文。澄华在一九四八年初写的《纪德在中国》一文中就提到她的这篇法文博士论文,她可称为国内研究纪德的第一人。她于一九三一年回国,曾任北平中法大学文学院教授多年,后调往云南大学,一九五八年在教师思想改造"交心"运动中不堪忍受迫害,投河自尽,后获平反。由张若名的书引发父亲又重读《纪德研究》,终于在一九九六年写出了他埋藏在心里很久很久的文章《忆盛澄华和纪德》。在文中他提到盛澄华对纪德的研究和他的专著,并"希望有一天能把它重印出版,以飨读者"①。

正因为有了这本《纪德研究》,也就有了在广西师范大学出版社任职的魏东借去打印,想争取重印出版的后话。而这本赠书翻阅得几乎散了架,内收入澄华自一九三四年至一九四八年一月这十五年间研究纪德的论文九篇,其中一篇《试论纪德》原是《伪币制造者》的译者序,长达一百一十八页,注释有一百〇一个。他的这些论文既有对纪德及其作品精当的评价和细致分析,又有以著名杂志《新法兰西评论》为中心纵横剖论近三十年法国现代文艺潮流的走向,

---

① 该文原载上海《文汇读书周报》一九九七年八月二日,引文见辛笛散文集《嬛娜偶拾》第一二一页。

还有很珍贵的第一手史料,即纪德与作者交往的信札十余封,另还列出纪德作品年表(且以星号标明当时已有的中译本)等。研究论文能写得如此视野开阔,文字流畅,没有学究气,是真正热爱纪德、心中又有读者的学者所撰,材料翔实,内容丰赡,可读又耐读,很能吸引人。现在这本散了页的书连同父亲所有的藏书都已遵父亲的嘱咐,捐赠给巴金倡办的中国现代文学馆了。

二〇一二年重版《纪德研究》和韩惠连的回忆录

上世纪五六十年代我们兄妹几人都见过澄华伯伯,大家先后分别去北京之前,父亲就会关照去看看他的老朋友。但我们感到奇怪的是,和父亲推崇的其他老友钱锺书伯伯、萧乾伯伯等一样,他们在八十年代之前好像都不太为一般人所知,而澄华伯伯潜心研究的纪德在中国更是不大被提及,从五十年代至八十年代初几乎没见过纪德作品出版,外国文学教科书里对这位法国现代作家的介绍也是很简单的。原来因为纪德曾应斯大林邀请访苏,回法国之后写有《从苏联归来》一书等,在赞美之余也直接指出了苏联社会存在的不足之处,因此被苏联看作是对他们的"背叛"。而罗曼·罗兰之前也受邀访苏,并有文字记录,以赞美肯定维护为主,也有某些含蓄的批评,但要求日记封存五十年以后再发表,他在苏联和中国的遭遇与纪德大不相同。当然,对一般读者而言,正如巴金伯伯所说的原因,罗曼·罗兰更适合中国人的脾胃。《约翰·克里斯多夫》的奋斗精神激励了很多年轻人,而《伪币制造者》新颖的叙事形式则不太为以前的中国读者所适应。从国外回来的友人告知,热爱外国文学的美国年轻人在书店里看见《纪德日记》都会如获至宝地赶紧买下,他们深知纪德的价值。

除了研究之外,澄华伯伯的勤奋也表现在他的翻译上。他翻译纪德的作品有《伪币制造者》、《地粮》、《日尼微》等,由文化生活出版社出版及再版,其后还译有《幻航》、《忆王尔德》、《文坛追忆与当前问题》等。他曾应弟弟之约,为《儿童报》的小朋友读者翻译了《世界儿童文库》十集,由中国儿童书店一九五〇年出版。他还自学俄语,把苏联大百科全书中的"法国文学"条目全文译成中文,以《法国文学简史》的书名出版。以后他还翻译了《司汤达生平》、《福楼拜》、莫泊桑的小说《一生》、《漂亮朋友》等。我在上海图书馆查到藏有他翻译的书籍目录(含不同版本)有二十四种,其实还是不全。他此生没有完成的最大遗憾就是想写一本以他家族史为背景的小说和编写一本欧洲文学史。若他能挺过厄运,健康地活到新时期,相信他的家族史小说一定能表达他鲜明热烈的憎爱情仇,而在他构想中的这部欧洲文学史,纪德应该、也能够占有重要的地位。上世纪八九十年代纪德作品的译本开始重新在中国露面,新世纪以来,纪德更是受到中国出版界的关注,有三四家出版社出版了《纪德文集》,二十余家出版社重版或重译了纪德作品单行本或选本,而盛译版的作品也有选入其中的。

如今,只要想起澄华伯伯,我的眼前仿佛就会出现他不同时期的形象:青年时代维特式的黄背心黑长靴、留学时的金丝边眼镜和咖啡色西装革履、抗战时期的黑色长袍和山羊胡子、一九四九年的白袜黑鞋绑腿和灰军装、五六十年代的胡子拉碴和消瘦脸庞、下放锻炼时捡粪肥的模样、"文革"期间肩挑河泥的身影……正是二十世纪一位中国知识分子短暂一生的写照。

二〇一二年的清明时节正好纪念澄华伯伯和父亲的百岁冥寿。他俩一定在天堂聚首,欣喜地注目于《纪德研究》(现名《盛澄华谈纪德》,广西师范大学出版社,二〇一二)在六十四年后重新问世,这是澄华伯伯和惠连姨一段姻缘的最好见证,也是他和父亲真挚友谊在人间的延续。

谨以此文怀念父亲的挚友盛澄华伯伯。

二〇一二年四月于上海

杜运燮的"朦胧诗"

上世纪八十年代中期,母亲和哥哥去美国探亲并旅游。家里只有我陪着父亲。父亲常斜躺在床上读黄仲则诗集,突然他叫住我,指着书上的一句诗"渐行渐远渐无书",说道:"你看,就像写妈妈他们一样呢。"那些天久等妈妈的信不到,他想老伴了。但他接到"九叶"诗友杜运燮先生的信,说要携夫人来上海,父亲高兴之极。他俩在四十年代还没见过面就因诗结缘。后来父亲有机会到北京开会出差才见了面。这次他们来上海,父亲兴冲冲地去车站接他们,腾出卧室让客人休息,招待他们与上海诗友见面……竭尽地主之谊。夜晚或餐桌上他们坐在一起谈诗文创作、谈在京在海外的友人,不亦乐乎。运燮叔华侨出身,待人朴实亲切。他个头不高,与袁可嘉先生一样,也有饱满的额头,目光柔和,我第一次见他,就感到很亲近。当他和丽君姨从父亲那里知道正逢我的生日,就悄悄买了蛋糕点上蜡烛来庆祝,给我一个温馨的惊喜,至今不能忘怀。

辛笛与杜运燮李丽君夫妇在上海家中合影

他的诗歌上世纪四十年代就很有特点。

杜运燮(一九一八—二〇〇二)祖籍为福建古田,但他出生、成长在马来西亚霹雳州一个叫实兆远的小镇附近的偏僻农村,在第二故乡生活的童年印象永远留在了诗意的回忆中:"灼热的泥土/ 灼热的下午/ 渔船缓缓航过/ 蓝海湾、白沙滩、高椰树/ 背景的空气也撒满灼热",而出生地那密密的橡胶林更是他从小遐想的地方——"天上只有绿的胶树叶/ 地上只有枯的胶树叶/ 但深信这样的创造/才是最温暖最安全的怀抱"(《你是我爱的第一个》,一九九二)。杜运燮在当地华侨办的小学和初中完成学业,除了学习课本知识外,他最爱在课余听老师介绍中国的历史文化、中华英杰的故事。其父回老家探亲时,同意将他带到福州就读高中。

在高中阶段,他如饥似渴地补读中国古典诗文、"五四"时代的名著、外国文学经典作品,由此对文学艺术产生浓厚兴趣,打下比较扎实的文学知识基础,并开始写作散文向报刊投稿。一九三八年由于战乱,尽管他考取了浙江大学读农学系,却无法远赴已迁往贵州的学校,而在暂迁到福建长汀的厦门大学生物系"借读"一年。由于对文学的兴趣,他选修了中文系老师、诗人林庚先生的《散文习作》和《新诗习作》课程,写出第一批诗习作,从此热爱写诗。一九三九年正是在林庚的鼓励推荐下他赴昆明,转学成为西南联大外文系二年级的学生。抗战期间的西南联大物质条件很差,宿舍是茅草屋,洗脸用水只有一口水源不足的水井,师生们衣着寒碜,饭菜简单。一旦敌机来袭,还要随时"跑警报"躲避。但就是在这样的环境中教师仍然认真教学,学生仍然努力学习。

入校不久,杜运燮就听说了同学"查良铮(穆旦)"的名字,也从香港《大公报》文艺副刊上读到他的诗作。一直清晰地记得两人第一次的见面[①],穆旦穿着当时学生最普遍的衣着——褪色的蓝布大褂,热情诚恳地招呼他,在校门前两旁种着加利树的马路上他们边走边聊,来回走了好几趟,从此成为好朋友。学生时代的诗情友谊一直保持到一九七七年穆旦去世之后,二十世纪八九十年代,杜运燮还不断地为亡友的诗集、怀念亡友的纪念文集等出版而忙碌。当时西南联大校园里文艺活动十分活跃,学生组织一些文艺社,定期出版文艺墙报,举行演讲会、朗诵会、演出戏剧等。爱诗读诗写诗的青年学子真不少,老师们也积极扶持和鼓励。

---

① 杜运燮《忆穆旦》,《热带三友◎朦胧诗》第一五六页,中国戏剧出版社,二〇〇六。

杜运燮参加的是冬青文艺社,这是坚持活动最长的学生社团,从一九四〇年创立到一九四六年结束。最初的成员有林抡元、萧荻(施载宣)、王凝(笔名田堃)、刘北汜、汪曾祺、萧珊(陈蕴珍)、巫宁坤、穆旦(查良铮)等,其中不少人后来成为当代耳熟能详的诗人、学者和作家。他们聘请闻一多、冯至、卞之琳、李广田诸先生为导师,办起《冬青壁报》;在图书馆阅览室陈列他们的手抄本《冬青诗抄》、《冬青小说抄》、《冬青散文抄》,供同学们翻阅;《街头诗页》是他们配合宣传抗战所写的诗歌,仿苏联"马雅可夫斯基体"和中国"田间体",贴在街道的墙上树上,或到农村去张贴;他们经常邀请在校老师或来滇作家参加冬青社的活动,或演讲或朗诵,有闻一多、朱自清、冯至、卞之琳、李广田、老舍等先生。而在当地翠湖的小船上,在文林街的旧茶馆里,更是经常可以听到这些爱好诗歌的学生们在热烈讨论或朗诵自己的新作。对于西方现代派诗歌产生兴趣也是在大学里,尽管曾开设过"现代英诗"课程的英国诗人燕卜生已离开,但他的影响仍在。杜运燮对于外国诗的大量阅读也是从这个时候开始的。在物质匮乏,时局动荡的岁月里,能就读于这样的大学,学生们深感精神上的满足和幸运。

正是有名师指点,有声气相投的学友交流,杜运燮的诗歌创作激情喷发。他的成名作《滇缅公路》(一九四二)歌吟的是唯一与国外相连、运送抗战物资的重要陆上通道,抒写筑路工人的伟绩,用俯瞰和动感的镜头诗意地展现在崇山峻岭中所修筑的公路:

　　看它,风一样有力,航过绿色的田野,

蛇一样轻灵,从茂密的草木间

盘上高山的背脊,飘行在云流中,

而又鹰一般敏捷,画几个优美的圆弧

降落下箕形的溪谷,倾听村落里

安息前欢愉的匆促,轻烟的朦胧中

溢着亲密的呼唤,人性的温暖……

这首诗最早发表在一九四二年昆明《文聚》杂志上,朱自清先生在课堂上讲评过,又发表专文评论,称赞"这里不缺少'诗素',不缺少'温暖',不缺少爱国心。……这里表现忍耐的勇敢,真切的欢乐,表现我们'全民族'"[①],并认为是向着"现代史诗"这方面努力着。不久,闻一多先生也将此诗收入他主编的《现代诗钞》一书中。

抗日战争期间美国在印度创办中国驻印度蓝伽训练中心,是美国帮助中国训练军队,援助中国抗击日本。国民政府教育部规定大学外语系三年级学生可以参军当翻译,两年回来后可算毕业,不少高年级学生都希望参军为抗战做贡献。于是杜运燮在一九四二年底到美国志愿空军大队(即飞虎队)里担任翻译。第二年又到印度,任"中国驻印军"翻译。在印度加尔各答,他与穆旦曾匆匆见过一面,穆旦放弃留校任教的职位,为了抗日参加"中国远征军"当翻译。他俩相遇时,"穆旦刚从野人山九死一生出来,那时日军进攻东南亚,盟军从野人山大溃退,野人山是无人区,从

---

① 朱自清《诗与建国》,收入《新诗杂话》,转引自王圣思选编《"九叶诗人"评论资料选》第二三一页、二三二页。

第一辑 37

那里撤退时死了很多人。穆旦在加尔各答休养了三个月准备回国"①。这段经历是穆旦写出那首《森林之歌》最真切的生命体验:"在绿叶后面/它露出眼睛,向我注视,我移动/它轻轻跟随。"那是令人恐怖的动物的眼睛,那也是倒下去的士兵不肯瞑目的眼睛!"静静的,在那被遗忘的山坡上,/还下着密雨,还吹着细风,/没有人知道历史曾在此走过,/留下了英灵化入树干而滋生。"正是有了穆旦的诗作,那些为抗战捐躯的无名士兵才没有被真正遗忘。

杜运燮在印度写下了《月》、《夜》等诗,表现出他诗艺的现代性特点。

夜

今夜我忽然发现
树有另一种美丽:
它为我撑起一面
蓝色纯丝的天空;

零乱的叶与叶中间,
争长着玲珑星子,
落叶的秃枝挑着
最圆最圆的金月。

叶片飘然飞下来,

---

① 杜运燮《西天缘》见杜海东"不是序——写在书前",《热带三友◎朦胧诗》第三页,中国戏剧出版社,二〇〇六。

仿佛远方的面孔,
一到地面发出"杀",
我才听见絮语的风。

风从远处村里来,
带着质朴的羞涩;
狗伤风了,人多仇恨,
牛群相偎着颤栗。

两只幽默的黑鸟,
不绝地学人打鼾,
忽然又大笑一声,
飞入朦胧的深山。

多少热心的小虫,
以为我是个知音,
奏起所有的新曲,
悲观得令我伤心。

夜深了,心沉得深,
深处究竟比较冷,
压力大,心觉得疼,
想变做雄鸡大叫几声。

一九四四年写于印度

这首诗原来的诗题是《露营》,收入《九叶集》后改诗题

为《夜》,它是作者抗战期间在印度任译员,随军队月夜露营时所感所思而作。诗友袁可嘉曾赞美这首诗传达出感情曲线,即间接地表达感情的丰富曲折易变,这可作为我们解读此诗的提示。首二句上来就引发读者思考着读下去:为什么以前没有发觉,而是今天忽然才发现的?暗示出以前

杜运燮诗文选《海城路上的求索》封面

的树和夜并不让作者感到美丽。然而,树到底有着怎样的另一种美丽?然后透过树、树叶、树枝的间隙展现晴朗明澈的月夜星空,"蓝色纯丝"的形容是恬静的,玲珑的星子和圆圆的金月似乎是夜色美景的抒情描写,但"零乱"、"秃枝"等字眼又透漏出某些不协调,与以前的感觉有所呼应。这首诗的每一节内都有情感不一致的曲折变化,而且后一节与前一节的情感也有着递进的发展。从叶片飘落下来让作者想起远方的面孔,好像是怀旧,但听到的竟是"杀"声,则隐隐流露了不安的感觉。远处吹来的风带来村庄的质朴,但在此特定的时空下,"伤风"、"仇恨"、"颤栗",将不安扩展成恐惧。这种恐惧在两只幽默的黑鸟像人一样打鼾、大笑的

轻松中反而加剧，而小虫奏起的新曲——好像很欢乐，却点出我真正的心绪——悲哀和伤心，最后一节将思想情感知觉化，用官能感觉"冷""疼"逼真地表现出"杀"声所引起、逐渐加剧的内心不安恐惧悲哀伤心的经验，并将希冀挣脱的强烈欲望注入了"雄鸡"这一感性具象中。最后，"雄鸡"也就成为内心被压抑的压力和情感释放的客观对应物。如此迂回、暗示、间接地表达，现代诗的特质也就显现出来了。

一九四五年杜运燮回到西南联大办理毕业手续。《井》是作者在昆明时所作，在杜运燮的诗作中有不少咏物诗，如《山》、《雾》、《落叶》、《闪电》、《雷》等。提到"井"，我们常常会有习惯性思维，蹦出井底之蛙的印象，"井"仿佛给人有局限的感觉，但这首以第一人称自白的"井"却一反常理，既有井的特性刻画，更有人生哲思蕴涵其中。

井

我是静默。几片草叶，
小小的天空飘几朵浮云，
便是我完整和谐的世界。

是你们在饥渴的时候，
离开了温暖，前来淘汲，
才瞥见你们满面的烦扰。

但我只好被屏弃于温暖
之外，满足于荒凉的寂寞：有孤独
才能保持永远澄澈的丰满。

你们只汲取我的表面，
剩下冷寂的心灵深处
让四方飘落的花叶腐烂。

你们也只能扰乱我的表面，
我的生命来自黑暗的地层，
那里我才与无边的宇宙相联。

你们可用垃圾来使我被遗弃，
但我将默默地承受一切，洗涤
它们，我将永远还是我自己：

静默，清澈，简单而虔诚，
绝不逃避，也不兴奋，
微雨来的时候，也苦笑几声。

于昆明

　　这里的"井"尽管映照出的仍是"小小的天空"，但却是静默完整和谐的，面对外在的纷扰，为保持澄澈丰满，甘于寂寞和孤独，人们搅动的只能是它的表面，实际上它的生命因为通往黑暗的地层，与无边的宇宙相连而具有无限的深度和广度，因此，它也就不像世人所认为的如井口那样的局限。最后二节是展示井的存在状况，默默承受一切，不逃避外在的垃圾丑恶，不以物喜而兴奋，当然也会有苦笑或自嘲的时候，但"静默，清澈，简单而虔诚"是它永恒的姿态。也许诗人的心是相通的,"九叶"诗友唐湜解读此诗将它看作是诗人的自我抒情,是诗人自己心灵的象征。① 诗歌的魅力就在于,好诗往往不是单一含义,而是多层含义。这首诗可以看作是对井的真切写照,是诗人的内心表露,更是任何一个体面对世界的态度。尽管我们不是诗人,但读此诗也会引起我们的共鸣,向往那样的生存境界。

二十世纪四十年代中期在昆明生活的诗人目睹经济陷入混乱的状态,通货膨胀,物价猛涨,民不聊生。这些现状在诗人心中孕育成一首讽刺诗:

追物价的人

物价已是抗战的红人。
从前同我一样,用腿走,
现在不但有汽车,坐飞机
还结识了不少要人,阔人,
他们都捧他,搂他,提拔他,
他的身体便如烟一般轻,
飞。但我得赶上他,不能落伍。
抗战是伟大的时代,不能落伍。
虽然我已经把温暖的家丢掉,
把好衣服厚衣服,把心爱的书丢掉,
还把妻子儿女的嫩肉丢掉,

---

① 唐湜《杜运燮的〈诗四十首〉》,《文艺复兴》第三卷第四期,一九四七;唐湜赏析文《井》,公木主编《新诗鉴赏辞典》第六〇九页,上海辞书出版社,一九九一。

而我还是太重,太重,走不动,
让物价在报纸上,陈列窗里,
统计家的笔下,随便嘲笑我。
啊,是我不行,我还存有太多的肉,
还有菜色的妻子儿女,她们也有肉,
还有重重补丁的破衣,它们也太重,
这些都应该丢掉。为了抗战,
为了抗战我们都应该不落伍,
看看人家物价在飞,赶快迎头赶上,
即使是轻如鸿毛的死,
也不要计较,就是不要落伍。

一九四五年于昆明

  这是针对当时物价飞涨的社会现实,却不采用直接的抨击揭露,而是将"物价"拟人化,说成了"红人",乘汽车,坐飞机,一路向上扬。普通老百姓就是追物价的人,但无论如何努力也追不上他,却还是只有告诫自己"赶快迎头赶上"。作者自己回忆[①],写"追物价的人",更多想到的是西南联大的老师们,一批从北平迁来的爱国知识分子,为了抗战,他们舍弃舒适温暖的家、保暖厚实的衣衫、多年苦心收集的书,来到昆明,过着十分清苦的日子。到抗战后期,物价飞涨,生活更见困难,他们妻子和儿女面有菜色也就不足为怪了。闻一多先生为了养活一家六口,不得不挤出时间挂牌

---

  ① 公木主编《新诗鉴赏辞典》第六〇七页,上海辞书出版社,一九九一。

为人刻图章。有些教授夫人自制点心到街上售卖,以此贴补家用。原本近距离的体察,扩大到揭示整个社会比他们更穷困的人们及更贫苦的生活现状。这就是写此诗的时代背景和艺术效果。诗人采用反话正说的方式,表面上说好话唱高调——"为了抗战"、"不要落伍",实际上在这样轻松调侃的语境中完成了对社会和现实的讽刺和批判。

毕业后经沈从文先生推荐,杜运燮去重庆《大公报》工作,可发挥他的外语特长,业余也可从事他所喜欢的写作。他在《大公报》任国际版编辑,次年由于他需携妻儿回马来西亚第二故乡探亲而离去。但这样短暂的开头与他后来走上从事新闻工作道路却有着渊源关联。

杜运燮部分诗集

以往的诗作此时已结集,在巴金先生主持的文化生活出版社出版了第一本诗集《诗四十首》(一九四六)。这本诗集引发有着相近审美趣味的诗人们的关注，对此加以评论的有袁可嘉、唐湜、陈敬容等。① 一九四七年杜运燮到新加坡做中学教师三年，课余与同事一起编《学生周刊》，自己仍坚持不断创作，写有关热带风土人情的散文，甚至准备长篇小说的素材。他的诗歌作品主要发表在上海《中国新诗》上。《中国新诗》创刊于一九四八年，由辛笛、杭约赫（曹辛之）、陈敬容、唐祈、唐湜等在上海编辑出版这份诗刊。尽管他们与杜运燮从未见过面，但他们从杜运燮的诗歌中发现有共同的诗学追求，于是辛笛通过西南联大的校友、巴金先生的夫人萧珊女士与杜运燮、穆旦等通信联系，请他们把一些新作寄给萧珊转给辛笛，在《中国新诗》（一九四八）发表。从此西南联大的几位青年诗人也与在上海的辛笛、杭约赫等结下以后被称为"九叶"诗人的诗缘。

　　杜运燮对外国诗的阅读早在大学时代就开始了，到海外后在新加坡工作期间更有机会直接阅读外国诗原文。他读过艾略特、里尔克、奥登、C. D. 路易斯、史本德等诗作，而对他最有吸引力的始终是奥登的诗。一九三八年四月奥登曾与小说家依修伍德来华访问，曾去抗战前线，写出《战场行》十四行组诗。奥登描写了从"土地取他的颜色"的中国农民和为抗战而死的无名士兵。这位继艾略特之后统领二十世纪三十年代英国诗坛的现代派诗人，不仅来过中国，而

---

① 袁可嘉《新诗的现代化再分析》，天津《大公报·文艺》一九四七年五月十八日；唐湜《杜运燮的〈诗四十首〉》，上海《文艺复兴》第三卷第四期，一九四七年九月；陈敬容（默弓）《真诚的声音》，上海《诗创造》第十二辑，一九四八年四月。

且去过西班牙支持过民主运动。他同样能将这类现实感和社会性很强的题材写得如卞之琳所评价的那样——"亲切而严肃,朴实而崇高"。杜运燮认为奥登的诗写出同时代人独特的历史经验,具有较强的时代感;他对众生相有敏锐的观察力,概括综合能力强,文字明快凝练,意象灵动新鲜;笔端常露机智和冷讽,风格辛辣而含蓄,常寓严肃于轻松,有高层次的幽默感,又有对现实凌厉痛快的针砭。《追物价的人》这样的讽刺诗已让我们看到杜运燮结合中国的现实,有效地学习奥登,将严肃题材写得轻松讽刺,具有时代感,达到含蓄又辛辣的艺术效果。

"九叶"诗人都擅长于嘲讽和反讽,如辛笛的《逻辑》、陈敬容的《抗辩》、杭约赫《知识分子》、杜运燮的《追物价的人》、《善诉苦者》和《狗》等,不少诗写得轻松活泼,却又暗藏锋芒,令人想起奥登《无名的公民》一类的诗。杜运燮的这些诗写得尤为机智风趣。

狗

有了主人,就只会垂耳摇尾了;
进了书房,就只会睡觉了;女主人
上街时忽然需要一个装饰,
它也学会戴洋派的硬领;

学会读老爷的日常脸色,
敷衍少爷小姐们的爱玩脾气,
接受了恩赐的安全,甘心情愿地
收起祖祖辈辈使用的生存武器。

>　　因此也厌倦起原野和古森林,
>　　轻视过去伙伴们相扑相咬的欢乐,
>　　失去长嚎的热情:因此嗓子也变了,
>　　只会咿唔撒娇,咳嗽着报告有客。
>
> 一九四八年于新加坡

在这首讽刺短诗《狗》中,作者以诙谐的口吻描写一只狗有了主人,就"学会读老爷的日常脸色","失去长嚎的热情:因此嗓子也变了,/只会咿唔撒娇,咳嗽着报告有客"。这只狗是个象征物,它与生活中的某类人相对应,有了主子的奴才常常失却了人的尊严。诗人用如此轻松的笔调借象征物完成对人性弱点的普遍针砭。

一九五〇年杜运燮因支持华侨学生的爱国活动,被英国殖民当局解聘,他离开马来西亚,重操新闻旧业,先在香港《大公报》做副刊编辑,后到北京新华社国际部任职。直至"文化大革命"期间,被迫到山西干校劳动,又被剥夺公职当公社社员,靠工分过日子。在一九七四年恢复公职,到临汾山西师范学院外语系做教师,后任系主任。二十世纪五十年代他只发表了一首诗,六十年代创作是一片空白。一九七九年被平反,落实政策,得以回北京新华社国际部,担任《环球》杂志副主编,一九八六年退休。与"九叶"诗人中的多数人有相似之处,晚年诗情涌动,笔耕不止,写诗的数量远远超过四十年代。

八十年代初,大地刚从严寒中复苏,曾有过一次关于朦胧诗的大讨论,波及整个中国。引发这场讨论的导火线并不是年轻诗人的作品,而是已入耳顺之年的杜运燮的新作《秋》,发表在《诗刊》上。一九七九年的秋天拨动了他的心弦,那是他心情最舒畅的日子,这一年他从山西回到了北京,终于洗清以前强加于他的不实之词,老友们也纷纷重新执笔写作,而整个中国告别了人为的灾难,开始走向改革发展的征途,这个秋天在他看来是充满希望的季节。没想到,不久在《诗刊》上出现了批评文章《令人气闷的"朦胧"》,认为《秋》写得深奥难懂。其实这首诗并不朦胧,是作者在"文革"结束后表达心声的写照,既回顾以往那个扭曲迷狂幼稚盲目的"文革"特殊时期,又更多地传递出充满希望的新时代信息,"成熟"一词可说是全诗的诗眼。他不用惯常的套话、陈旧的比喻来表达,而是采用繁复意象、象征、隐喻、拟人化等多种手法揭示他的感受,让人感到新鲜而丰富:

秋

连鸽哨也发出成熟的音调,
过去了,那阵雨喧闹的夏季。
不再想那严峻的闷热的考验,
危险游泳中的细节回忆。

经历过春天萌芽的破土,
幼叶成长中的扭曲和受伤,
这些枝条在烈日下也狂热过,
差点在雨夜中迷失方向。

现在,平易的天空没有浮云,

山川明净,视野格外宽远;
智慧、感情都成熟的季节呵,
河水也像是来自更深处的源泉。

紊乱的气流经过发酵,
在山谷里酿成透明的好酒;
吹来的是第几阵秋意?醉人的香味
已把秋花秋叶深深染透。

街树也用红颜色暗示点什么,
自行车的车轮闪射着朝气;
塔吊的长臂在高空指向远方,
秋阳在上面扫描丰收的信息。

一九七九年秋

由于人们的审美趣味长期被培养成单一的口味,看惯了阳光下的清晰景物而不习惯在不同光线下来欣赏朦胧美,于是种种非难和指责纷至沓来。其实在当时也只是一部分人看不懂,看来审美习惯的培养还需要有一段时间和过程,但报刊上一开始对这首诗的批评火力甚猛,并以"朦胧诗"作为贬义词而冠之。可喜的是,反驳的意见也刊登出来,各种不同的意见都可以公开发表,争论激活了人们的思维,这也是多少年来思想禁锢、不许发表异议的情况下很少见的现象。争论在继续发展,到后来批评的焦点转向年轻一代诗人北岛、舒婷等人的作品。争论的结果"朦胧"一词还原到它本身的含义,甚至作为褒义的一种诗美特征,逐渐为读者所接受而欣赏。

杜运燮在九十年代继续写出多姿多彩的诗作,仍有哲理性的人生思考,拼贴画般的意象跳跃,也有比前期作品更

一九九八年杜运燮诗文选首发式合影(左五袁可嘉、左七杜运燮、左八郑敏)

加明朗乐观的情感抒发。而一九九五年写就的《枯树悼词》似可看作是诗人的自画像,表达了他对诗歌的执着,深信诗歌的永存:

> 你老了枯了据说死了
> 流完自尊活力的汁液
> 卸尽绿色,以至半枯的黄叶
> 仍然是河边的一个独特风景
>
> 那些冬天,你也曾被剥夺

绿叶绿荫,寒风劈断巨枝
枯得像死树,扭曲得不像树
但一有春雨,尽管迟到
就又能再绿,叶叶有歌声

不声不响地来
将不声不响地走开
终于连根被挖掉
烧掉,回归无言的尘土
但现在,仍然能仰天沙声长啸
不停止对生命讴歌
而且像以往,自豪地挺立着
为这片风景最后一次"点睛"
远看,几年几十年地远看
你没有死,将悠久地
活在无数记忆里,艺术形象里
还会默默摇曳,轻步走过来
只因为,你在青年,壮年,老年
都展示过独特的各种绿色
好风景,音乐殿堂和美荫

诗人可以老去,逝去,但不老不死的是他们流自内心的诗。

二〇〇八年八月二十五日

"我是沉寂的洪钟"

——悼念袁可嘉先生

"九叶"诗人中有几位都是外语系毕业的,如辛笛、穆旦、袁可嘉、杜运燮、唐湜,也有留学美国的,除穆旦外还有女诗人郑敏,他们的英文都非常好,对西方文学和诗歌很熟悉。我还记得二十世纪八十年代袁可嘉先生主编的《外国现代派作品选》(一九八〇——一九八五)在爱好文学的大学生中几乎人手一套,那时现代派还遭到种种非议,编选的过程中也承受着所谓"精神污染"、"资产阶级自由化"等政治冲击和压力,但在改革开放的年代里这套书还是风靡一时,全面的介绍打开了大学生们和文学爱好者的眼界,影响极大。八十年代初我第一次见到袁可嘉先生,正是他从美国讲学回来,途经上海。他为人谦逊,平易近人,个子不高,胖墩墩的,前额饱满,度数很深的镜片背后闪烁着智慧的眼神,举止更像一位学者。他在父亲辛笛的陪同下先后在作协和我所任教的大学中文系作演讲座谈,介绍美国诗歌的

辛笛陪袁可嘉在上海作协座谈演讲

最新发展,轻声侃侃而谈,带来大洋彼岸最新的学术信息。九十年代我因编选《昨日之歌——冯至诗文选》去北京请他作序,在他那堆满书报的书房里,他微笑着一口答应,同意为自己当年西南联大的老师之作品写序,并给予我有益的建议和指点。近年他住在美国的女儿家,身体不佳,与外界很少联系。但是人们不会忘记,这位集诗人、诗论家和翻译家于一身的学者,早在二十世纪四十年代就以其诗歌创作实践和现代诗歌的理论研究为中国新诗走向现代化做出了不懈的努力,以后又为介绍评析西方现代派作品及诗学不遗余力,半个世纪以来他的翻译作品同样脍炙人口。

袁可嘉是浙江余姚人,生于一九二一年九月十八日,家里以经商为主,母亲是旧式家庭妇女,生儿育女,操持家务,备极辛劳。袁可嘉以后曾有一诗,题为《母亲》(写于一九四八年),抒发了他外出求学、阔别故乡八年后再见母亲时的情景和感情:

迎上门来堆一脸感激,
仿佛我的到来是太多的赐予;
探问旅途如顽童探问奇迹,
一双老花眼总充满疑惧。

从不提自己,五十年谦虚,
超越恩怨,你建立绝对的良心;
多少次我担心你在这人世寂寞,
紧挨你的却是全人类的母亲。

面对你我觉得下坠的空虚,
像狂士在佛像前失去自信;
书名人名如残叶掠空而去,
见了你才恍然于根本的根本。

这首诗不作直露的抒情,而是从儿子的角度凸现出母亲的形象,勾画出不识字的母亲见到离别已久又学成归来的儿子时所表现的神情和言谈,"感激"、"顽童"、"疑惧"等字眼的运用,似乎有些反常,却又在情理之中,表现了母亲对儿子思念之烈,急切想了解儿子在外八年的生活,儿子旅途中的种种艰险都引起老人的情感反应;进而抒发儿子对母亲的关爱和敬重,回顾五十年来母亲的忘我付出,曾担心自己不在母亲会寂寞,但进而领悟到无私的母爱是全人类母亲的体现;最后对照自己,进一步强化母亲给自己的启迪,尽管自己大学毕业,有了一些书本知识,但相比于母亲,实在渺小空虚,她的实实在在、默默无闻、无私奉献,正是全人类母亲"根本的根本"。此诗既蕴含颂扬母爱的真挚情感,却又不是直截了当地写出,而是通过母亲的言谈举止神情和作为儿子自身的领悟,采用感性与知性相结合的方法,将独具个体的母亲与全人类的母亲形象勾连在一起,此情此意也就深广起来。全诗在形式上为三节四行体,较为整齐,因每行内有适当的停顿,韵脚相对固定,朗读起来自然上口。

袁可嘉兄弟九人,他排行老五,大哥在一九三八年毕业于清华大学社会学系,爱好文史和写作,对他影响最大。从小他就爱读课外书,家中藏有一些旧书报,大哥又带回新文学书刊,他接触到《西游记》和冰心的《寄小读者》等作品后,对文学逐渐产生兴趣。小学还没毕业,他就随大哥到了上海,自学半年,大哥教他英语和算术,这对他后来以英美文学作为专攻对象不无关系。初中阶段他学习努力,经常获得奖学金,尤其在语文和英文方面打下扎实的基础,课余活动活跃,参加校刊编辑工作和学术辩论会,也参加童子军和球类比赛,同时开始新诗的写作,他的智力和体力均得到提高。

袁可嘉青少年时期的学习经历并不顺利,正逢日寇入侵、国家遭难之际。一九三七年七月抗日战争全面爆发,日军随时可能进犯浙江,形势日益紧张,为避战乱而东奔西走,他的学习也就断断续续,一九三九年他在南京迁川的青年会中学读了高中一年半课程,学校教学重视英文课程。他平时喜欢和同学一起办壁报,发表自己的短诗习作。后来成为著名台湾诗人的余光中当年也在该校读初一,不过比读高二的袁可嘉小了七岁,他俩直到五十年后才在北京重逢。一九四〇年袁可嘉又转入重庆南开中学读书,在英语学习方面得到柳无忌教授夫人的指导。在课外阅读中,除《中学生》是他爱读的杂志外,朱光潜的《给青年的十二封信》和《文艺心理学》都引起青年袁可嘉的极大兴趣。

半年后他以同等学力(即同等学习能力)报考昆明国立西南联合大学外语系,原本可以就近报考中央大学和重庆大学,但他宁愿舍近求远,因为他早就知道西南联大在抗战期间由北京大学、清华大学和南开大学三校南迁合办而成,它的自由民主学术气氛和文科方面的师资盛名深深地吸引了他。差不多也在这个时候,他正式发表第一首诗《死》,是悼念重庆大轰炸中的死难者,刊登在一九四一年七月的重庆《中央日报》上。就在这一年,他搭乘装载黄沙的卡车、历经战时路途的种种艰险,也许正是有过这样的跋涉和以后的旅行经历,在他后来所写的《旅店》(一九四八)一诗中,也就充满着现实的"慌乱""彷徨""不安"和对"深夜一星灯光"的渴望:

> 对于贴近身边的无所祈求,
> 你的眼睛永远注视着远方;
> 风来过,雨来过,你要伸手抢救
> 远方的慌乱,黑夜的彷徨;
>
> 你一手接过来城市村庄,
> 拼拼凑凑够你编一张地图,
> 图形多变,不变的是深夜一星灯光,
> 和投奔而来的同一种痛苦;

> 我们惭愧总辜负你的好意,
> 不安像警铃响彻四方的天空,
> 无情的现实迫我们匆匆来去,
> 留下的不过是一串又一串噩梦。

在这首诗里,旅店被拟人化,成为与"我们"交流情感的对象——"你",而路途上一个个旅店可以歇脚的温馨和无情现实造成的噩梦形成强烈的对比,加强了旅途时间的急促感,蕴含揭示现实的一种张力。

一九四一年秋天,经过长途颠簸,袁可嘉终于跨入昆明大西门外的西南联大的新校舍,这所大学对他的人生道路有着决定性的影响,他立志做一个作家兼学者,开始大学外文系的读书生涯。

这所战时著名的大学中文系和外文系拥有一批有影响力的诗人、作家和教授,如朱自清、闻一多、沈从文、叶公超、冯至、卞之琳、李广田等,他们对文学青年具有磁石般的吸引力。当时校园里学生社团十分活跃,袁可嘉参加了外语系许芥昱主持的英文壁报《回声》和西洋戏剧学会的活动,自己和同宿舍的同学办起名为《耕耘》的双周刊壁报,强调学术研究,提供发表文学创作的园地,该壁报经常刊出袁可嘉的诗作,邹承鲁(后来的生化学家、中国科学院院士)的小说、马逢华(后为美国华盛顿大学教授)的诗和散文、陈明逊(后为加拿大湖滨大学历史教授)的政论等。大学一年级的时候,袁可嘉喜爱英国浪漫主义诗歌和徐志摩的诗,他沉浸在拜伦、雪莱、济慈、华兹华斯等诗人作品中,以为天下诗歌至此为极。他也学着写浪漫主义的诗歌,一首试笔之作《我歌唱,在黎明金色的边缘上》,就是歌颂抗战的浪漫主义作品,最初发表在一九四三年七月七日的香港《大公报》上,后来被冯至先生推荐刊登在昆明的《生活周报》副刊上。

入大学第二年,也就是一九四二年,对袁可嘉来说是很重要的一年,他的兴趣从浪漫主义文学转向了现代派文学。他在联大新校舍的茅屋里先捧读卞之琳的《十年诗草》,尽管是用土纸印刷的,但他仍读得爱不释手;后又读到冯至的《十四行集》,同样受到极大的震动,惊喜地发现诗是可以有如此多种不同的写法的。与此同时,他读到美国意象派和艾略特、叶芝、奥登等人的诗作,更加对现代派作品产生兴趣,因为这些诗作比浪漫派要深沉含蓄,更有现代味,而且切近现代人的生活。当时西南联大校园里也刮着强劲的现代风。在袁可嘉入校之前,即二十世纪三十年代末就有英国现代诗人燕卜生给高他两班的穆旦们开过现代诗课程,而更早在三十年代前期叶公超在清华大学也给辛笛们讲过西方现代诗,介绍过艾略特的《荒原》等。在袁可嘉就读时期,有英国著名记者和诗人罗伯特·白英教授给他们上现代英诗的课程,袁可嘉曾应这位外籍老师的要求用英文翻译了几首徐志摩的诗,收入白英编的《当代中国诗选》,这是袁可嘉第一次发表译作。所以在大学讲坛上对同时代现代派的横向介绍,可以说从辛笛三十年代前期就学的清华大学,一直延续到四十年代穆旦、袁可嘉先后入学的西南联大,现代派诗歌在这些校园里蔚然成风。

一九四五年八月抗日战争取得胜利。一九四六年五月西南联合大学完成抗战八年培养学生三千人的历史使命,宣告解散,原属北京大学、清华大学和南开大学三校的师生纷纷北上，返回北京和天津。而袁可嘉就在这一年毕业，先回老家探望年迈的母亲，前面介绍的《母亲》一诗就是这次探亲的艺术结晶。然后在十月赴北京就职，任北京大学西语系助教，给大学一年级生上英语课，同时课余写作和做研究。

大学所受的影响在以后的岁月继续消化融汇，最终形成袁可嘉自身诗歌的特点，他在一九四六年开始进入自己诗歌创作集中期，一九四七至一九四八年达到最高峰。当时他在前辈作家沈从文、朱光潜、杨振声和冯至等主编的刊物上发表新诗二十余首，并以"论新诗现代化"为总标题发表一系列评论文章，倡导新诗走现实、象征和玄学相结合的道路。

袁可嘉早期诗歌（一九四六年）可见中国古典诗词的影响，也有他的老师卞之琳的某些痕迹，被评论者看作"从句式、诗体架构到意象营造、意境追求都毫不模糊地揭示了这一点"①，并指出《空》这首诗与卞之琳的《白螺壳》在艺术上的肖似。其实，袁可嘉对诗艺

《论新诗现代化》封面

---

① 张道同《探险的风旗》第三八六页，安徽教育出版社，一九九八。

的吸收是多方面的,不仅有我国古典诗词的熏陶,有老师卞之琳的影响,也有对冯至哲思的吸取,更有西方现代派诗艺的采撷,甚至可见十七世纪英国玄学派诗艺特点。那些影响的痕迹其实是盐溶于水的表现,可以指出这点那点的相似,但整体却仍是袁可嘉的。袁可嘉早期的代表作《沉钟》、《空》、《岁暮》、《墓碑》体现了他这个阶段自身的空灵飘忽哲思的特点,抒发对生命的沉思、内在的体验和自省的探求。

沉　钟

让我沉默于时空,
如古寺锈绿的洪钟,
负驮三千载沉重,
听窗外风雨匆匆;

把波澜掷给大海,
把无垠还诸苍穹,
我是沉寂的洪钟,
沉寂如蓝色凝冻;

生命脱蒂于苦痛,
苦痛任死寂煎烘,
我是锈绿的洪钟,
收容八方的野风!

一九四六年

《沉钟》既有对中国古典咏物诗的继承,借物咏志,又有现代诗的创意,选取"古寺锈绿的洪钟"作为全诗的中心意象,将它设定为"我"主观抒发的"客观对应物",点出钟所在的"古寺",外表的"锈绿",说明年代的久远,曾经声音洪亮的洪钟已无声响,第一节采用明喻点出"我"一如"沉钟":在时间中沉默,背驮岁月的重载,倾听历史的风雨,第二三节则明确地将"我"和"沉钟"划上了等号:"我是沉寂的洪钟","我是锈绿的洪钟",主体情思与客体物象叠加成一体。如果说第一节着重从时间上把握,第二节则通过"大海""苍穹"扩展到空间,洪钟在阔大的空间沉寂。经过如此时空的铺垫,第三节完成了对主旨的揭示,由沉钟思考生命和苦痛,而最后一句"收容八方的野风",则说明洪钟仍有着生命力和包容力,在苦痛中仍能发出内在的声响。此诗巧妙的是,由于每句入多七字二顿,形成短促的节奏感,每行句尾基本押韵,朗朗上口,尽管强调的是沉默沉寂,但由于押 ong 音,又有短促的节奏,默诵中似仍有洪钟的回响,萦绕不绝,从而达到沉钟即主体"我"并未真正死寂、仍在思考的艺术效果。

　　自一九四七年开始袁可嘉的诗歌创作有了更明确的方向,植根于现实的土壤,追求"现实、象征和玄学的综合",他对这三者的解释是:"现实表现于对当前世界人生的紧密把握,象征表现于暗示含蓄,玄学则表现于敏感多思,感情、意志的强烈结合及机智的不时流露。"[①]这些理论是他对现代诗的总结,也体现在他的创作实践中。《冬夜》、《进城》、《上海》、《南京》、《北平》等都是这个阶段的优秀之作,达到这位

---

　　① 袁可嘉《新诗现代化》,《半个世纪的脚印——袁可嘉诗文选》第五十二页,人民文学出版社,一九九四。

诗人对新诗现代化的要求——"强烈的自我意识中的同样强烈的社会意识"①。

英国二十世纪三十年代著名诗人奥登曾在抗战期间有中国之行,他能够将现实题材用现代派手法加以表现,对"九叶"诗人都有很大的启发。十七世纪英国玄学派诗人约翰·多恩以奇想和巧智赢得读者,他用哲学的辩论和说理的方式写诗,常将当时的科学发明做比喻入诗。这种从科学、哲学、神学中摄取意象的特点对学院派出身的"九叶"诗人同样颇有吸引力。袁可嘉在这个阶段中的作品中借鉴这些特点写出表现中国现实的现代诗。他善用新奇的比喻制胜,如《冬夜》中的诗句:

> 冬夜的城市空虚得失去重心,
> 街道伸展如爪牙勉力捺定城门;
> 为远距离打标点,炮声砰砰,
> 急剧跳动如犯罪的良心;
>
> 谣言从四面八方赶来,
> 像乡下大姑娘进城赶庙会,
> 大红大绿披一身色彩,
> 招招摇摇也不问你爱不爱。
>
> ……

---

① 袁可嘉《新诗现代化》,《半个世纪的脚印——袁可嘉诗文选》第四十九页。

四十年代后期的政局摇摇欲坠,北平城里的街道用含有贬义的爪牙来比喻,守军向城外发炮的声音用打标点来讽刺,奇特而贴切;而时局混乱造成城里的谣言纷纷四起,又用乡下姑娘的穿着"大红大绿"来形容,既形象又真实。他也善于用巧智来赢得读者,表现在将矛盾现象并存于同一审美对象——城市:"走进城就走进沙漠,/空虚比喧哗更响;/每一声叫卖后有窟窿飞落,/熙熙攘攘真挤得荒凉。"(《进城》)该诗采用语义相反的语词搭配造成理解上的张力,照理,城市是热闹的,此处却说"走进沙漠",内在的"空虚"比外在的"喧哗"更强烈,"熙熙攘攘"却与"荒凉"搭配,透过繁华的表象揭示出贫乏的内里,造成机智而有力度的讽刺效果;又如实体的城门用符号"括弧"作比,"括弧"之内充斥的东西则是诗人极力针砭和讽刺的对象:"东西两座圆城门伏地如括弧,/括尽无耻,荒唐与欺骗"(《冬夜》)。诗人解释自己在《冬夜》中借鉴西方现代派的艺术特点是:一、多处运用大跨度的比喻;二、突出机智和讽刺的笔法;三、运用强烈的对照,有时用正相反的词语来渲染气氛。"这是英国玄学派诗人创造的手法,后来为现代派诗人所承袭和发展。我在四十年代的作品里有意识地做过类似的试验"①。这些特点在他同时期其他诗作中也多少可见。

《上海》、《南京》等在形式结构上更为紧凑,采用现代派手法达到更深刻地针砭时弊的艺术效果。

---

① 袁可嘉赏析《冬夜》,公木主编《新诗鉴赏辞典》第六一三页,上海辞书出版社,一九九一。

上 海

不问多少人预言它的陆沉,
说它每年都要下陷几寸,
新的建筑仍如魔掌般上伸,
攫取属于地面的阳光、水分,

而撒落魔影。贪婪在高空进行;
一场绝望的战争,扯响了电话铃,
陈列窗的数字如一串串错乱的神经,
散布地面的是饥馑群真空的眼睛。

到处是不平。日子可过得轻盈,
从办公房到酒吧间铺一条单轨线,
人们花十个小时赚钱,花十个小时荒淫。

绅士们捧着大肚子走进写字间,
迎面是打字小姐红色的呵欠,
拿张报,遮住脸:等待南京的谣言。

一九四八年

《上海》、《南京》是两首以城市名为题的十四行诗,前者讽刺上海商界,后者针砭南京政界。采用不太严格的十四行体,尝试如英国现代诗人奥登那样将社会性题材和现代派诗艺糅合在一起加以表现,取得非同寻常的效果。《上海》是一首讽刺诗,诗人有感于二十世纪四十年代后期上海豪富对资源的贪婪占有和掠夺,将上海的陆沉现象与高楼的林立相对照,也有大跨度的比喻和象征,展示通货膨胀下的商业竞争如一场绝望的战争,通过架设在高空的电话线进行,物价猛涨如错乱的神经,老百姓忍受着饥饿,富商们却过着花天酒地的生活,每天无聊地等待的是南京政府的政治谣言,只要谣言一出,又可大发国难财。诗人在营造意象时故意将丑恶的现实和现代发明及科学术语相联,如"电话铃"、"饥馑群"、"真空的眼睛"等,有点陌生跳跃实有内在关联,感性和理性结合,更显示出文明特征下的畸形。诗人也善用巧智幽默揭露现实,呵欠之所以是红色的,那是打字小姐涂着口红的嘴在打呵欠,写得巧妙曲折又令人发笑。

当然,青年袁可嘉也曾尝试写情诗,《走近你》是他创作中唯一的一首情诗。但若不是诗人夫子自道,承认是"他青年时代感性生活中的一次强烈体验"[1],读者决不会把它看作是一首情诗。我最早读到它是在一九八八年,为编选《九叶之树长青——"九叶诗人"作品选》一书,有一段时间每天泡在徐家汇藏书楼翻阅着发黄发脆的报刊,突然看一九四八年三月的《文学杂志》(第二卷第十期)上有着署名袁可嘉的《走近你》,感到一阵发现的惊喜,因为《九叶集》中没有收入此诗。初读该诗感觉意象丰富多义,有吸引力,"你"可泛指生活中的某些事物道理,而"我"可指诗人,似也能让任何读诗的人自居,做不同的联想和阐释,不过就是想不到这是一首情诗。幸而以后有诗人自己介绍[2]和他的学生傅浩的

---

[1] 唐祈主编《中国新诗名篇鉴赏辞典》第四四八页,四川辞书出版社,一九九〇。
[2] 袁可嘉《新诗现代化》,《半个世纪的脚印——袁可嘉诗文选》第四十九页。

读解①,才使我们进入诗人隐秘的感情世界。

走近你②

走近你,才发现比例尺的实际距离,
旅行家的脚步从图面移回土地;
如高塔升起,你控一传统寂寞,
见了你,狭隘者始恍然身前后的幽远辽阔;

原始林的丰实,热带夜的蒸郁,
今夜我已无所舍弃,存在是一切;
火辣,坚定,如应付尊重次序的仇敌,
你进入方位比星座更确定、明晰;

划清相对位置便创造了真实,
星与星一片无垠,透明而有力;
我像一绫山脉涌上来对抗明净空间,
降伏于蓝色,再度接受训练;

你站起如祷辞:无所接受亦无所拒绝,
一个圆润的独立整体:"我即是现实";
凝视远方如凝视悲剧——
浪漫得美丽,你决心献身奇迹。

一九四七年

---

① 辛笛主编《20世纪中国新诗辞典》第五二八页,上海汉语大词典出版社,一九九七。

② 发表于一九四八年三月《文学杂志》二卷十期。

原来诗中的"你"即是一位深深吸引诗人的姑娘,交往已有数年,在一个热气蒸郁的夜晚,他们单独相聚。此时他们之间的距离似乎很近很近,但诗人却发现一如地图的比例尺在实际中的距离——其实相当遥远,对方如寂寞的高塔升起,可望不可即,诗人感觉到自己的狭隘,也就恍然于身后幽远辽阔的世界了。尽管对这样的距离感有所醒悟,但仍不愿后退,就在第二三节加以展示,"无所舍弃"也就是没什么可舍弃,坚持"存在就是一切";但对方也以同样的坚定进入确定明晰的方位,有情人互相尊重却又互不妥协,就像星座之间相隔着无垠的空间而互相对峙。诗人自省试图像一绫山脉也升起来,却够不着明净的空间,只有接受现实,"降伏于蓝色",走自己的路。"蓝色,既是无垠天空的颜色又是忧郁的象征"①。而对方也保持着自身的独立性——"一个圆润的独立整体",她凝视远方,有所向往,她"决定献身奇迹",尽管"浪漫得美丽",但也许等待她的是悲剧,"暗示着某种异乎寻常的选择"②。这里通篇没有一个爱字,众多的意象铺排着两人在相聚中的情感发展,用暗示、启发的方式让读者自己体味,即使做出不是情诗的判断也是一种理解。诗的含意比较隐晦,但一旦破解为情诗则又感到经得起咀嚼,回味有余。读解此诗让我想起穆旦的情诗组诗《诗八首》:"唉,那燃烧着的不过是成熟的年代,/你底,我底 / 我们相隔如重山!"尽管穆旦情诗有着更为繁

---

① 唐祈主编《中国新诗名篇鉴赏辞典》第四四八页,四川辞书出版社,一九九〇。

② 唐祈主编《中国新诗名篇鉴赏辞典》第四四八页。

复丰赡的意象,欲望和知性相交织,同时存在着深刻的哲学意味,但与袁可嘉的情诗仍有相通之处,不是一目了然的抒情,而是要经过反复吟读,才能获得对爱情真谛的思考。《走近你》和《诗八首》都二十世纪四十年代提倡新诗现代化过程中具有代表性的情诗作品。

《袁可嘉诗文选》封面

袁可嘉的诗作数量并不多,写得少而精,总共不超过五十首,一九四六年至一九四八年是他最能专心写诗的两年,他最优秀的诗歌都是在四十年代创作的;同时发表了一系列探讨新诗现代化的论文,诗学理论和创作实践互为印证。一九四九年至一九七七年由于各种政治运动接踵而来,根本没有条件和心情写诗,只有在一九五七至一九五八年受新民歌的影响写了一组歌谣体的《劳动诗抄》,一九七七年以来也不过写了十来首。诗歌创作不多产的原因正是外部环境和内在心境所致。二十世纪五十年代以后他把主要的精力放在翻译方面,到了晚年则由于长期做学术研究,逻辑思维超过形象思维,诗歌创作的冲动也就减少了。

袁可嘉的研究著作令人瞩目,撰有《论新诗现代化》(论文发表于二十世纪四十年代,结集出版于一九八八年)、《现代派论·英美诗论》(一九八五)、《欧美现代派文学概论》(一九九三)、主编有《现代美英资产阶级文学理论文选》(一九六一)、《外国现代派作品选》(合作,一九八〇——一九八五)《现代主义文学研究》(合作,一九八九)等。他受英美新批评和西方现代诗的启迪,又经过自身诗歌创作的实践探索,并参证"九叶"诗人如穆旦、杜运燮的诗创作,同时考察新诗发展到四十年代的成败得失,提出中国新诗现代化一套体系性理论。对新诗现代化的实质,他作了明确的归纳:"说得简单一点,无非是两条。第一,在思想倾向上,既坚持反映重大社会问题的主张,又保留抒写个人心绪的自由,而且力求个人感受与大众心志相沟通,强调社会性与个人性、反映论与表现论的有机统一;这就使我们与西方现代派和旧式学院派有区别,与单纯强调社会功能的流派也有区别。第二,在诗艺上,要求发挥形象思维的特点,追求知性和感性的融合,注重象征和联想,让幻想与现实交织渗透,强调继承与创新、民族传统与外来影响的结合,这又与诗艺上墨守成规或机械模仿西方现代派有区别。八十年代,我进一步称之为'中国式现代主义',原因就在思想倾向和艺术方法两个方面。它与西方现代主义有同更有异,具有中国自己的特色"[①]。他的诗论对于当时存在于诗坛的说教诗、口号诗、感伤诗、模仿诗等是一种清醒的纠正。到八十年代,他进一步称之为"中国式现代主义",体现在他当时指出的思想倾向和艺术方法两个方面,强调与西方现代

---

① 袁可嘉《自序》,《半个世纪的脚印——袁可嘉诗文选》第二页。

主义有同更有异,具有中国现代诗自己的特色。

在他看来,现代诗歌的高度综合性质,表现在现实、象征、玄学的新的综合传统;诗是多种因素结合的有机组织,成败决定于整体效果;诗与主客观有机联系,不可偏执一端;诗表现手法的现代化(如新诗戏剧化所表现的客观性、间接性;象征联想的暗示性、曲折性)等。一直到二十世纪九十年代,经过了五十年风雨之后,他仍然坚持这些观点,而且经过时间的考验,新诗创作一度走过的弯路都证明了他的理论的预警性和有效性。

同样,他在诗歌翻译方面也成就斐然,译有《米列诗选》(一九五七)、《布莱克诗选》(与穆旦合译,一九五七)、《彭斯诗钞》(一九五九;修订版一九八一;增订版一九八六)、《英国宪章派诗选》(一九六〇;修订版一九八四)、《美国歌谣选》(一九八五)、《驶向拜占庭》(一九九五)、《叶芝抒情诗精选》(一九九七)等。他把译诗看作"是一种艺术,而不是一种技术。这里'整体观念'极为重要"[1]。他认为一首诗就是艺术品,首先要从整体上把握它,在充分理解原作这一艺术整体的基础上,再用最贴切的中文加以表达,而不是停留在逐字逐句翻译出来就行。因此,他的译作既不脱离原诗体式,不随意乱译,又不强求形式上的亦步亦趋,而力求传达出原诗的神韵。难忘八十年代第一次读到他翻译的叶芝《当你老了》一诗,传神、流畅、温馨,感觉至今似仍无出其右者。他看到不同的诗人如叶芝、威廉斯、塔·休斯等人的诗

---

[1] 《不成圆的弧圈——袁可嘉访谈录》,载王伟明《诗人诗事》第一三七页,香港诗双月刊出版社,一九九九。

有着截然不同的风格,他从语言、意象、节奏、体式、口吻、情调等各个方面逼近原作,当然也包括必要的变通,目的是尽可能完整忠实地再现原作的风格和诗味。与穆旦一样,他的译作体现了诗人译诗的特点。

一九九四年袁可嘉在辛笛家相聚

在"九叶"诗人中,袁可嘉的诗歌创作不多,但有留世的精品在,而他经过时间和实践检验的诗论更是在中国新诗理论发展史上独树一帜,对中国现代诗创作继续产生着深远的启迪作用。

撰文至此,忽闻袁可嘉先生病逝的噩耗,二〇〇八年十一月八日他在美国纽约逝世,享年八十七岁。这篇文章也就成为对他最好的悼念了。

二〇〇八年十一月十一日写于上海

智量师

在同门弟子中,我大概是最早认识王智量先生的,也是与他相处时间最久的学生。

当我从插队落户的山村考回上海,刚开始大学生活之际,父亲就说要带我去拜师,他把我领到了复兴中路智量老师的家。他俩是在翻译家方平先生那里相识的,交谈甚欢,父亲认为智量师有才学,精通俄语和英语,对文学有研究,希望我能跟着他好好学习,把耽误的时间补回来。从此智量师那拥挤的家是我常去的地方,我不仅感受到智量师对文学的精到理解,而且知道了他一路走来的坎坷人生,但是即使在被打成"右派"、到边远地方劳改,甚至失去职业只能靠拉板车养家糊口的时候,他仍对外国文学一往情深。一天劳累之余他坚持翻译普希金的《叶甫盖尼·奥涅金》,他还学习拉丁文,直到自己的辞典被抄走,最后在打扫厕所时发现辞典已被撕成一张张,给人当作手纸在使用。当他哈哈笑着谈起这些往事时,却分明可以听到心的哭泣。

大学学习期间,智量师的课是最受学生欢迎的课程之一。记得在文史楼的走廊里听到七七级上课的315大教室里传出年轻的琅琅悦耳的讲课声,标准的普通话,流畅的表达,引得我们几个七八级学生驻足倾听,然后好奇地走过去看看,只见是头发花白的智量师在充满激情地讲授俄罗斯文学。于是我们期待着以后的学期轮到我们听他的

智量师

课。当听说他不一定给下一届学生上课时,我们年级同学集体请求系里能考虑安排他上课。他没让大家失望,他的课既有深度又有广度,还充满感情,他给我们声情并茂地朗诵达吉雅娜给奥涅金的信,既用中文又用俄语,他仿佛就成了达吉雅娜。每次听完他的课,大家都有一种满足,又有一种期盼,等待着下一堂课,同时急急地到图书馆去阅读有关的书籍,希冀从中获得进一步的滋养。

智量师是我大学毕业论文的指导老师。三年级时我读完了屠格涅夫的六部长篇小说、中短篇和戏剧,还准备同样一鼓作气地系统阅读陀思妥耶夫斯基的长篇小说,但读了《被侮辱与被损害的》《罪与罚》《少年》,读到《白痴》,我再也无法继续下去,否则我也非变成"白痴"不可,就此止步,直到毕业后才读了《群魔》和《卡拉玛佐夫兄弟》。陀思妥耶夫斯基叙述总是与我的思维拗着,读他的作品好像有"对

眼"——不顺的感觉。我的审美天平自然倾向于屠格涅夫,很想探究他作品中充溢着的诗意和淡淡的哀愁,于是毕业论文我选定的题目是《屠格涅夫的宿命论》,在与指导老师汇报之前,就已开始重读作品,注意搜集这方面的资料了。智量师要我先拟提纲,他看了提纲后立刻"枪毙"了我的选题,理由是题目太大,不好把握。这真是一盆冷水,把我的热情浇得所剩无几。之后细细思忖,却感到很有道理。在列提纲时我已感到有些力不从心了。智量师告诫,论文切入的口子开得小一些,才能纵横开阖,分析论证才能充分。这些教训成为我以后也传授给学生的经验。最后完成的学士论文是《同一爱情悲剧的不同变奏——屠格涅夫的〈阿霞〉和亨利·詹姆斯的〈丛林猛兽〉比较》。《阿霞》是我熟悉的,当我读到《丛林猛兽》时,有一种似曾相识的感觉,尽管两位作家的风格是截然不同的;进而发现两位作家有交往,而且詹姆斯很推崇屠格涅夫,我是很兴奋的。智量师为我提供的詹姆斯的文学论文中更是称屠格涅夫为"小说家中的小说家"。当年满怀兴趣做论文的欢畅感觉至今还记得。那篇定稿的论文智量师给打了"优",而初稿上还留有他铅笔改动的字句。这篇论文我一直放了十八年,到二〇〇〇年才拿出来发表,感到还能经得住时间的检验。这与智量师的严格要求和精心批改是分不开的。这样一丝不苟的师风也成为我指导、批阅学生论文的榜样。

留校任教一段时间后,来到外国文学教研室工作,智量师平等地把我当作同事,而实际上他始终是我的导师。他希望我一定要花工夫上好本科的基础课,并且传授上好课的秘诀:充分备课,不断补充新材料,全身心地投入,给学生以感染。当我的课也受到学生好评时,他是很欣慰的。智量师招收首届研究生,我以在职青年教师的身份考到他的门下,受到更为系统的学术训练。智量师从如何做卡片教起,要求我们写上摘录的内容后,必须写明摘录文章的题目、作者、出版社、出版年份,还要注明自己做摘录的年月,以便若干年后可以对照备忘;同时在卡片一侧留有空白处,不断补充新的研究内容或想法;使用卡片时,根据不同的课题,可以灵活地重组或调整。这些对我以后的研究和教学都起了很大的作用,少走不少弯路。智量师的上课也充分发挥我们学生的主动性,他让我们分别承担不同选题的主讲人,而他作为我们中的一员,平等地与我们探讨问题,鼓励我们谈出自己的想法和观点,同时也提醒我们应注意深入探究的一些问题。我们为了上好自己主讲的课题,花费更多的时间在图书馆和资料室阅读大量书籍,查阅资料,梳理别人和自己的观点,考虑讲授的角度,这样的准备比平时仅仅带耳朵听课有更多的收获,经历整个过程之后,学到更为实际的研究和讲授方法。其实,智量师的这一教学方法,我在给他当本科教学的助手时就有所了解。八十年代前期他曾在中文系进行选修课的改革,我看到他如何打开学生的思路,激发他们主动学习的热情,他所上的《屠格涅夫研究》选修课由他先作总体引导性发言,然后采用专题讨论的方式,每个专题组的学生在课余讨论(他让我参与其中,了解情况),然后推荐代表主讲自己的专题,同时在课上展开讨论,智量师最后做总结。这门课结束后学生以论文的形式作为作业提交,他们很珍视自己的学习成果,连续四年每届学生都编成一本油印的论文集(现展览在华东师范大学闵行校区中文系的成果陈列室里),其中不少篇学生论文都在正式的刊物上发表。我为之总结了智量师的上课经验,写成《中文系选修课改革初探》,并代表智量师参加了一九八五年全国外国文学教学会议,在会上作了介绍,受到与会者的关注和好评。文章后来发表在华东师范大学的《教学研究》上。而我做了智

圣思在全国外国文学
教学会议上发言

量师的研究生后,对这样的教学方法更从学生的角度感同身受,获益匪浅。待我自己也带研究生后,坚持也采用这样的方法,逼着学生读书思考,作专题主讲,尽管他们常常叫苦,但过后深感还是颇有收获的。

当年智量师正考虑一个比较文学的大选题:《俄国文学与中国》,他希望我们五个学生每人选一个俄国作家,将其与中国联系起来加以比较研究。记得那天我到智量师那里认领选题时,只剩下陀思妥耶夫斯基了。尽管我在大学期间无法卒读他的作品,但在以后对"文革"的反思中却感到他更能撞击出对人性的深刻思考,而在自己的教师生涯中,有学生的作业题为《屠格涅夫面临危机》,提出他们不会否认屠格涅夫的元老地位,但陀思妥耶夫斯基更令他们倾心。虽然我深信,屠格涅夫永远不会面临危机,他会打动一代又一

代的少男少女们，但学生的敏锐也让我真切地感受到时代审美趣味的改变。因此我的硕士论文选题是《陀思妥耶夫斯基与中国》。智量师要求我们提供历年来中国有关的研究资料，虽然后来因出版困难，"资料选"未能问世，但却让我们查到不少第一手资料，为论文的写作打下扎实的基础。至今还很怀念在徐家汇藏书楼查阅一九四九年以前中国期刊的那段日子，带着面包和水待上一天，或中午倘佯在徐家汇的小吃店里，休息一下等待下午开馆时再继续阅读；一旦发现有关于陀思妥耶夫斯基的研究文章，真让人喜出望外，或复印或抄写，忙得不亦乐乎。后来智量师将我们的论文和他的长序集中在一起成书出版，书名即为《俄国文学与中国》。

硕士毕业后，我仍将陀思妥耶夫斯基作为继续研究的课题，因为这位作家对二十世纪的现代主义文学和现实主义文学的影响都是巨大的，我甚至雄心勃勃地想写一本《陀思妥耶夫斯基比较研究》。一九九三年我写成《〈地下室手记〉与存在主义小说》、《〈两重人格〉与意识流小说》等论文，在交

《俄国文学与中国》封面

《外国文学评论》、《江淮论坛》等杂志发表之前，先拿去请智量师审读，他对我鼓励有加，使我增强了信心。只是因为九

十年代后期大病一场,再也无法走近陀思妥耶夫斯基——要全身心地投入他的艺术世界,那些痛苦不堪、骚动不宁、痉挛紧张的阅读过程对身体的康复不利,我终于告别了他。但他给予我的精神启迪却积淀在心中,在我也面对死神的威胁时,发现自己虽然对孔子所曰"未知生,焉知死"理解不深,但更深刻地体验了陀思妥耶夫斯基面对死刑时的感受,重新领悟到生的意义。这样的意义对我不是宗教意识上的终极关怀,而是现实的选择和考虑:必须在有限的有生之年做只有我才能做的事,于是我完全走向了"九叶"诗歌,走向了"九叶"诗人个案研究。

确实,智量师"授人以渔",使我们能独立地打开一片片新的天地。当我编选中国新文学社团流派丛书中的一种《"九叶诗人"作品选》、《"九叶诗人"评论资料选》时,当我进行"九叶"个案研读时,很自如地将智量师教授的研究途径和方法再实践一遍,并有新的领悟:学科之间尽管研究对象有所不同,但学问是相通互补的。

智量师不是循规蹈矩的人,他不断地有创新的思路。在八十年代末他编教材时一反常规的编年体例,而主编成一本以国别体例为线索的外国文学教材,而我又是新体例的实践者。根据智量师的新编体例,我去寻找阅读了各国国别文学史,对一些在编年体例中不占最重要地位的作家、但在他们自身民族文学发展过程中却是不可或缺的、起着创新和承上启下作用的作家有了新的认识,这样也扩大了我立体看待文学史的视野,使教学内容更为丰富多彩。因此我总结了新体例的长处,撰写了《比较文学与外国文学教材及教学的新体例》、《外国文学教材与教学的改革》等文,发表在一九九一年《中国比较文学》等杂志上;同时协助智量师成功举办了暑期高校外国文学新教材研讨班,得到同行们的首肯;正是在新体例的启发下,又有了几轮的教学实践,我设计出了外国文学编年体和国别体相结合的纵横表格,在综合把握外国文学发展的脉络、教学重点、同一文学思潮在各国的表现、并加以比较等方面对在校的本科生和参加自学考试的学生都颇有帮助,在《中文自学指导》杂志所做的读者调查中也获得好评。

智量师的论文很有逻辑性,并有坚实的理论根底,但他骨子里依然是个感情型的人,他敏感善感,情感充沛,这在文学研究的天地中是个人的天赋优势,他总能比别人更多地感受诗意和文学的魅力,但是因为心灵深处曾受过时代的重创,这也使他心存警惕,别人随意的一句话或一种做法常会让他感到又受伤害,他有时也会因主观情绪左右或一

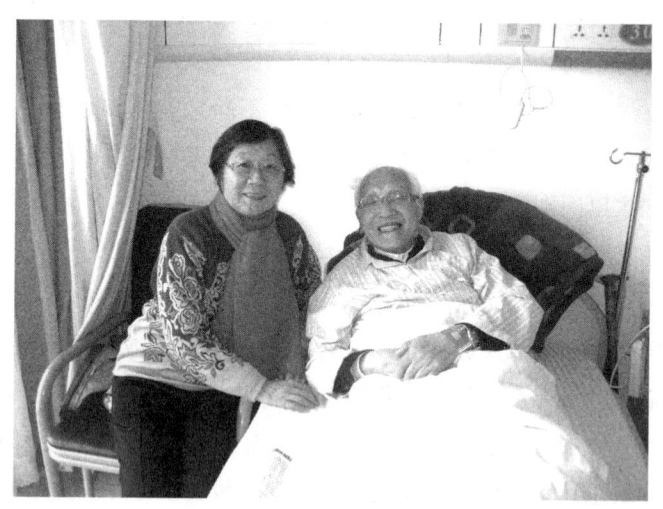

圣思去医院探望智量师

时冲动,而给他自己和别人带来种种麻烦。还记得智量师欣赏屠格涅夫《猎人笔记》中描写农奴卡里内奇去看好友霍尔,还不忘带一束野莓,展现农奴尽管身陷低下悲惨的处境,但并不妨碍他们仍有如此爱美和自然的温情表示。确实,屠格涅夫认为,面对外在严酷的环境,人的心灵仍然具有相对的自主性。但更值得注意的是,屠格涅夫所指出的"相对性",说明人的承受力是相对的,有限度的,因此人们才如此吁求一个健康和谐宽松自由的外在环境。

晚年的智量师心态更为平和,生活更为丰富,也更体现他的多才多艺。他画国画,练书法,打太极拳,依然勤奋翻译,写作不辍,译著不断出版,长篇小说问世……。他笔下的"活虾"仿佛要蹦出纸面,让人想起齐白石的画。他兴致盎然地从超市买回一摞一次性纸餐盘,在上面写意作画,并让学生任意挑选。在我的书橱里就有他赠送的水墨活虾、棕榈树下的小鸡、荷叶荷花间的蜻蜓等,画面颇有恬淡含蓄的诗情趣意。他送我自制酸奶的菌种我一直保存着并坚持制作,一如他二十年——对我来说是三十年——来给我们播下的学术种子,也在不断地发芽开花结果。

适值智量师喜迎八十寿诞,写下这篇小文,记录与智量师交往的数十年,感谢他对我们的教诲,感谢他付出的辛劳和心血。祝智量师健康快乐长寿!

二〇〇七、三、二十一

从《恋人书简》再版想到的

终于拿到了罗洪先生和朱雯先生早年的情书集《恋人书简》(华商出版社二○一一年十二月版),装帧设计得精美,封面有也是百岁老人杨绛先生题写的书名,字迹依然秀丽端正,有旅美画家周未女士描画的两朵由红色渐变为粉色的莲花,婀娜多姿且带有喻意。上海图书馆萧斌如老师将罗洪姨题签赠送的这本书邮寄给我,一册在手,让人喜欢得摩挲不已。

去年有一天,我随斌如老师等一起去探望百岁老人罗洪姨。老人曾为我参与撰写的丛书题词"女儿眼中的名人父亲 罗洪题 时年百岁",本来(丰)一吟、

《恋人书简》封面

（孔）海珠、（赵）修慧、（章）洁思等姐姐们和我相约一起去看望老人，但大家始终无法凑到共同的空余时间，所以拜访也就各自为阵了。趁着年近八旬的斌如老师正为百岁罗洪姨出书而忙碌的机会，我这个帮忙出些主意的六十余岁后辈正好陪同前往。

罗洪姨家里的陈设朴素简洁，感觉与以前变化不大，只是多了挂在墙上的朱雯先生照片，他一如既往关切地注目于来访的客人们。对面的柜子上摆放着巴金先生的瓷像盘。罗洪姨还在午睡，那天她突然感到很累，中午休息就睡着了。我们不急于惊动她，和她松江的同乡、照顾了十年的老保姆一起聊聊，了解老人的起居身体情况。毕竟已是百余岁老人了，精力不如以前，但脑筋还是很好，每天读几种报纸，生活有规律，饭量不大，以蔬菜为主。

一九五九年参观新安江水电站（罗洪老人提供）

过了半个多小时,罗洪姨起身,慢慢走进书房,见到我们微笑着说:"勿好意思噢,今天中午睡着了!"她还是那样慈眉善目,并不显老,只是背稍驼得厉害些了,头发白得多些,但思维仍然清晰敏捷,见萧老师介绍我是辛笛的女儿,她立刻提到曾与巴金先生和我父亲等友人一起去新安江参观水电站的往事,在新安江拍的照片还是她提供的,那是在一九五九年。她的记性还很好呢。

这次来拜访她,是为再版她和朱雯先生三十年代的书信集《恋人书简》而请她自己题写——"青春留痕"四个大字。尽管她直说久已不写毛笔字了,但拿起笔来手一点也不颤抖,也不需戴老花镜,站立在书桌前,一撇一捺,笔端有力,一顿一提,字字方正,一位百余岁老人仍能如此书写真让人佩服不已。仅从旁一瞥,就可以看到老人到老都还保持着认认真真做每一件事的习惯。

早在上世纪八九十年代我都来过这里,拜访朱雯先生,请教外国文学研究中的问题,得到朱先生的指点,朱先生以他的译著《彼得大帝》等相赠,让我如获至宝。那时见过罗洪姨,她

圣思与萧斌如老师观看罗洪老人题词

总是面带慈祥的微笑,言语不多。朱雯先生也曾来我家看望过父亲。一九九一年一月九日上海师范大学举办《朱雯著译教学生涯六十年展览》,父亲应邀出席了这次活动,在此之前还挥毫题词,表示祝贺。父亲与罗洪姨最后一次相见是在二〇〇三年十一月

圣思与罗洪姨合影

三日《上海文学》创刊五十周年纪念会上,作协大厅里老中青三代作家欢聚一堂,父亲与罗洪姨的座位正好在前后排,他俩年事都已高,父亲九十一岁,罗洪姨长他两岁,已九十三岁了,他们交谈的声音不大,且均有些耳背,但可以看到都面带微笑。罗洪姨带着松江口音轻声地讲述着什么,父亲的左耳已完全失聪,右耳还略能听清一些,他习惯性地用右手微推着耳背,这样可以让声音更集中些,专注地听着,并不时地点头,两位老人的兴致都很好。两个多月后父亲就驾鹤而去了。所以只要见到罗洪姨,她与父亲微笑交谈的情景立刻浮现于脑海。

罗洪姨的小说我读得不多,但读过的还是留下深刻的印象。她的小说没有女性的缠绵抒情,而是逼真展示人生

世相的多个方面,尤其刻画人物入木三分,揭示心理微妙充分。这本《恋人书简》是她和朱雯先生相识相爱的结晶,于一九三一年出版,老人笑称那是幼稚之作。其实它及时地真实地记录了一段历史,不仅刻印了两位文学前辈个人情感发展的轨迹,更是一个时代的侧面写照,展示了那时的青年如何从对文学的热爱、对创作的切磋而走向情感的深处,最终心心相印的。今天读来依然让人感动。

萧斌如老师在工作中与许多作家结下深厚的友谊,与朱雯、罗洪两先生交往四十年,他们是最早把作品手稿捐赠给上海图书馆手稿馆的作家,这也触动斌如老师想为他们做一些事。斌如老师发现了为岁月湮没了八十年之久的《恋人书简》初版本,为能再版,她费尽心力策划、奔波了两年之久,最终得到华商出版社总编辑许顺利先生的大力支持,现在得以再次问世,让更多的读者了解这位他们不太熟悉的上海最年长女作家罗洪先生和朱雯教授青年时代的两人情感世界。饱含真情实感的书籍是超越时空的,其文化价值是永存的。

写于二〇一二年二月十四日西方情人节

"九〇后"的桃源人
——访丁景唐先生

前不久,言昭姐给我电话,说她父亲——我称丁叔叔——很想念我,让我这个后辈既感动又惭愧,很久没有去看望他老人家了。二十世纪八十年代初他和我父亲相识,他比父亲小八岁,他俩和柯灵先生一起出席了香港中文大学举办的"中国现代文学研讨会"。父亲的论文《试谈四十年代上海新诗风貌》安排在研讨会的第一天宣读,其中提到四十年代有一位笔名"歌青春"者,从一九四三年至一九四五年间在《女声月刊》上不时发表诗歌,不下二三十首之多,并出版了诗集《星底梦》。这位作者是谁呢?父亲在发言中"揭秘":这位"歌青春"不是别人,正是"我们此次同来的丁景唐先生。诸位如要进一步了解,不妨就在此地问他本人,我无须多讲了"。全场对此报以热烈的掌声。其实早在二十世纪三十年代末景唐叔就开始编辑文艺刊物和写诗文,只是一九四九年以后他以研究鲁迅和现代文学为主,也就疏远了诗歌。他对我的写作也有帮助,他曾向我指出,我在《智慧是用水写成的——辛笛传》中提到过香港的研讨会,但我把大陆去的作家误写成了"中国作家代表团";他告诉我,应该是"中国作家团",因为这次邀请是香港中文大学直接向与会本人发出的,没有通过中国作家协会,但被邀请者都是作协会员,所以委托中国作家协会组成"中国作家团"前往。他以研究鲁迅的严谨态度对我的指正,让我受益匪浅。父亲逝世后,他撰文回忆了和父亲的交往《香岛相处更相知——回忆与辛笛先生香港之行》。

父亲与丁景唐交谈

我趁着从华东医院闵行分院转到总院做一项检查的机会,抽空去病房探望了老人。丁叔叔坐在病房对面的会议室里,一张大桌子上放着书、稿子和信纸,他正写着什么。叫了他一声,他抬起头看见我,脸上漾开了笑容。我感到他比几年前好像老了一些,白发也添了不少,但脸色却是白里透红,精神很好,还是那一口宁波上海话,让人听着感觉亲切。问起他的身体和起居情况,他自称是"桃源人",住院一年多,进院时体重只有四十四公斤,现在已有六十公斤了。我也知道他家的居住条件始终没有改善,楼梯又暗又陡,上下楼很不方便,在那样的环境中,老人的健康每况愈下。如今在医院里的生活很有规律,他对医生、护士和护工都很满意。因为晚上要起夜多次,睡不好,白天上午他就躺躺、补觉,即使睡不着也闭目养神,中饭后午休至三时起来,接待访客,或写作、回信。他和同室病友相处和睦,跟着去散步,跟着看电视。护士、病友路过我们坐的地方都和他打招呼,就此可见——他在医院的人缘真不错。

他拿起一封信,并指着桌上的信纸说,这是八十岁的学生写给他的,他正在回信,一起讨论一些问题,交流一些想法。我发现,这位九十二岁的"九〇后"老人思想很开放,"桃源人"的内心一点也不是世外桃源。他读《炎黄春秋》,赞赏刊物办得好,提出了不少值得反思的问题,很了不起。他自己也反思曾经在新闻出版局长等任上所受到的种种限制与局限,还说起以前做过上海宣传部文艺处处长,但那时从不看京戏,认为是封建糟粕;老来住院后病友喜欢看京戏,他就跟着看,结果发现《彭公案》等京戏中其实有不少精彩的亮点。老人的思维那么活跃,真是活到老,学到老,令人肃然起敬。

丁景唐老人

他不仅关心国事,也关心像我这样的"小朋友",他和儿女的同学、同事,和老朋友们的子女一直都有交往,他们也常会去探望他。看时间不早了,他送我到电梯口。在走廊的墙上,他高兴地指给我看护士们布置的一角,有他墨写的题词,是对她们的感谢和鼓励。他在医院里的生活很充实呢。在电梯门即将关上之前,他再三叮咛:"要当心身体!"老人的关爱让我感到很温暖。

祝"九〇后"的桃源人——景唐叔健康长寿,祝"歌青春"者永葆青春!

二〇一二年八月

小屋餐厅的诗吟
——读王果近作所想起的

前些日子收到王果先生寄来今年四月出版的诗刊《上海诗人》第二期,其中以显著篇幅刊登了他的诗作《太阳自述》九首,品读之下不禁想起父亲辛笛生前与他及一些上海老诗人时相过从的难忘往事。

上世纪八十到九十年代,上海诗界有一个以父亲为首的小小"沙龙",成员有诗人林宏、圣野、方平、鲁风、鲁兵、王果。聚会总是由林宏先生安排,大多在陕西北路(近淮海路)的小屋餐厅(可惜现在已不存在了),我有时陪同父母也参与其叙。他们会在吃饭之中或饭后朗诵自己的新作给大家听,或者讨论诗歌写作的经验得失。记得一次在为父亲祝寿的聚会上,室内烛光熠熠,把酒品诗,圣野先生站起来激情四溢地朗诵了自己的新作《写在小屋餐厅的祝酒诗》:"虽没有高朋满座/却也有欢声笑语/我们吃吃谈谈/快活如一天星斗……"窗外月光溶溶,树影花枝婆娑,王果也饱含情感诵读了父亲的《月光》：

> 何等崇高纯洁柔和的光啊
> 你充沛渗透泻注无所不在
> 我沐浴于你呼吸怀恩于你
> 一种清亮的情操一种渴想
> 芬芳热烈地在我体内滋生
> ……

在王果抑扬顿挫的朗诵声中，大家仿佛浸润在月光诗意的清辉中，同时也让我体悟到父亲在这首诗里所做的尝试，形式上的豆腐干体诗却因语词形成长短不同的停顿而蕴含了节奏的参差变化。

父亲与《诗创造》上海诗友相聚在小屋餐厅，前坐者从左到右：林宏、鲁兵、辛笛、圣野；后站立者王果（左一）、鲁风（左四）、方平（左六）

另有一次,王果在餐桌上提到欣赏父亲四十年代的诗歌《手掌》,而我这个在场唯一的后辈提出异议,觉得《手掌》的前面三段比较抒情,比较形象,但最后部分变成了说理性的表达,前后不一致,似破坏了全诗艺术的整体性。王果当场就不赞成我的看法,他认为,最后的说理是前面形象顺理成章的结论,说理——同样可以成为诗歌表达的对象。他在饭后和林宏又专门讨论了这个问题,他们的看法比较一致:"直抒胸臆在诗歌创作中虽应力戒,但似不可能完全避免。关键在于适当配伍","《手掌》全篇丰富的意象中渗透了感情,结尾段有几行直抒胸臆的句子,是创作规范以内的共识"。他们相互切磋,气氛活跃,增进友谊;而聆听多家之言,也使我获益匪浅。其实,父亲的观点与他们也有不谋而合之处。他认为人们一般对宋诗的评价不如唐诗,但宋诗佳作的说理特点也有其自身的魅力和启迪。早在八十年代初他与叶维廉先生对谈八小时的过程中,就提到唐诗比较形象丰富,味道厚,宋诗也有些地方很好,即人生的体验很多;宋诗有的地方不好,就是概念化多,可是它有很多人生的体会,就不是唐诗所表达得出来的。记得诗人赵丽宏学长在他论述唐诗宋词的专著《云中谁寄锦书来》中,有一篇《莫说宋诗味如蜡》,为宋代以理入诗而辩护。可见诗人们"英雄所见略同",这也提示我们要全面地鉴赏诗美艺术。

对王果等几位上海诗人有进一步了解,是我在参与钱谷融先生主编的新文学社团流派丛书课题之后,我负责编选"九叶"诗派的诗作和评论文集。那段日子我在上海图书馆、徐家汇藏书楼翻阅着那些泛黄易脆的书页杂志,不仅阅读了"九叶"诗人一九五〇年以前出版的全部诗集,还查阅了当年的《诗创造》和《中国新诗》等旧刊，发现这几位上海诗人都曾在《诗创造》上发表诗作，有的还是《诗创造》第二年的编委。《中国新诗》是稍后创办的，更具有流派特色。父亲与这两份兄弟诗刊渊源深厚。在陈子善老师的建议下，我在《"九叶"之树长青》一书中除了编选"九叶"诗人的作品作为第一部分外，还增加了第二部分，即把形成"九叶"园地的这两刊上发表诗歌的作者作品也挑选了三十余首，其中就有郝天航（鲁风）的《哭的和笑的》、方平的《交响音乐》、林宏的《曾经有过这样一个梦》、王果（穆歌）的《云朵》、圣野的《我是新来的幼小者》等。

父亲在一九九一年曾书赠王果墨迹一幅，录自他在"文革"期间所写《病中杂咏》之一："朝朝信誓竟徒劳，斗室成牢亦足豪。多半故人先找去，蓬蒿和我一般高。"王果从中感受到"此哀伤故人谢世兼述怀的微妙况味，我今日体会尤

一九九一年十月七日父母与诗人王果在小屋餐厅院子合影

深。"今年(二〇一四年)适逢父亲逝世十周年(二〇〇四年一月八日)、诞辰一百零二周年(一九一二年十二月二日),宁夏黄河电子音像出版社制作了王辛笛诗歌配乐朗诵光碟《再见,蓝马店》,我送给王果一张,他听后激动地来电话称赞让他重温父亲的诗歌,并述说与父亲交往的点滴记忆。

父亲健在时王果也赠送过一本新诗集《轭下》,这位曾在重轭之下活过来的诗人吟唱着他对自由的期盼、对历史的反思,读之令人动容。八十年代他抒写彭德怀将军的一首力作《庐山的黄昏》颇受父亲的好评,收入了父亲主编的《20世纪中国新诗辞典》;该诗曾荣获上海市一九八六年诗歌大奖赛创作奖。去年他还送给我一本散文集《洪荒六记》,是他因胡风冤案受到株连、被发配囚地奴役服刑的真实写照,看得我惊心动魄,不忍卒读。尽管对那段史实从不同的地方获得过认知,但由熟识的亲历者谈及人的尊严被践踏,人性被摧残的凄惨过程,更是让人无法释怀。

王果散文集《洪荒六记》封面

王果先生已八十八岁高龄,他的诗歌近作仍然散发着不老的诗情,尤其展现他在地狱般的磨难之后仍不放弃对真善美的追求、对"思想者"的沉思,且以他的一首《无题》作为这篇小文的结语:

我是最幸福的,因为我思想自由。
我是最痛苦的,因为我自由思想。

二〇一四年七月

二〇一六年三月二十七日补记:交此书稿之际,惊悉王果先生于二〇一六年三月十七日病逝,享年九十岁。他本名王北秋,一九二七年二月出生于甘肃省文县。他曾担任过黄炎培先生的秘书,后赴苏北老区参加新四军。一九四九年七月担任上海《劳动报》编辑。一九五八年被错划为"胡风反革命分子",在安徽白茅岭农场和甘肃文县劳动教养。一九八〇年平反后调入上海《萌芽》任编辑。我在恢复高考后考入上海华东师范大学所写的第二篇散文《生活的魅力》就是他编发的。以后他对我总是鼓励关心有加,使我对写作增强了信心。

在清明节即将到来之际,谨以此文悼念王果先生。

第二辑

许国何须惜此身

——纪念徐森玉先生诞辰一百三十周年、逝世四十周年

今年是外公徐森玉老先生(一八八一——一九七一,名鸿宝)诞辰一百三十周年,逝世四十周年。上海博物馆为这位第一任馆长举行纪念活动。外公的同辈人和他一样都已驾鹤西去,他学生辈的学者也大多离开了人世,与他有过接触并了解他的人所剩无几,而且都已高龄。除了亲友、文物收藏家和文物鉴定、考古、研究古籍等领域的学者,知道他的人大概不会很多了。由我这个第三代人来写他,更是感到力不从心。只能挖掘我童年少年时代的记忆,加上我母亲、外公亲友健在时的回忆、文堪小舅舅的文章及他编选外公的著作《汉石经文存》,还有上海博物馆为这次纪念会所出版的《徐森玉文集》(内附年表)等,均作为参考,描画出我心目中的外公印象。

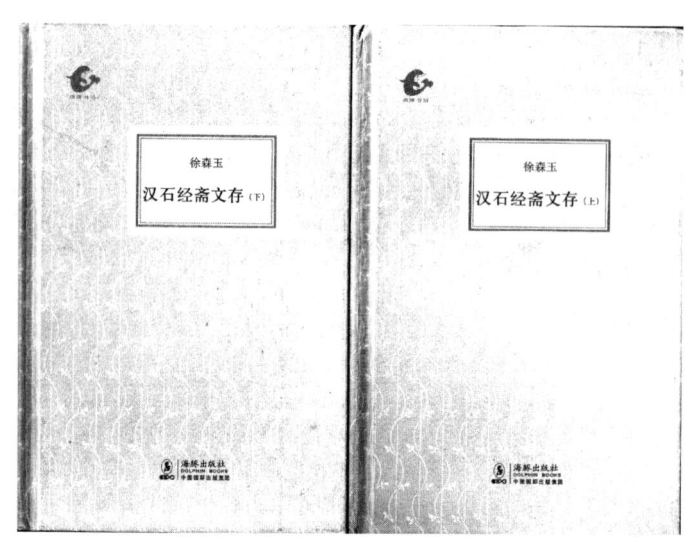

徐森玉著作封面（徐文堪编）

一、"深情留与后人看"

小时候跟着父母去外公家，从我们的眼里看，外公好像和我们一样，也像个小孩子：他喜欢嚷嚷，嗓门很大——后来才知道，原来他耳聋，总以为别人听不到，因此提高嗓音说话；他说话有很多惊叹号："这样东西好得很哪！""这个年轻人不得了啊！"就像我们初初看到出乎意料的美景美物时发出的惊喜和赞叹一样；他也有"犯错"的时候，他总是早早地去上班，时间一久，司机和博物馆里的工作人员未免吃不消。他的学生兼秘书，父母当时称为"小汪"的汪庆正先生悄悄地告诉"徐家大姐"，希望她能劝劝外公，妈妈刚一提起，外公就像我们受冤枉时也会如此，大声地争辩着，妈妈就用更大的声音"晓之以理"——让他能听得见，外公立刻闷不作声,这也和我们认错时的表现一样……

那时外公住在锦江饭店旁边的茂名公寓二楼,和我们家相似的是,他家也是书天书地,甚至比我们家有过之而无不及。作为第三代,我们的共同感受是外公顾不上我们这些外孙辈,他的心思和精力都集中在为中华民族收集保存文物的事情上了。每次我们一进门,他几乎无视我们的存在,立刻与父母聊天,马上切入正题——说的都是我们听不大懂的那些话,只知道他提到近来又有什么新发现,那些绕口名称的文物都是珍贵的宝贝啊!在外公家,只有好婆——文堪舅舅的母亲最热情地招呼我们:"乖宝宝来啦!""乖宝宝吃糖呀!""乖宝宝喝点水吧?"

我们从父母那里知道外公的学问好,会鉴定文物和古书版本,外人都尊称他为"森老"、"徐森老"。所以尽管他"不搭理"我们,但在我们小小的心里明白他是干大事的,对他肃然起敬。我们从妈妈的讲述中,知道外公是位慈爱开明的好父亲。妈妈是幸运的,在一个重男轻女的国度,成长于一个重女轻男的家庭。妈妈的生父徐鸿宾(字鹿君,以字行,我们称他三外公)是外公的弟弟,妈妈在两岁的时候过继给外公做女儿,外公视为掌上明珠。旧时家庭往往为传宗接代过继男孩子,已有长子的外公就是与众不同。妈妈的生母(我们称三外婆)要给她穿紧袜子,规范天足;要穿耳朵眼,以便日后戴耳环……妈妈大哭,并向"爹"和"三叔"告状,他们立刻加以干涉,尤其外公对弟媳从未有过地大发脾气:"你真糊涂,今后女孩子和男孩子一样要做事,把脚伤了,让她以后怎么出去做事?!"妈妈因此没有再受皮肉之痛。平时外公只要有空就带着妈妈访友,被看作他的"小尾

徐森玉与兄弟及儿女合影

巴"。外公在家常赞叹陈寅恪先生的学问"好得不得了",与他也有来往;但交往更多的是寅恪之兄陈衡恪(师曾)先生。一次得知师曾先生生病,外公带着妈妈前去探望,告诉女儿这位伯伯家学渊源,考古学问好,对篆刻也很在行。果然,师曾先生一见到当时还年幼的妈妈,就送她一只铜墨盒、两把铜尺,上面就有他篆刻的山水花草。妈妈很喜欢这个墨盒。外公让她每天练大楷,她就按外公的指导,把一小块丝棉浸在墨盒的墨汁里,每天使用。这只墨盒一直留存到我们的青少年时代。我还记得方正的铜墨盒依然锃亮,盒盖上刻有婆娑起舞的兰花,俊逸得很。我们又用它练大楷,也在妈妈的指导下撕一片丝棉浸在墨盒中,寒暑假更是每天打开它,哥哥摹柳公权字帖,我们姐妹临颜真卿字帖,或一起练欧阳询的《九成宫》。直到"文革"抄家后再也没见到这只墨盒。

妈妈还告诉我们,外公在中年之前曾从事绘画和篆刻,这本事以后知道的人不多了,但妈妈是亲眼所见。在北京,外公和画家萧逊(谦中)先生过从甚密。妈妈曾看见萧逊先生试用外公送他的画笔,画了一小幅画,外公接过笔在这幅画上补了石和竹。篆刻名家寿鐟(石工)先生是外公山西大学堂的同学,时来徐家坐坐。妈妈找出一方已磨得只剩一寸的田黄石,大概是外公经常用来练习——刻了磨掉,再刻再磨的印石,央求寿鐟先生为她刻一枚名章。他立刻从外公书桌抽屉里寻出刻刀,为她刻了阳文的篆章,之后外公也拿起刻刀为妈妈刻了边款。可惜这枚两人合作的名章和那幅小画一样在抗日战争爆发后,全家逃难南下时丢失了。外公也精于书法,以欧阳询体为主,兼写汉魏碑体和篆字。难怪伯郊大舅(名文㷆)和妈妈都写得一手好欧体。外公步入中年还常为亲朋写对联和扇面。他间或也为人家撰写寿屏或墓志铭,那是因为他在北洋政府教育部任职时,政府经常欠薪,他只好订了润例,卖字贴补家用。而他和鲁迅先生摆弄碑拓也是在教育部任职时期。妈妈读小学二三年级时,外公常找她磨墨拉轴。一次,他写对联,让妈妈给他拉轴,写了一副,又写一副,妈妈不耐烦了,拉轴的手不断地移动,外公说:"你不愿意再拉,就不要拉了。"话音刚落,妈妈就撒手,对联轴一下子卷起,未干的墨迹都沾在对联纸上,只有报废了。即便如此,外公不要说打,连责备的话都一句没有,只是一跺脚,自己出去又买了对联纸回来,不再招呼她帮忙,而是用铜尺压住纸,一路写去。妈妈站在房门口看着外公不理她,只顾自己忙活着,心中颇感内疚。到她四年级的时候,学校举办书法展览,要她写一副对联送去,外公细心帮她挑选写什么,耐心为她磨墨拉字轴,在一旁指导她,让妈妈深感浓浓的父爱。

妈妈还记得在北京家中客厅的廊沿旁有十馀方石碑,

不知是否就是外公与马衡先生从洛阳购得的汉魏石经之残石。有两三年的初夏,请工人来家拓字,叮当之声十分悦耳。妈妈也经常在一旁观看,工人就做了两个小布锤送她,引得她也学着用小布锤拓字。后来这十馀方石刻都让归他人了。及至年长,妈妈在琉璃厂的书店看到古书上有标签,写着"徐先生定价××元",据说买主看见这样的标签,就毫不迟疑地买去。这说明买主对外公的信任。当然,后来也发现假冒的"徐先生定价"。

二、"平生风义不为钱"

外公特别看重女孩子的教育。他不赞成"大哥"(我们称大外公)教妈妈读词,认为以前女子读词写词是限于活动空间的狭小而不得不为之,现代女子应该开朗乐观地面对生活,不要因为从小读词使心情变得忧郁了。妈妈一直感谢外公对她学业的安排和指导。从小学、中学到大学她一直就读的是最好的正规新式学校——师大女附小、师大女附中、南开大学。高二时她瞒着家里独自去考南开大学预科,录取后家里其他大人都不放心她单独外出读书,只有外公鼓励她——能考上南开不容易,全力地支持她离开北平到天津读书。几年后妈妈从南开毕业想去美国留学,学成后回来教书,看重学问的外公又很赞许这一想法,但外公的经济能力是无法供应她去美国的,只能退而求其次,变卖了珍藏的一些宋版古书,让她和伯郊大舅一起去日本留学。外公认为女孩子做学问,还是读史为好,建议妈妈研究在日本资料丰富的明末清初史。在过了语言关之后,妈妈考入日本京都帝国大学历史研究院读书,指导老师是日本史学界颇有威望的羽田亨先生,也是外公的日本朋友。他佩服外公的渊博学识,妈妈得到他的悉心指导。

一九三六年徐文绮在日本京都帝国大学历史研究院与同学合影

妈妈在大学读书和留学期间,也仍是外公在外忙碌之时,他曾特地去山西赵城广胜寺鉴别所藏《金藏》(俗称赵城藏)。鉴定无误之后,又在周边老百姓家加以收集,得五千七百馀卷。后与广胜寺住持和尚订立借约,以赠送该寺所缺的《碛砂藏》影印本一部及给予借资三百元为条件,选借可印之经,运至北平,并在北平图书馆展出,供世人观摩。然后,外公和叶恭绰先生等又忙着选择其中的一部分,由北平三时学会编成《宋藏遗珍》在一九三五年出版。①

"七七"事变爆发,妈妈和大舅中断了在日本的研究生学业,妈妈后考入上海海关任职。一九三九年她与已在爱丁堡大学留学的爸爸辛笛(本名王馨迪)通信,爸爸约她去欧洲,一起到法国巴黎留学。在亲人中妈妈最相信外公,这件大事她必须与外公商量,而外公此时正远在安顺、昆明等地奔走,为故宫文物南迁、为北平图书馆安置善本古书等事而忙碌,并摔断了股骨,在医院躺了几个月之后,已在恢复之中。于是就有了她和外公的几次通信,这些外公的来信有幸保存了下来,让我们更了解外公的那颗慈父之心。

在现存的十一通信函中,有五通谈及与赴欧留学相关事宜。其中一九三九年七月十九日函系外公在贵州安顺守护故宫南迁文物期间所写,尤为具体,得知妈妈想去欧洲与爸爸一同求学之事,外公思考了一夜,列出七条理由支持女儿的决定:

徐森玉为护送善本古籍跌断股骨,在守护文物时康复中所摄

---

① 参见柳向春《吴兴徐森玉先生年表》,《徐森玉文集》(上海博物馆编)第一九一—一九二页,上海书画出版社,二〇一一。

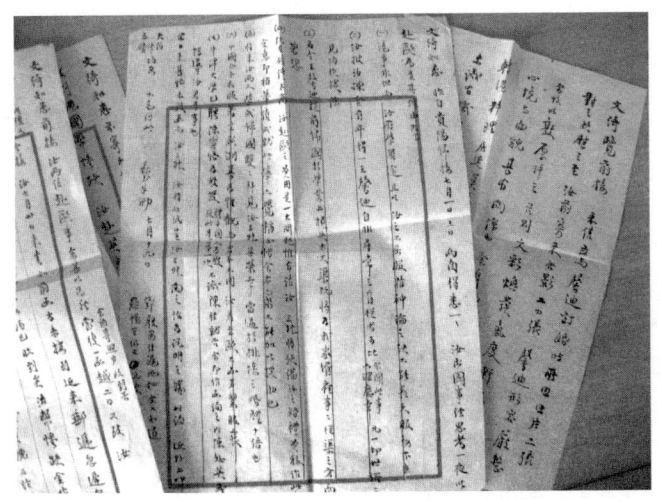

一九三九年徐森玉致女儿徐文绮家信手迹

文绮知悉：

昨自贵阳归，接七月一日、三日两函，得悉一一。汝出国事经思考一夜，以赴欧洲为是，其理由如下：

（一）沪事①非但与汝所学异途，且以汝之不屈服精神论之，决不能长久服务下去。

（二）汝披沙拣金有年，得一王馨迪②自非寻常之盲从者可比（余闻此事亦深庆幸）。凡一切世俗之见均须摈除。

（三）若令王馨迪提前归国，于学业上损失太大。渠既将为我家婿，应事事从渠之方面着想。

（四）现在镑价太高，汝赴欧之费用是一大问题。

---

① 指文绮中断日本留学后，回沪考入海关任职。
② 王馨迪即辛笛的本名。

惟有请汝三叔将预备汝之婚礼费移作此用,余意即稍举债成就此举,亦觉称心。惜余太穷,不能加以援助也。

(五)将来汝两人学成归国,双双拜见汝三叔,其荣幸当过于排场之婚礼十倍也。

(六)中国女子衣服着至欧洲甚为雅观,与男子不同,汝若至欧,不必另制服装。

(七)牛津大学已聘陈寅恪为教授(聘中国人为教授,此是第一次),不识陈往就否,余即作函询之。如陈赴英或可指导汝若干事也。

余日来甚忙,未致函汝三叔,汝将此纸呈汝三叔阅之,作为说明之据。

此询

  近好 上叩 汝

大伯 三叔三婶 均安

小毛同此

森玉手泐
七月十九日

这些看法今日读来仍让人感叹不已。

战争期间,邮路不够顺畅,沪黔信件途中需多日往来,外公因未接到回信在八月十二日又驰函劝慰女儿:"文绮知悉:前寄各信谅已收到。现国币惨跌,汝赴英或有阻碍(因久不接信,遂生悬想如此),亦当随遇而安,徐图办法,万不可焦急,至要至要。惜余远在数千里外无法为汝划策也。"

外公考虑到赴欧费用筹措不易,也想为女儿分担一些,八月十九日又去函:"近想各函均已收到矣。法币惨跌,金货大涨,赴欧日难一日,好者汝志已决,或可打破重障碍也。余藏汉魏石经三百馀,可值万元,惜远在北平,鞭长莫及,如此物今能易钱,当全数给汝(余已写信托人)。"妈妈得知这一决定,立刻发电报,急切制止外公为她留学将心爱之物出售。

一九三八年起与徐森玉通信时期的文绮照片

外公接信时欧洲局势已大变:"文绮知悉:欧战爆发已一星期,从前一切计划皆须变更。得汝来电阻售石经,此事系托燕京容君与彼方商价。欧战起后此项买卖谅已停止。已顺汝意电告容君矣。此后汝之方针如何?仍以读书为是。王馨迪君当提前归国。余股部已大愈,能跛行四五华里。"(见九月七日函)

确如外公所说,爸爸因欧战硝烟弥漫而提前回国,且经沪回天津奔母丧。妈妈当然也无法去欧洲读书了。此时妈妈已调至海关总署工作了。外公九月二十六日函中对妈妈仍有提醒:"文绮知悉:余赴筑一周归来后,读九月二日来信(另一张是廿八日写的),知汝已调总署工作,治学读书是一件事,办事又是一件事,不要混而为一,自不觉矛盾了。王馨迪过沪当已晤面,现计抵津矣。余当年收汉魏石经不过一时高兴,本身外之物,汝看得太认真了。欧战起后,此种交易当然罢议,望放心。"

为赴欧筹措经费,父女俩互相为对方着想的惦念到此才画上句号。

三、"劳瘁都缘文物累"

爸爸一直对外公所言他是妈妈"披沙拣金有年,而得一王馨迪"之说甚为得意。殊不知,外公爱女更深,也许是爱屋及乌?

一九三九年十二月十二日家信外公如此写道:"文绮览:寄沪信尚未封,又接汝书附馨迪上汝三叔书,文理尚优,字迹颇似其尊人慕庄先生,一览便知为谨饬之士,欣慰无似。正拆汝信时,隔邻沈其道兄(嘉兴人,北大毕业,最善笔札)来谈,即以汝信及馨迪书与阅,沈云:'王君函无时俗习气,但较之令爱尚逊一筹。'(汝大伯来示亦有此评)或系当面恭维耶。"看来外公也应认识我爷爷王慕庄(名其康),最后一句有着为父的谦虚,但不排除与他人的评价有同感。

一九四〇年四月二十四日外公接到妈妈寄他的订婚照,又有评价:"文绮览:前接来信并与馨迪订婚时所照照片二张,对之欣慰之至。汝

辛笛与文绮的订婚照

前寄来合影二小张。馨迪形容严整,余故以敦厚评之,兼则文采焕发,气度轩昂,可见心境与面貌甚有关系也。余身体甚好,日内拟赴滇转港,料理居延汉简事。汝劝余来沪,余亦有此意,未识有机会否。"

抗战期间外公除了在贵州安顺守护故宫文物外,信中提到的居延汉简也是他心头的大事。早在卢沟桥事变后,外公曾悄悄潜回北京,指导并协助西北科学考察团干事沈仲章先生将原藏在北京大学文科研究所的万馀枚居延汉简设法运出,经天津、青岛,辗转入藏香港大学冯平山图书馆。外公先期到达香港联系,在冯平山图书馆馆长陈君葆先生一九三八年一月十二日的日记中就有记载,讲述船曾在青岛停留,沈仲章一时没赶上开船,托了他人把居延汉简带至香港,许地山先生、陈君葆馆长和外公闻之都不放心,打听查找之后得知船已到,东西都在。外公约陈先生立刻到小祈园碰头,准备中饭后就将汉简运至香港大学冯平山图书馆保存。陈先生的日记十分形象地写出了外公的个性:"在小祈园门口下车,森玉已经在那间茶室里面等得十分不耐烦了。我才进门他便叫'伙计,开饭,开饭,快点,快点拿来。'他性子急的了不得,我倒觉得这一点很可爱,因为穿长衫的民族第一种毛病便迂缓不切事实,所以每致偾事。凤坡的可爱亦在此点。在我坐定后之两三分钟内,森玉又催那伙计不下七八次了。素菜端来,我急忙的吃,但是结果还是森玉比我先吃完。我想他性急有点像焕文。付款后我们离开小祈园看看时计只不过十二点一刻,这心里才舒服。"①

现在回想起来,性急是外公、甚至是徐家人的一大特点,记忆中外公急着早早去上班、去做事,也是其性格使然也。

当然,最终外公还是为影印居延汉简等事在香港忙碌,而未能到沪参加女儿的婚礼,于一九四〇年六月九日写信表示了作为父亲的祝愿:"文绮览:接来函,得悉一二。汝婚期距今尚有两个月,本想来沪参加典礼,因有他种关系,业已作罢。彼时或尚在昆明,惟有遥祝汝二人黾勉同心,百年偕老而已。来香港视我一节,万万不可,缘欧战后,此间大非昔比也。曾购蜀锦被面二条,作为赠品,因滇越路检查太严,未带来,他日再用包裹寄沪。"

外公的家书和友人的日记从侧面也可见出他尽心尽力

一九四〇年七月辛笛与文绮的结婚照

---

① 陈君葆《陈君葆日记》(谢荣滚主编)第三三七页,商务印书馆(香港)有限公司,一九九九。

在为妥善安置中华文物而"老境如奔轮"(见八月十九日函),不顾年老病伤,甚至连女儿的婚事也顾及不上。

一九四〇年底,外公被教育部派到上海,与郑振铎先生等"文献保存同志会"接洽,帮助鉴别收购流散在市面上或藏家准备出售的各种古书善本。这在郑振铎的日记书信中都有记载。一部分最珍贵的宋元古书八十多种由外公负责运送,经香港再运往重庆。郑振铎写道:这事"费尽森玉先生的心和力,好容易才能安全的到了目的地。国立中央图书馆得这批书之后,曾开了一次展览会,听说颇为耸动一时"①。另有一时运不走的,也由郑振铎和外公找可靠的人家存藏,我们家也是庋藏地之一。郑先生在《求书日录·

二十世纪四十年代秘藏古籍的中南新村寓所(摄于二〇〇八年)

---

① 郑振铎著《求书日录》,《郑振铎日记全编》(陈福康整理)第一九七页,山西古籍出版社,二〇〇六。

序》中就提到,后来一位医生家遇到危险,把藏在他家的书全都搬到我们家。中南新村我们家的三楼一间房间就放着数十箱善本书,孩子是不许进去的,门上挂着锁。留存在上海的那些书也是日本人千方百计想搜寻的,爸爸妈妈和其他几家一样"代为度藏许多的图书,占据了那么多可宝贵的房间,而且还担当着那么大的风险"。他们悄悄地守护着这些古书,直到抗战胜利后,又由郑先生和外公负责运出,妥善送交北平图书馆。为此,郑先生特别感谢代为藏书的人家:"在这些友人们里,我应该个个的感谢他们,永远地不能忘记他们,特别是张乾若先生和夫人,王伯祥先生,张耀翔先生和夫人,王馨迪先生和夫人!"[1]父母则觉得他们追随外公和郑振铎先生略尽了绵薄报国之意。

施蛰存先生健在时曾对我讲起过,抗战期间,外公从重庆飞到福建,在长汀厦门大学,和他住过一阵。当时重庆飞上海的路线到江西中断,只好先飞到福建,然后走公路,经浙江杭州才能到上海,有不少朋友,施先生都是送他们走这条路线,他自己也是这样回上海的。外公和施先生交往的这段经历我之前不知道,还是第一次听说。由此也可见外公为文物之事风尘仆仆的奔波了。施先生认为外公学问那么好,应该写下不少东西。却不知外公除了在早年攻读化学时候曾编著过《无机化学》(与人合作)和《定性分析》外,于文物鉴定、版本目录学等方面并没有留下专著。他淡泊名利,把毕生的精力都放在鉴别、搜集、保护文物古籍和古

---

[1] 郑振铎《求书日录》,《郑振铎日记全编》(陈福康整理)第一〇〇页。

迹的实际活动中，对指导、提携青年人不遗馀力，却没有精力再去著书立说了。

四、治学崇尚"博专细"

文堪舅舅曾多方查找外公所编《无机化学》（山西大学堂印刷所一九〇五年初版，上海山西大学堂译书院一九〇八年再版）和《定性分析》（奉天印刷局一九〇七年版）二书，均未找到。前不久，友人从网络上下载了一段文字给我，系晚清《学部官报》一九〇七年第二十六期第四〇页上有关官方审定书目的批复：

举人徐鸿宝等编辑无机化学请示禁翻印禀批
禀悉查该书论理清晰体裁亦善堪资参考所请给予板权一节应俟农工商部民政部订律通行后再行核办此缴

可见外公当年确实编有此书，当时学部对教科书的审查是比较严格的，批复文字中对该书也有简洁明了的十二字评价。那时已有版权观念，也才有打报告请示禁止翻印一事。至于外公治学的方法在他生前我未能亲聆教诲，但从梅兰芳大师的秘书许姬传先生所著《许姬传七十年见闻录》①中得知一二，许先生记录了他与外公的交往：

---

① 许姬传《许姬传七十年见闻录》第二九二—二九四页，中华书局，一九八五。

徐森老学识渊博,善于鉴定金石、版本。但他的个性恬淡,既不炫耀自己的知识,又没有名利思想,他没有留下什么煌煌著作,我和他往还中,获益匪浅。

一九五一年,我正写《舞台生活四十年》,有一天,他来我家聊天。谈起写作,他说:"看了你在《文汇报》的连载,很有意思,你要下工夫把这部书写好。"

"我没有写过长篇的书,不知应注意哪些方面,请您提意见。"我知道他往来的饱学之士很多,希望他告诉我些窍门。

"写书最重要的一条是集中资料,在选择资料、运用资料方面要有自己的见解,要学会辨别精粗真伪的能力。凡做一件事,其成败往往取决于方法,你的乡前辈王静庵(国维)先生的著作所以能光景常新,颠扑不破,就是他的方法好,你见过他吗?"

"在苏州见过一面,他来拜谒先祖狷叟公,那时我才九岁,他们谈的学术问题,我听不懂。"

徐先生笑着说:"王静庵写书的方法有三个字:'博'、'专'、'细'。"徐先生用亲身经历,阐述了王先生的写作方法:

"有一天,我去他家,静庵正在写《宋元戏曲史》。桌上、书架上摆的都是有关这部书的资料,其中还有一部分是从日本收来的善本。我们聊天时,他总把话头引到这部书上来,听取我的意见。这时,另有一位朋友来看他,他还是用此法谈话,有时提出问题和我们研究,如有相反的意见,展开辩论,最后取得的结论,他都记在笔记里。"徐先生喝了一口茶,接着说:

"隔了一个时期,再到他家,问起《宋元戏曲史》的情况,静庵说:'已看过校样,静等看最后清样。'这时,他的书房里,桌上、架上、凳子上有关那本书的资料,全都收起,另换下一本书的资料,谈话的题目也变了。"

徐先生最后说:"王静庵写书的方法是最科学的。刚才我说的三个字,'博'是说他掌握的资料丰富;'专'是集中精力,把它写好;'细'则包括一稿、二稿……乃至校对装帧,都要缜密周详。你是聪明人,自己去琢磨吧。"

那天的谈话,我记在本子里,已毁于劫中,但现在回忆,还能说得很具体,可见当时印象的深刻。

在妈妈的回忆中也记得有此三字,外公见妈妈喜读王国维(静庵)先生的《人间词话》,也曾告知类似的治学方法,以此鼓励妈妈:凡做一件事,成败决定于方法。王静庵的治学方法有三个字:"博"、"专"、"细"。博就是要博览群书,掌握丰富的资料;"专"是集中精力,专心致志,如若左手画方,右手画圆,则方圆皆不成也;"细"是指对做学问的每一个环节都必须有所根据,缜密周详,马虎不得。

一九五五年外公曾为上海博物馆一年中所收购的名画选择部分印成画册而作序,文中谈到历来鉴别古画不宜执一以绳的三点根据:一是胶执于某一画家某一时期的特点,若只注意此,就无法辨别他一生各个时期的成绩;二是拘泥于画家的署款、印鉴和画的质料,这些方面对鉴别是有帮助的,但过于刻板,也会有误;三是特别看重历来的著录,著录有助于鉴别,但过于看重,也会有出入。文中另提出两点,首先要熟习画家所处时代的风尚,不单要个别地熟习每一个画家,并且要从许多同时代的画家作品中,看出他们的共同风格,因而得到古今画法逐渐发展的一个清晰的轮廓,这样就容易把握用来鉴别个别的古画。但了解风尚又决不可机械,要从中知道演变之迹。其次要熟习每一画家的面貌和精神,同时对他家庭环境、师友渊源、平生事迹、经过地区,甚至异派的评论,都应加以考知的。画家创作从不成熟到成熟一般是有一条贯彻终始的线索,掌握这条线索,就可以认识画家在发展过程中的差别,既有技巧作风上的一致性,也辨出各个时期的各种特点。①

我感觉这些鉴别经验实际上与治学的道理也有相通之处,当然,治学面对的是已知的确定的对象,而鉴别的是不确定的对象,要辨别真伪,难度更大。这些文字今天读来仍有启发。

五、"全凭溪水想音容"

"文化大革命"初起,外公与巴金先生、贺绿汀先生等首当其冲,被列为十大反动学术权威之中,受到冲击。从国际饭店的十四层楼悬挂下的长幅标语写着:"打倒资产阶级反动学术权威国贼徐森玉!"墨写的名字上打着红色的×××。我们惊恐地回家问父母,不是外公为国家鉴定、收集了那么多珍贵文物古籍吗?不是说他估价准确,既不让国家收购吃亏,也不亏待卖家吗?不是周恩来总理

---

① 《画苑掇英·序》收入徐森玉《汉石经斋文存》(徐文堪编)第一八一页至一九〇页,海豚出版社,二〇一〇。

说外公是"国宝"吗？怎么一下子变成"国贼"了?！怎么一切都颠倒过来了?！

后来才知道，牵扯到一九四八年底国民政府决定要将文物迁往台湾一事，那时家在上海的外公任故宫博物院古物馆馆长，主要坐镇南京。与在日寇眼皮底下抢运文物古籍南迁不一样，外公是不同意如此做的，从他给台静农先生的信里可见一斑："衮衮诸公妄以台湾为极乐国，欲将建业文房诸宝悉数运台，牵率老夫留京十日，厕陪末议，期期以为不可，未见采纳。"①但没有想到的是，最后要求负责督运的指令又落在了外公身上。他处于进退两难的境地，他只

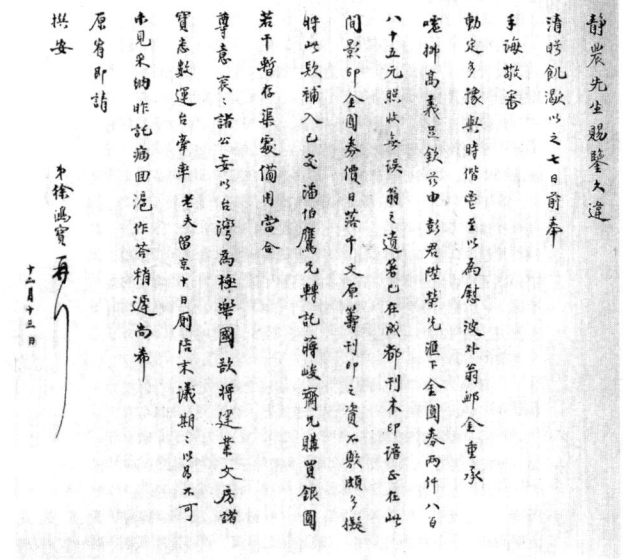

徐森玉致台静农信函手迹

---

① 徐森玉《致台静农》(一九四八年十二月十三日)，收入《汉石经斋文存》(徐文堪编)第二二九页至二三〇页。

能拒绝自己去台湾,却无力阻止这件事的发生。他只好叮嘱跟随押运的庄尚严先生,保护好运到台湾的文物。应该说,庄尚严先生是遵守了外公的嘱托和他自己的许诺的。两年前我去台湾故宫参观,"翡翠玉白菜"、"肉型石"、毛公鼎、瓷器等珍奇宝物、王羲之的《快雪时晴帖》等珍贵书画、善本等都被精心地保存着,供民众参观。

而外公在"文革"中不要说保护这片土地上的文物古迹不受人为的损毁,连自己的人身安全都得不到保证了。造反派在外公家没有抄出值钱的东西,就到我们家来,门敲得呼呼响,吓得我们胆战心惊,结果也是一无所获。他们还逼着妈妈参加外公的批斗会,看着亲人被批斗,那是很残忍的,妈妈心痛之馀,却看到外公和陪斗的对象尹石公老先生旁若无革命群众,竟当场大声争论起一首古诗的解释,整个会场为之惊讶。人活到这个份上,也就活出了境界,可以置荣辱生死于不

一九五〇年五月四日徐森玉与友人在上海市文物保管委员会合影(左起:吴景周、沈迈士、尹石公、徐森玉、柳诒徵)

顾。在文化广场上又一次集中批斗一批文化老人,其中就有外公和严独鹤老先生等。上海图书馆手稿馆的萧斌如老师当年是目击者,看着几个人把颈上挂着大黑字牌子的外公从台上拖下来,踉踉跄跄地一路被押走,台下有人忍不住喃喃自语道:"罪过,罪过……"

一九七一年五月妈妈在干校接到外公的病危通知,她立刻赶到市区淮海医院,只见头发全白的老父躺在病床上,他的耳朵已完全聋了,生命之火即将熄灭。好婆和小舅舅照顾不过来,妈妈在一旁小心侍候,父女俩一起度过了最后的时光。五月十九日被称为"国宝"的外公,一辈子为祖国积聚文物的外公,在遭受人格污蔑的大革文化命的非常时期,戴着反动学术权威的帽子含冤凄惨地走完他九十年的生命历程。也许,他感到安慰的是,他最疼爱的女儿终于赶回来为他送终;也许他更感到欣慰的是,他没有愧对中华民族的文化瑰宝。爸爸得知噩耗,回沪奔丧,看着老岳丈的遗容,想到他奔波的一生和最后的遭遇,不禁悲从中来,连写三首七绝:

一九七一年夏五月十九日徐森玉丈高龄衰病含冤逝世①

衰翁抱病获丛残,批斗登台应诺难。

劳瘁都缘文物累,深情留与后人看。

---

① 一九七九年发表时为《三悼徐森玉丈》的《一悼》并有小引:徐森玉丈毕生专治版本目录、金石书画之学,从事文物考古工作,不遗馀力,横遭打击迫害,终以九十衰龄抑郁含冤,在上海病殁,时为一九七一年五月十九日。《三悼徐森玉丈》收入王辛笛《听水吟集》第十四页、第二十九至三〇页、第四〇页,香港翰墨轩出版有限公司,二〇〇二。

夕阳门巷影参差,绵惙叮咛漏尽迟。
已属高年闻道去,九原何日了心期?

许国何须惜此身,此身虽在亦堪惊。
百年终是匆匆客,一例龙华道上人。

爸爸感叹外公"劳瘁都缘文物累"、"许国何须惜此身",正是知己之言。父母告诉我们,原先得到国务院来的消息,告知遗体暂时不作火化,听候国务院处理。他们心头感到一热,将遗体送到医院冰库保存。但一周后没有等到国务院的正式通知,相反,上海市革命委员会通知家属:国务院不出面了,遗体由家属自行火化,而且骨灰也不能安放在上海。家人只好在苏州郊外的七子山麓选了墓地,三年后父母将外公的骨灰安放入土,当时既无财力也无精力更无权利妥善置办此事,只能请当地人在一块矮碑上刻下"徐森玉之墓"几个字。父亲再写七绝两首:

二悼徐森玉丈

一九七四年十一月二十三日,为森丈营葬于苏州七子山麓,落日衔山,人影在地,四顾苍茫,怆然久之,惟闻远处传来寒山寺暮钟而已。

何期营葬送斯文,山下人家山上云。
万事于翁都过了,斜阳无语对秋坟。

知在秋山第几重?全凭溪水想音容。

横塘不见凌波路,坐听枫桥晚寺钟。

一九七四年十一月二十三日

外公逝世八年后,一九七九年二月十九日在龙华革命公墓大厅为外公举行了平反昭雪的追悼会,名为"骨灰安放仪式",实际上,骨灰盒里只有外公晚年常用来鉴定多少珍贵文物的一副老花眼镜,还有帽子等物。热爱祖国,忠于民族文化事业的外公,作为一代文物鉴定家、金石学家、版本目录学家的名誉终于得到了恢复。我跟随家人参加了这次追悼会,外公放大的照片摆在正中,还是童年时代的印象:胖胖的,慈眉善目的模样。爸爸又一次忍不住为外公三写悼诗七绝两首:

参加徐森玉平反追悼会后亲人合影

三悼徐森玉丈

一九七九年二月十六日有幸在上海龙华革命公墓参加森丈骨灰安放仪式感赋。

平生风义不为钱,样叶书屏作嫁钿^(注)。
喜有是非公道在,瓣香甥馆祭尊前。
注:四十年前森丈嫁女,仅以宋版书散页四枚代奁。

沉冤当日叹难埋,终幸安排到烬骸。
满眼风帆都是愿,一襟明月更开怀。

在此之前爸爸曾独自一人去给外公扫墓,天色灰蒙蒙的,飘洒着细雨,他漫山遍野地寻找外公墓,荆棘杂草齐腰深,竟然没有找到那块矮碑和墓旁作伴的那棵小树。追悼会上我们都没有哭泣,已经欲哭无泪了。但读爸爸的悼诗七首,感觉在平淡沉静超然中有一种深入骨髓的痛心,令人热泪盈眶。

一九八三年上海博物馆尊重亲人入土为安的意愿,不再迁墓,而是重新做墓。根据当年买墓的记载,找到了大山深处外公的墓。墓碑落成的那天,我代表当时未在上海的父母,和文堪舅舅、泽淮舅母一起随博物馆的领导来到七子山麓,那里已成为大片墓区,靠路口有很豪华的墓冢,也有简朴的墓碑,白花花的一片。外公的墓在大山的最里面,所以爸爸会写"知在秋山第几重?"没有汽车路,只好步行近半小时,一条泥泞的羊肠小路通往那里。周围一片绿色,间杂着仍是黑黢黢乱石堆成的无名氏的坟头,和此前外公的墓一样,长着很高的杂草和带刺的灌木丛。可以想见非常时期有那么多、那么多冤死的魂灵,多少亲人泪洒七子山麓,唯有"山下人家山上云","斜阳无语对秋坟"。现在外公的墓是这里最像样的,收拾得最干净,汉白玉石的墓碑上系外公的老友李一氓先生的题字:"徐森玉先生之墓",旁边落款处是子女的名字:徐文坰、徐文绮、徐文堪。墓前我们带去的鲜花花篮在一片绿草褐石中显得分外夺目。我们向外公墓行礼鞠躬:外公您老人家可以安息了。

徐森玉之墓

二〇一一年徐森玉诞辰一百三十周年纪念座谈会

今年，在上海博物馆由陈克伦副馆长主持召开了《徐森玉先生纪念座谈会》，陈燮君馆长做了中心发言，与会者也从各自的角度介绍了外公的事迹：真正为中华民族做出呕心沥血贡献的，人们是不会忘记他们的。上海博物馆赠送了他们编撰和出版的《徐森玉文集》，这是迄今收入外公文章最全的集子。集名和前言是陈燮君馆长所书，书后附有柳向春博士所撰《吴兴徐森玉先生年表》，他重于考证，言必有据，花了大工夫。我们家属还期待他能在年表的基础上撰写成外公的年谱，并在以后编选出外公与亲友来往的信札，为这位淡泊名利的老人留下更多的文字资料。

《徐森玉文集》封面

感谢上海博物馆为外公所做的一切，也感谢柳向春博士所付出的辛劳。

二〇一一年十一月于上海西南角

爱书岂是为身谋
——记徐森玉、徐伯郊、王辛笛两代三人与郑振铎的交往

郑振铎先生是一位杰出的中国现代作家、编辑家、文学理论批评家、文学史家、翻译家、考古学家和收藏家,又从事大量的文化社会活动,他为国为民、为保存珍贵的文化遗产不遗余力,费尽心血。

十月十八日是郑振铎先生(一八九八——一九五八)的祭日,今年二〇一五年更不同寻常,温州郑振铎纪念馆正是在此日开馆。我有幸应邀去温州参加开馆仪式。一直只知道郑先生是福建长乐人。早在上世纪九十年代后期,长乐为筹建郑振铎纪念馆曾请我父亲辛笛写七绝两首以志纪念;得悉长乐郑振铎纪念馆直到二〇〇四年十二月才开馆,那时父亲已驾鹤去与振铎相聚了。所以我始终不知郑先生与温州有着更深的渊源。

这次温州郑振铎纪念馆的开馆,可以让大家更全面地了解他。他出生在温州乘凉桥(巷)盐公堂,他是喝瓯江的

水长大的。在这片土地上他度过幼年、童年、少年,读小学、中学,直到考入北京铁路管理学校(今北京交通大学)才离开,家乡人介绍他会说温州话,欣赏温州菜,他有着温州人执着的性格、创新的精神……确实,青少年时代在一个人成长历程中是有着举足轻重、难以磨灭的印象和影响的。

温州郑振铎纪念馆

原先老家的住处已被拆除建了高楼,现在纪念馆选址在仓河巷26-28号,一栋独立的二层楼房,面积有四百平米,分四个单元的内容:"书生报国数十载"、"心怀温州桑梓情"、"鞠躬尽瘁为文物"、"一代才华万古传"。有其丰富的文化活动的经历展示,有如临其境的书房布置,有家属捐赠的书信图书、使用过的文具用品等。而特别引起我注意的是二楼一间房内的电子文本,展示了与郑振铎深交的一大批友人照片。触摸屏幕,出现了我外公徐森玉(一八八一——一九七一)、大舅徐伯郊(一九一〇——二〇〇二)和父亲王辛笛(一九一二—二〇〇四)的形象,让我怀念亲人,重温了他们父、子、婿两代三人与郑振铎的密切交往。

一

父亲最早是在清华大学西洋文学系读书时认识振铎先生,他常去中文系旁听郑先生开设的《中国文学史》和《宋元戏曲》等课程。一九三九年欧战爆发前,父亲从英国留学归来,在沪上碰到昔日的师长。其时,郑先生任暨南大学文学院院长,本来他请曹禺来校开设莎士比亚课程,但因曹禺所在的国立戏剧学校由南京迁往重庆,无法分身。于是暨南大学文学院聘父亲任教,除教授《莎士比亚》外,再开一门《英美诗歌》。父亲和郑先生也就

二十世纪四十年代辛笛单人照

熟悉起来。同时父亲又遇到光华大学校长、也是我祖父的老友张寿镛先生,请父亲到光华兼职教授英文。暨南大学当时已从真如校址迁入租界内(今新闸路),光华大学则借九江路的证券大楼上课。这两份教书工作都是父亲所爱好的,既可将他在国外研读英国文学的心得介绍给学生,又可以与青年学子交流沟通。

一九四〇年七月父亲与母亲结婚,森玉外公却未能参

加,他正在香港,忙着"料理居延汉简事"①。这批万余枚简牍原是一九三〇年在新疆发掘的珍贵文物,卢沟桥事变后,怕汉简落入日寇手中,辗转秘密送至香港。外公主持了对这批居延汉简妥善安置的事务。年底他由重庆回到上海,第一次看到了已成为他女婿的王馨迪(父亲本名),翁婿俩很谈得来。但外公又有新的任务在身,忙得不可开交。平时他俩也难得一见,因为外公又忙着与郑振铎先生一起抢救古籍。

当时上海是南方珍贵典籍聚散交易的中心,由于战火频频,古书文物一再遭劫,不少藏书家迫于生计和战乱,急于出手卖掉;也有许多珍贵文物、善本古籍已流失于市面。一些爱国文化人士忧心忡忡,如上海商务印书馆董事长张元济、暨南大学校长何炳松、暨南大学文学院院长郑振铎、光华大学校长张寿镛诸先生联合电致重庆,希望重庆政府将流散在沪港两地的善本典籍购买下来,抢运内地。由是自一九三九年底成立文献保存同志会,力求搜集散失在民间的古籍。一九四〇年十二月外公回到上海,就是为全力协助振铎。他们与藏书家接洽,走访各处的书斋书库,如有名的刘氏嘉业堂、张氏适园、金氏海日楼、刘氏玉海堂、陶氏涉园、邓氏群碧楼等处,鉴定、收购珍贵善本典籍。郑先生在这一年的十二月十八日和二十日的日记②中都有记载:

---

① 有关居延汉简的抢救,可见沈仲章等《抢救居延汉简历险记》(《文物天地》一九八六年第四期)、徐文堪《记先父徐森玉先生二三事》(《文物天地》一九九八年第四期)等文。

② 陈福康编著《郑振铎年谱》,书目文献出版社,一九八八。

> 昨日下午,渝有专人来已至敝处接洽过,此君为熟友,即徐森玉(名鸿宝),现任故宫博物院古物馆长,他们再三的托他来此一行。有许多话要谈。
>
> 上午森玉来访,谈搜集古书一事。

郑先生给寿镛先生十多封信中也都提到他与外公阅览收购古书的情况。后来他在《求书日录》①序文中还回忆道:

> 我们得到了玉海堂、群碧楼二藏书后,又续得嘉业堂明刊本一千二百余部。这是徐森玉和我,耗费了好几天工夫从刘氏所藏一千八百余部明刊本里拣选出来的。一举而获得一千二百部明本,确实空前未有之事。……
>
> 最后南浔适园张氏藏书……仅黄荛圃校跋的书就在一百种左右。

而同志会的廉洁工作精神也令外公感动,他在一九四一年一月二十日给中央图书馆馆长蒋慰堂先生的信中提到同志会为抢救文献"心专志一,手足胼胝,日无暇晷,确为人所不能,且操守坚正,一丝不苟,凡车船及联络等费,从未动用公款一钱"②。

---

① 郑振铎《求书日录》,收在《西谛书话》,三联书店,一九八三。

② 原信今藏台北中央图书馆,见陈福康著《郑振铎传》,北京十月文艺出版社,一九九四。

一九四一年国际局势越来越紧张,上海的局面也越来越糟。搜求来的珍贵文物古籍八千余部,放在上海已极不安全,但一时又无法大批运走,因此在七月外公又一次接受重托,挑出其中最为珍贵的属国家甲级文物宋元古书八十二部五百零二本由他负责运送。郑先生在一九四一年七月二十五日写给张咏霓(寿镛)先生的信中云:"森公昨晨南行,曾往送别,殊依依不舍也。精品托其带去二大箱。"①从文堪小舅舅保留外公日记残页可知,七月二十七日外公抵达香港,八月七日在港又得"西谛寄到第七批书六二○包"②,直到十月二日,才由香港安全飞抵重庆,所带精本书毫无损伤③。亲友真为他担心不已,郑先生日后写道:"首先把可列入'国宝'之林的最珍贵古书八十多种托徐森玉先生带到香港,再由香港用飞机运载到重庆去这事,费尽森玉先生的心和力,好容易才能安全的到了目的地。国立中央图书馆得这批书之后,曾开了一次展览会,听说颇为耸动一时。"④

二

尽管父亲的童年少年都在私塾读四书五经,但青年时代受"五四"新文化运动反对线装书遗风的影响,对版本源

---

① 陈福康编著《郑振铎年谱》,书目文献出版社,一九八八。
② 郑重《中国文博名家画传徐森玉》第一二三页,文物出版社,二○○七。
③ 另可参见宋路霞、舒康鑫《中国国宝守护神徐森玉》,《上海滩》一九九二年第八期。
④ 郑振铎《求书日录》,收在《西谛书话》,三联书店,一九八三。

流漫不经心,于个人搜求更不介意。然而老丈人徐森玉与老师郑振铎,还有他所任教的两所大学校长何炳松、张寿镛等为保全古籍文物的忘我精神则使他感动,他也追随他们之后尽其绵薄报国之意。

一九四一年十二月七日日本偷袭美军驻地夏威夷珍珠港后,在沪日军进入租界,上海结束孤岛状态,完全沦陷。作家纷纷离开上海,各大学停办或迁移。暨南大学在上海上完"最后的一课",迁到福建建阳坚持办学。父亲因家庭拖累无法远行,就在其父执周作民董事长的金城银行做秘书,平时只读书,不写一句诗文,隐埋市廛,沉默蛰居,以避免引起日伪注意。

"太平洋事变"后,上海处在恐怖之中,日军占领租界后常常挨家搜查,仅为一二本书报就乱抓人。对他们怀疑的对象更是毫不放松,有的被捕,有的失踪,而郑先生也已被敌伪盯上,在家忙着烧信,处理报纸、杂志、抗日的书籍等,后来转入地下活动,隐居到离我家中南新村仅一街之隔的居尔典路(今高邮路)。他的《蛰居散记》①描绘了当时的情况:

> "有书的友人天天对书发愁:'这部书会有问题么?''这个杂志留下来不要紧么?''到底是什么该留的,什么不该留的?''被搜到了,有什么麻烦没有?'个个人都在互相的询问着,打听着。但谁能够说明那几部书是有问题的,或那些东西是可留的呢?""对于发了

---

① 见《西谛书话》,三联书店,一九八三。

狂的兽类,有什么理可讲呢!但愿这种书劫,以后不再有!"

郑先生的隐居之处堆满了书,入内几乎没有插足之地,他更担心由前一时期代国家经手收藏的古书,未来得及运往内地,万一被敌伪发觉,势必前功尽

辛笛文绮在抗战期间所摄

弃,造成无可挽回的损失。于是他和外公又四处设法分置数地。父亲得知后提供了中南新村寓所,腾空三楼的一个大房间作为庋藏地之一。当一位医生遇到危险,又急忙将藏在他家的书分类包纸捆扎入箱,为避人耳目,乘着夜色分几次将那些大木箱搬到我们家,放满了三楼的一个房间,还特地把房门上了锁,家里人也不让随便出入。父亲和母亲小心厮守,不敢有丝毫差错。那时极司非而路(今万航渡路)76号是人们谈虎色变的魔窟,日伪特务抓人,打人、杀人,无恶不作。父亲他们连那里附近都不敢去,宁愿绕道远行,少惹是非。直至抗战胜利后,郑先生和外公将藏在我家和其他人家的古籍全数运出妥交北平图书馆,方告葳事。这件事郑先生在1945年所写的《求书日录·序》[①]中也有记载:

---

① 见《西谛书话》,三联书店,一九八三。

在这悠久的四个年头里,我见到,听到多少可惊可愕可喜可怖的事。我所最觉得可骄傲者,便是到处都是温热的友情的款待,许多友人们,有的向来不曾见过面的,都是那末热忱的招呼着,爱护着,担当着很大的关系;有的代为庋藏许多的图书,占据了那末多可宝贵的房间,而且还担当着那末大的风险。

在这些友人们里,我应该个个的感谢他们,永远地不能忘记他们,特别是张乾若先生和夫人,王伯祥先生,张耀翔先生和夫人,王馨迪先生和夫人!有一个时候,那位医生有了危险,不能不把藏在那里的书全搬到馨迪先生家里去!……如果没有他们的有力的帮助,我也许便已冻馁而死,我所要保全的许许多多的书也许便都要出危险,发生问题。我也以这部'日录'奉献给他们,作为一个患难中的纪念。

这里提到的王馨迪就是父亲王辛笛。

正是出于对祖国文化遗产的关心,更是因为对书的共同热爱,父亲和郑先生来往越来越多,由原来的师生关系发展成朋友之情。父亲在回忆郑先生(西谛)的文章①中写道:在福州路一带的书店如来薰阁、来青阁、修文堂等处总一定碰得到他,夜晚他有空也常会散步至我家聊天。父亲在闲暇时爱去中西旧书肆逛逛,每每有得,常呈示给郑先生翻阅,交流心得一二,意趣甚为相投。若见到古籍善本,父

---

① 辛笛《忆西谛》,收入《嫏嬛偶拾》,上海教育出版社,一九九八。

亲便造访相告，或代购相赠。两人互道日间书店浏览之乐往往及至夜深，竟不知疲倦为何物。好客的母亲总是预备些咖啡和夜点心，给他们的聊天加餐助兴。有好几次郑先生起身告辞，父亲送他过街心踏月归去，一路聊天，意犹未尽。到他住处门前，他又掉转头来送父亲，时常两人往返多次总也谈不完。当时沧海横流，人间何世，友好大都辗转内地，滞沪未去者仅有西谛、父亲、李健吾、柯灵、陈西禾和开明书店留守诸先生，每一晤及，他们总是不免互通消息，相濡以沫。

郑振铎照片和手迹

郑先生爱书如命，每遇古籍异本，动辄倾其囊中所有，或竟典当求贷，必一意挟归而后快。抗战期间在外公的帮助下他获得四函善本《金瓶梅》,他和外公一起到二十年代就已成名的女作家程俊英先生家,开心地说这是他久想买的书,就放在她家的书柜顶上吧。这套珍贵的善本书藏在程家,一直到抗战胜利后他才陆续取回[①]。他还立意搜集清代文集,已达八九百种,内中颇多坊间罕见之本。有一阵手头奇窘,要买米下锅,急切之下,找父亲帮忙。他希望能找到一位善为保藏的受者,不致失散,然而清代文集价值昂贵,一般人难以承受。父亲想到金城银行的董事长周作民,向他说项,周先生慨然允予相助。所幸周作民素重诺言,一九五五年故世后,其子女遵遗嘱将清代文集全部献给国家,郑先生和父亲两人也得以了却一件心事。

三

抗战胜利后,由于父亲在金城银行供职,这家银行也就成为与上海文化界联系最多的银行。曾多次由他出面向银行行方免费借用七楼的金联食堂作会场。一九四五年十二月十七日,"全国文协上海分会正式成立。下午,在金城银行举行成立大会,郑振铎为大会主席,并最先致辞。会议推选郑振铎为全国文协上海分会理事"。[②] 其他被选为理事的还有夏丏尊、李健吾、柯灵、唐弢、夏衍、于伶、赵景深、张骏祥等,父亲为候补理事兼秘书。"文协"上海分会成立后,

---

[①] 程俊英《回忆郑公二三事》,原载《图书馆杂志》第二期,一九八五年五月收入陈福康编选《回忆郑振铎》,学林出版社,一九八八。

[②] 见陈福康编著《郑振铎年谱》,书目文献出版社,一九八八。

由郑先生主持工作,他和李健吾等还筹办总会从重庆迁移到上海的准备工作。文化界人士纷纷从大后方回到上海,有郭沫若、茅盾、夏衍、叶圣陶、巴金、胡风等作家,文化活动又频繁起来。

一九四六年二月上海文协积极准备欢送老舍、曹禺俩先生从重庆经上海到美国讲学访问。在郑先生的主持下,父亲参与了欢送欢迎会的不少具体筹备工作,又请金城银行食堂的员工一起帮着布置会场。二月十八日下午,宽敞的金城银行大楼餐厅聚集了一百多位文艺界人士,郑先生代表全国文协上海分会祝词,欢送老舍、曹禺赴美讲学,同时欢迎近日从全国各地来上海的会员,有戈宝权、吴祖光、叶以群、张骏祥、凤子诸位先生。大家济济一堂,叙谈抗战中各自的经历,享受胜利、和平的喜悦,这是自抗战胜利后上海文艺界的又一次盛会。

五月四日为五四运动纪念日,科学和民主仍然是时代最强烈的呼声,"文协"在辣斐戏院举办纪念五四文艺节欣赏会,到会两千人,由叶圣陶先生主持并致开幕词。下午文艺界又在金城大楼举行聚餐会,郑先生讲话。上海《新民报晚刊》一九四六年五月四日作了简要报道。

此时,郑先生又搬回静安寺庙弄老家居住。郑家成为文化人经常小聚的地方,他母亲烧得一手福建佳肴,父亲也是常客,跟着沾了不少口福。郑先生、健吾先生拟创办一份大型文艺杂志《文艺复兴》,郑先生找了不少同仁来家一次次地讨论、酝酿。早在一九四五年十月六日的日记中他就写道:"晨起,写'民主政治'一篇,毕,至办公处,午归,请客,到者有一樵、锺书、健吾、西禾、辛笛、芝联诸人,慰堂、振吾亦为不速之客,后来,唐弢、柯灵来,森老、沈仲章来,谈甚畅,《文艺复兴》决可实现出版。"①

有时他们也在中南新村我家聚会,健吾先生在回忆创办《文艺复兴》一文②中谈道:"倡议创办《文艺复兴》这份上海方面出的唯一大型文艺刊物,也是中国当时唯一的大型刊物是郑振铎先生。他的老太太经常做福建菜给客人们吃,还有辛笛先生家的扬州菜,特别是扬州汤包,到现在想起来,舌根还有留香之味。"当年办刊不仅希望友人们以高质量的稿子支持,更需要落实印刷、发行、稿费等诸多资金,"《文艺复兴》发行人钱家圭,发行所是上海出版公司,经济后台是晋成钱庄,钱庄由刘哲民和钱家圭两先生经营的,辛笛在经济关系上可能通过金城银行也有些帮忙"。确实,父亲通过金城银行不仅给《文艺复兴》"有些帮忙",而且给被称为国统区三大民主刊物之二——柯灵、唐弢主编的《周报》、郑振铎主编的《民主》,还有上海出版公司、开明书店等都有过程度不同的经济接济。当然,最好的方法就是通过银行贷款多买纸张,用囤积办刊必需的实物来抵消通货膨胀的影响。尽管到处筹钱,但作为主编的振铎和健吾两先生却是尽义务工作,分文不取。

《文艺复兴》在一九四六年一月创刊,上海《大公报》还登载了广告。创刊号上有郑振铎写的发刊词,刊登的作品

---

① 见陈福康编著《郑振铎年谱》,书目文献出版社,一九八八。

② 李健吾《关于〈文艺复兴〉》,收在陈福康编选《回忆郑振铎》,学林出版社,一九八八。

有郭绍虞《论狷性的文人》、巴金的《第四病室》、俞铭传的《祖国》、辛笛的《刈禾女之歌》和《月夜之内外》、茅盾的《一个够程度的人》、杨绛的《ROMANESQUE》、钱锺书的《猫》、李健吾的《青春》、方敬的《现实与梦》、刘西渭（健吾的笔名）《清明前后》（书评）、赵景深的《记上海文协成立大会》等。父亲在《文艺复兴》上发表的诗作较多，这两首新诗是三十年代中后期在海外所作而于十年后第一次发表，后来在《文艺复兴》上发表的也有四十年代的新作，如《手掌》、《阿Q答问》等。

另有福州路上的开明书店编辑部也常有聚会，为了款待从重庆归来的同仁，这里每月例有文酒之会，郑先生有时邀父亲同往，见到叶圣陶先生，并承他招饮，与王伯祥、徐调孚、章锡琛诸先生共酌，"除王伯祥能豪饮外，其他人都不善饮事，所喜餐桌设在编辑室里，众人坐拥书城，畅论古今史事，谈笑风生，抽书佐酒，举杯成趣"，父亲直至晚年都难以忘怀[①]。

四

当时的文化活动、文物保护等工作可以说基本以郑先生为中心，在他家还经常有学术界、文化界的一些前辈聚会，如徐森玉、陈叔通、叶恭绰等先生。森玉外公与振铎先生在搜集文物方面有较长时间的合作，来往更多一些。唐

[①] 《悼叶圣陶老人》，收入王辛笛《听水吟集》第九十八页，香港翰墨轩出版社，二〇〇二。

弢先生在回忆郑先生的文章①中谈到,有一次,森玉突然说:"郑振铎是共产党!"把在座的唐弢吓一跳,那时郑先生正从事民主运动,以为又是什么人有意中伤。不想森玉接着说:"是黄任之亲口告诉我的。"原来黄炎培、傅斯年、章伯钧等六人去过延安,在一次座谈会上,黄炎培向周恩来提出,南方文物多,要如何保护处理,毛泽东说,文物的事情问郑振铎好了。因此黄炎培断定:郑振铎一定是共产党。在唐弢的印象中,事无巨细,森老的确都与西谛商量。"那时西谛正在编《域外所藏中国古画》,森老帮助他做鉴定挑选工作,由于赝品太多,反复研讨,花了不少时间精力。森玉先生善于鉴别,铜陶瓷器、书画版本,样样来得,尤其精于俗称'黑老虎'的碑帖,西谛对他十分佩服。"

一九四六年五月十七日的《新民报晚刊》上就曾刊载过一条消息:"美国新闻处与文协会合办中美文化联络站最近成立,由郑振铎主席拟办各项文化建设事业"。编一套系列介绍美国现代文学的丛书就是其中一项计划。这原是时任在华美国新闻处处长费正清的设想,由中方组织翻译,美方提供部分经费。郑先生是文协上海分会的负责人,觉得这对加强中美文化交流很有好处。但因美国对华政策有所变化,不久费正清离任回国,此事就搁置下来。

一九四八年初,在哈佛大学任教的费正清联系到出版这套书的经费资助。中方主持人郑振铎便邀夏衍、钱锺书、冯亦代、黄佐临、李健吾、张骏祥、辛笛、徐迟、马彦祥、焦菊

---

① 唐弢《西谛先生二三事》,收在陈福康编选《回忆郑振铎》,学林出版社,一九八八。

隐、朱葆光等担任《美国文学丛书》编委。于是由美国新闻处提供翻译这套丛书的经费，由中方挑选、商定翻译美国进步文学作品十八部，编委会组织人员翻译。父亲没有参与翻译，只是做了不少事务性工作。郑先生的出发点比较务实，通过这样的方式既使中美文学得到交流，又可以解决中国进步作家的生活问题。后来经十多位作家的辛勤耕耘努力，《美国文学丛书》终于翻译出来。由郑振铎、冯亦代两先生交给晨光出版社创办人赵家璧先生，在一九四九年二月至四月由晨光出版了这十八部，"最初用《美国文学丛书》的名义，后又改称《晨光世界文学丛书》"①，还收入了几部苏联作家作品。

这套丛书使当时的读者比较系统地看到美国文学的风貌，涉及面比较广，既有理论思潮介绍，更有长篇小说、短篇小说、诗歌、戏剧等各方面的作品介绍，那些作家也有一定的代表性，新秀和老作家都有，而中国译者也是各有专长的研究者。赵家璧先生后来曾说："这套丛书，事实上应当写上'郑振铎主编'五个大字"。② 遗憾的是这套书在一九四九年以后大部分都停版了，直到八十年代随着新时期到来，有的才重新翻译介绍给读者们。

一九四九年三月郑先生到了北京，他是绕道香港北上的，着手筹建中央文物保管机构。七月父亲赴北京出席第

---

① 赵家璧《生平自传》，收入《赵家璧先生纪念集》，上海文艺出版社，一九九八。

② 赵家璧《出版〈美国文学丛书〉的前前后后》，见上海鲁迅纪念馆编《赵家璧文集》第一集第四八六页，上海文艺出版社，二〇〇八。

一次全国文代会时与他相遇,在他家里的书斋中看到,除了满架的图书外,又增添了不少新出土的唐三彩陶俑、伎乐、车骑之类的古代文物。他很想留父亲在京工作,助他一臂之力,但父亲对文物不感兴趣,也没有研究,谢绝了他的好意。

无独有偶,外公更是受到郑先生的力邀,唐弢先生回忆道:"全国解放以后,西谛主持文物工作,出任中央文化部文物局局长,多次邀森玉先生到北京任职,在为他布置办公室时,特地安排了一套他最喜欢的紫檀木写字台和椅子,以表如饥似渴的求贤的心情。可惜森老因故离不开上海。直到他担任华东文化部文物处处长,西谛还谆谆叮嘱,要我当好他的学生,向他学习,让他多为国家工作,发挥他在文物鉴定方面的特长。"[1]与父亲一样,外公留在上海的意愿也受到郑先生的尊重。但每年郑先生几乎都要请外公到北京,当面请教有关事宜,他来上海也常去探望老人。而外公、父亲若去北京,也必会去郑先生家中拜访。

五

大舅徐文坰(字伯郊,以字行)受其父影响和熏陶,对文物鉴赏也颇有研究。他后来定居于香港,曾任广东银行香港分行经理。当时他负有秘密使命,为国家收购流落在境外的文物。根据上世纪九十年代以来不断披露的资料,我

---

[1] 唐弢《西谛先生二三事》,原载香港《大公报》一九八六年九月二十九日至十月二日,收入陈福康编选《回忆郑振铎》,学林出版社,一九八八。

们对大舅抢救文物的所作所为有了比较深入的了解。

一九四九年初,有很多版本古籍、历代书画及古钱币流往香港文物市场。其中不少是国宝级的珍品,当地一些大古董商对此很感兴趣,还有一些外国机构和国际文物贩子也都关注这个市场,并携款待购,因此珍贵文物随时有流失的可能。已是文物局局长的

二十世纪四十年代徐伯郊

郑先生得知心急如焚,一边拨专款委托大舅购买重要的古籍文物,尽量收购抢救,一边向国务院申请成立"香港秘密收购小组"。一九五一年该小组正式成立,任务是"主持收购已散流到香港及海外的文物国宝,并负责把已购文物及时带回内地"。[①] 成员由三人组成:徐伯郊、沈镛、温康兰。伯郊大舅是这个小组的负责人。郑先生给大舅信中指示"我们的收购重点,还是古画(明以前)与善本书,因其易于流散也。"[②]

就在此时,大舅在香港得知有关国宝"二希"的消息。"二希"是"三希"中的两帖,指晋人王献之《中秋帖》和王珣

---

① 陆海天、李永翘《建国初期:抢救国宝大行动——"香港秘密收购小组"抢救国宝记》,《收藏》二〇〇一年第十一、十二期。

② 刘哲民、陈政文编《郑振铎先生书信集》,学林出版社,一九九二。

《伯远帖》的墨宝，还有一帖是王羲之的《快雪时晴帖》（此帖收藏在台湾故宫博物院）。三帖当年均为清朝乾隆内府所藏，收藏处名为"三希堂"。辛亥革命后，前两帖流失到宫外，为袁世凯下属红人郭世五所收。郭氏去世后由其子郭昭俊继藏，后被带到台湾，原想卖给台湾故宫博物院。副院长庄尚严很想买下"二希"，无奈索价过高，"而当时台湾经济凋敝，财源短缺，无力收购此价值连城之宝，郭昭俊又将此两帖带至香港，抵押在香港某英国银行，靠贷款度日"①。

"三希"中的"二希"

贷款期限将至，如果不及时赎回，按惯例将为英国银行拍卖，这样就很有可能流失到海外。其时郑先生参加中国文化代表团出访印度、缅甸，正好路过香港，大舅即将此重要消息及时报告，郑先生感到非同

---

① 郑重《谁是"二希"回归的担保人》，《新民晚报》二〇〇三年三月三日。

小可,叮嘱大舅全力抢救"二希",同时立刻向国内报告。周恩来总理很快作了指示。

"中央文化部文物局为落实总理指示,经过全面周密的考虑,决定派原故宫博物院院长、时任文物整理委员会主任马衡、华东文化部文物处处长兼上海市文物管理委员会主任徐森玉两位见过'二希'墨迹的老专家负责鉴定,包括原旧题跋、题签、题志、收藏印记及原装裱首尾整体。"①文化部文物局副局长王冶秋和马、徐二老率随员一同从广州前往澳门。"总理已电告广州市市长朱光,负责解决所需款项,包括提供外汇;负责两位老专家及其随员的生活交通和办理出境手续、安全等问题。"②

大舅在香港遵照郑先生的叮嘱,动员抵押人将"二希"卖回祖国,得到应允后,他又寻找香港银行界的各种关系。当中南银行总裁"胡惠春得知这一消息后,知道徐伯郊所面临的困难,由他出面和英国银行疏通,并出面担保。这样徐伯郊才将郭昭俊抵押在英国银行的'二希'帖取出"③,和抵押人一起去了澳门,在那里与马衡、森玉等会面。马、徐二老"对'二希'作仔细鉴定,确定了是真迹无误后,立即当场议价,以35万港币的价格成交。这在二十世

---

① 王稼冬《〈二希〉还国记》,《新民晚报》一九九六年十月十八日。

② 王稼冬《〈二希〉还国记》,《新民晚报》一九九六年十月十八日。

③ 郑重《谁是"二希"回归的担保人》,《新民晚报》二〇〇三年三月三日。

纪五十年代初是一笔了不得的大数字"①。"二希"从此回归祖国。收购"三希"中的"二希"是香港秘密收购小组做的第一笔大生意。

接着这个小组还做成最大的两笔"生意"②。一是收购我国历代发行的古币,有金、银、铜币、纸钞和钞版等,计一万七千余件,花费八十万港币成交。二是收购陈澄中所藏宋元版古书、明抄黄跋的善本等百余种,其中最为珍贵的善本是宋代世彩堂廖莹中刊刻《昌黎先生集》、《河东先生集》,郑先生极为重视,他给大舅的信中每每提及此事,最后也以八十万港币收归国有,藏于北京图书馆。

在此期间,大舅一直在郑先生的领导下竭尽全力为更多的古籍书画回归奔走接洽,从刘哲民在《郑振铎先生书信集》前言③可见总结性的介绍:

> 自一九五一年至一九五二年,徐伯郊为国家从香港收归很多文物。诸如宝礼堂潘世兹捐献给国家的宋、元刊本一百零六种,就是由徐伯郊从香港设法运回国内,入藏北京图书馆的。版本收藏家陈澄中携港的珍本图籍,郭昭俊收藏之三希法帖中之二希:王献之的《中秋帖》和王珣的《伯远帖》的归来,都曾经徐的努力。此外,流在香港的唐、宋、元名画,如韩滉的《五牛图》、

---

① 王稼冬《〈二希〉还国记》,《新民晚报》一九九六年十月十八日。
② 陈福康《郑振铎传》,北京十月文艺出版社,一九九四。
③ 刘哲民、陈政文编《郑振铎先生书信集》(学林出版社,一九九二)内收郑振铎致徐文坰(伯郊,十三通书信)。

董源的《潇湘图》、宋徽宗赵佶的《祥龙石图卷》、马远的《踏歌图》、李唐的《采薇图》、任月山的《张果见明皇图》、赵孟頫的《三竹图》、吴镇的《渔父图》、方从义的《武夷放棹图》等,都是精美绝伦的稀世珍宝,得以回归祖国入藏故宫博物院,均为徐折冲之力。所以郑先生一九五一年十二月二十三日给他的信中说:

"你在香港的工作,是肯定有很大成绩的,我们都很感激你!你为国家人民争取已流出国外的重宝,这是一件大工作。尚恳能多多努力,获得更大的成功!"

这里提到五代董源的《潇湘图》,另与五代顾闳中的《韩熙载夜宴图》、宋代刘道士《万壑松风图》系张大千"大风堂"所藏三幅古代名画,由香港回归国内的故宫博物院,当时十分引人注目①。大舅与张大千先生的交情很深,郑先生写信给大舅,要他与大千先生直接联系:一是希望大千能回来;二是希望通过大千的关系,能争取将流失到美国、日本的中国古代书画收购一些回来;三是慎重收购"大风堂"的古画。大舅转告了郑先生的意思,大千为郑先生的关心、对祖国文物的热爱而感动。后来由于种种原因,他移居海外,但始终没有把这三幅名画卖给外国人。

难怪大舅五十年代频繁地回沪,六十年代逐渐减少,"文革"期间不再来沪,直到八十年代初才重新往来于上海和香港之间。他曾很自豪地对父母和我们兄妹几个说:"我

---

① 何频《"大风堂"三巨迹回归真相》,自存复印件。

徐伯郊与张大千合影

与郑振铎、与王冶秋、朱光这些共产党熟得很呀!"①我们听了感觉奇怪,大舅在香港怎么会和振铎伯伯他们那么熟?再要询问,他却不肯细说,因此,很长时间连亲友都一直不知道他竟是香港秘密收购小组的组长!

二十世纪八九十年代徐伯郊来沪与妹徐文绮合影

---

① 郑振铎先生不是共产党员,四十年代是民主促进会成员,五十年代初退会。

六

"大跃进"的年代是狂热的年代,十五年赶超英美,口号喊得震天响。美妙的远景把人们的想象力鼓动得想入非非。而农村则忙着成立人民公社,到处锣鼓喧天。一九五八年十月,父亲参加上海市委组织的万人检查团下乡,去颛桥、闵行等地,参观人民公社的成立。父亲住在乡下,一天清晨,突然从广播里听到郑振铎先生出国访问途中飞机失事遇难的消息。他将信将疑,于是跑了好几里地,找到可以打电话的地方,希望能核实这噩耗是假的。父亲和在上海市内的靳以伯伯通了电话,结果却证实了这不幸的消息是真的。他抬头远望秋空的白云,黯然于怀。近三十年介乎师友间的交谊在十月十八日骤然划上了句号,就此永别。

父亲对振铎先生的怀念一直萦绕在心,但始终没有落笔,直到二十年后才写成悼念散文《忆西谛》①。一九九六年郑先生的家乡长乐建成郑振铎纪念馆,父亲应邀题诗②,概括了他心目中的振铎先生:

题福建长乐郑振铎纪念馆

郑西谛(C.T.)先生家乡为福建长乐,乡人多在海外经商,近年金为缅怀先生业绩,民间酿资筹建纪念馆,以申崇敬,今年三月即将落成,用赋两绝句志怀。

民间文学拾珠遗,"笺谱"新妆更逞姿。

---

① 辛笛《忆西谛》,原载《回忆与悼念》,春晖出版社,一九七九。
② 收入王辛笛旧体诗集《听水吟集》,香港翰墨轩出版有限公司,二〇〇二。

历劫厕身书贾伍,当年引领盼王师。

沧海何曾任横流,爱书岂是为身谋。

毕生典籍搜佳本,天夺斯人痛失侪!

注:西谛生前著述宏富,就中尤以《插图本中国文学史》、《中国俗文学史》等书,对我国唐宋传奇、话本以至元明清戏曲民间文学多所阐明。

一九三〇年,西谛去北平执教,暇时和鲁迅先生合编《北平笺谱》出版。抗战军兴,西谛与何炳松、张元济、张寿镛、徐森玉诸老相约,一心以搜购古籍,保存国粹为己任。上海沦陷后,微服隐居,不惜置身于书贾为伍,直至一九四九年解放,始得将经手所有善本安全献交北京图书馆。详情见郑著《劫中得书记》。一九五八年十月,西谛奉命率文化代表团出使阿富汗,十八日航机在飞赴莫斯科途中失事,全团不幸遇难。

如今,父亲的藏书我们已遵照他的嘱咐捐献给中国现代文学馆,其中也有郑先生送给父亲的书,有一本《韫辉斋藏唐宋以来名画集》,是他根据韫辉斋藏画的照片影印成册,并亲自作序,印数不多,他赠给辛笛的那册书上题有"辛笛我兄"字样[1]。郑振铎先生的赠书和父亲的诗文是他俩介于师友之间情谊的真切体现。而各种文献资料的记载更是历史地见证了郑振铎与徐森玉、徐伯郊、王辛笛他们父、子、婿两代三人的密切交往。父亲的诗句"爱书岂是为身谋"——是对郑振铎先生的深刻理解,也是他们两代人交往的真实写照,都为中国文化事业的发展做出了不懈的努力

---

[1] 王磊《郑振铎谢王辛笛》,陈建功主编《文人的另一种交往》,文化艺术出版社,二〇〇八。

和巨大的贡献。

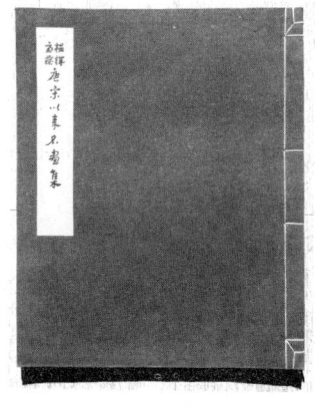 

一九四八年十一月郑振铎赠书封面　　郑振铎题赠辛笛手迹

这次趁郑振铎纪念馆开馆之际,我又来到了温州,曾在上世纪八九十年代到过此地,那时温州的市容陈旧,马路狭窄,给我印象深刻的是温州姑娘都威风凛凛地开着摩托车,而男士们则小心翼翼地骑着小轮自行车,这成为一道奇特的风景。这次来温州,发现高楼拔地而起,街道变宽,不少地方还在铺路,市容变化很大。出租车司机也记得当年的风景,补充说:"现在都开小汽车了!"当然,堵车也成了家常便饭,小汽车开开停停,自行车悠闲地间隙穿梭,行人大胆地在车水马龙中蛇行,又是一道新的风景。温州的空气不错,海风习习吹拂,楠溪江的溪水清澈。在发展经济、旅游的同时也注重文化的建树,且不说温州璀璨的地域文化古已有之,而现在郑振铎纪念馆开馆,离该馆两百米左右还有考古学家夏鼐纪念馆,相信温州地域文化会有更大更多的发展而继续产生全国性影响。

二〇一五年十月

辛笛与《大公报》七十年因缘

今年,《大公报》一百一十岁了,父亲辛笛(一九一二—二〇〇四)正逢百年诞辰,《大公报》比父亲年长十岁。在这样值得纪念的日子里,很自然地想起父亲生前谈起他与《大公报》绵长的因缘。

父亲十六岁的时候,在南开读初中,因为平时爱读书,喜好文学,作文常被老师当堂讲评,也就萌生了投稿的念头,首选的报刊就是天津《大公报》。因此他的处女作《蛙声》刊登在一九二八年七月二十二日《大公报》的副刊"小公园"上,看到自己的一首白话小诗变成了铅字,他甭提有多高兴了。晚年回忆起来仍然面带微笑,尽管认为那是一首幼稚之作。不久,他又领到七角钱稿费,心想以后有了稿费,就不用再饿着肚子买书买杂志了。他写作和投稿的热情高涨起来。从一九二八年七月至十月他在《大公报》上先后发表了二十余首诗文,有诗歌,有散文,也有类似微型小说的故事,用笔名"一民"、"鸿"、"秋柳"、"心花"等。他把发

《大公报》刊登辛笛处女作《蛙声》

表的作品剪报粘贴在一本牛皮纸做封面的简陋小册子上，其中有一张剪报是《大公报》请作者领取稿费的通知名单，父亲兴致勃勃地在自己的几个笔名旁小心翼翼地画上了黑色的小圈。

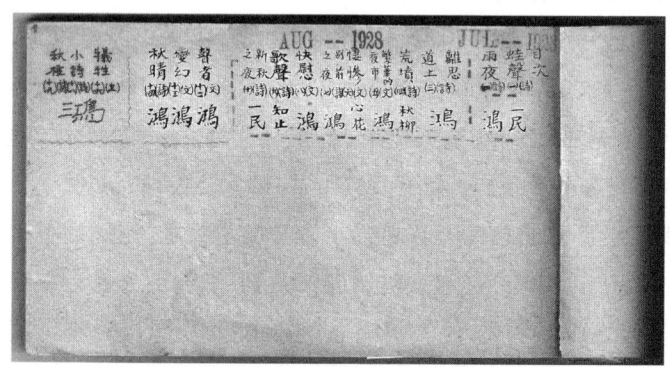

一九二八年七至九月辛笛自制发表目录

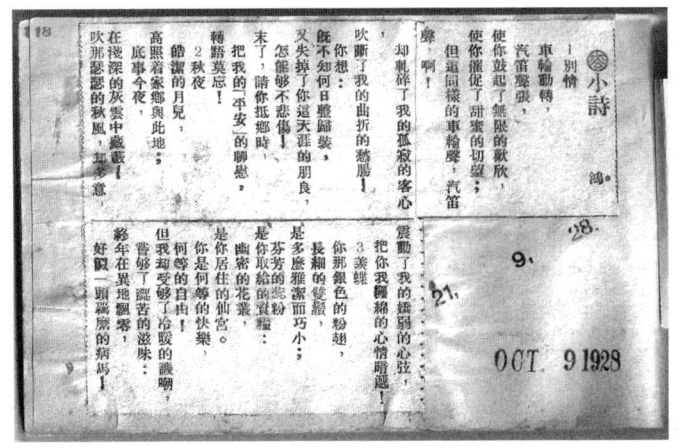

一九二八年辛笛发表小诗剪报

那时父亲的诗文都是《大公报》何心冷先生编发的,父亲一生对这位素昧平生的编辑心存感激。何心冷并不因为他是个中学生而看轻他,而是选择他写得好的诗文不吝发表,让他对自己的写作增强了信心。父亲升入高中后,翻译了英文版的两篇小说:俄国迦尔洵的《旗号》、法国莫泊三(即莫泊桑)的《农夫》,分别用"心笛"和"一民"的笔名发表在属于《大公报》旗下的《国闻周报》上。而何心冷也曾负责过《国闻周报》文艺方面的编辑工作。

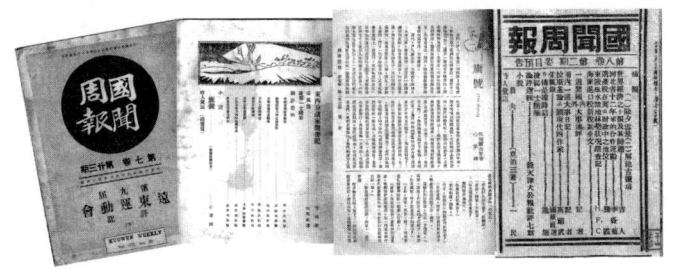

辛笛在《国闻周报》发表的译文

第二辑 155

一九三一年父亲考入清华大学外文系,被视为他诗歌的代表作《航》,也是发表在《大公报》上的:

> 帆起了
> 帆向落日的去处
> 明净与古老
> 风帆吻着暗色的水
> 有如黑蝶与白蝶
>
> 明月照在当头
> 青色的蛇
> 弄着银色的明珠
> 桅上的人语
> 风吹过来
> 水手问起雨和星辰
>
> 从日到夜
> 从夜到日
> 我们航不出这圆圈
> 后一个圆
> 前一个圆
> 一个永恒
> 而无涯涘的圆圈
>
> 将生命的茫茫
> 脱卸与茫茫的烟水
>
> 一九三四年八月海上

还有《款步》、《丁香、灯和夜》等。他和那时帮沈从文先生办《大公报》副刊的萧乾先生年龄相仿,每次寒暑假回天津探亲,他就会与萧乾一起去小白楼、包子铺等地小吃,聚谈甚欢,而对萧乾在《大公报》创意所办的"诗歌特辑"、"译文特辑"、"艺术特辑"等也很称赞。一九三六年父亲赴英到苏格兰爱丁堡大学进修,在异域写成的诗歌有好几首照旧寄到津版或后来的沪版《大公报》发表,如《挽歌》、《相失》(即《门外》)、《客心》、《巴黎旅意》等。《大公报》全盛时期有五处社址:天津、上海、桂林、重庆、香港,影响甚广。

二次大战爆发前夕父亲回国定居上海,他感到已不是写诗的时代,于是搁笔。直到四十年代后期父亲与《大公报》才又续前缘。那时祖籍同乡潘际坰先生主持编辑上海《大公报》"出版界"栏目,知道父亲热衷收集并浏览外文书籍,特邀父亲开设专栏"夜读书记",专门介绍英美书籍、国外新书讯息等,父亲欣然同意。但因银行业务繁忙,只能在夜间写作。作为老友潘际坰又深知父亲有拖拉的脾性,所以每每在专栏出刊之前的一段日子就会早早地派报馆的人到中南新村我们家,坐等要稿。常常是母亲在楼下接待来客,心中为父亲着急,而父亲则在楼上书房心无

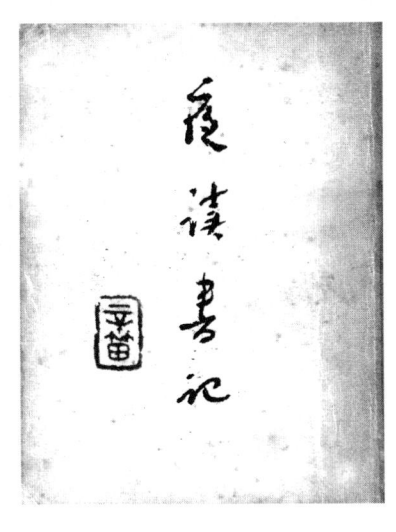

《夜读书记》封面

旁骛地奋笔疾书,倒也"逼"出一批文章,一九四八年结集的《夜读书记》由上海出版公司出版,书名正是他在《大公报》"出版界"上写专栏的名称。

就在这一年,局势很紧张,我们四个孩子随母亲去香港躲避,一直到一九五〇年,因父亲仍然留在上海,为了家庭不致离散,母亲决定带着我们离开香港。但船票紧张得很,最后还是托《大公报》社长费彝民先生为我们买到了开往天津的船票,我们得以从天津再回上海,与父亲团聚。为此,父母一直很感谢费先生的帮助。

五十年代以后父亲又一次基本搁笔不写。直到历经浩劫之后父亲才重新握起诗笔,与《大公报》三续因缘。七十年代末,香港《大公报》是最早发表他旧体诗的报纸,他与潘际坰又联系上了,把怀念我外公徐森玉先生的七绝佳作《三悼徐森玉丈》交给了《大公报》,不少港台读者原以为父亲也早在"文革"中被迫害致死,此时惊喜地发现他们所喜爱的诗人竟还活在世上,不仅写新诗,而且还写旧体诗!而父亲八十年代应邀到香港参加文学研讨会等活动,《大公报》都详细报道了他的行踪和读者的反应。父亲晚年的新旧体诗作及散文也继续不断地发表在《大公报》上。二〇〇三年九月三十日母亲离他而去,父亲十月八日用颤抖的手书下心中的吟哦——旧体七绝《悼亡》:

> 爱妻徐文绮痛于今年九月三十日下午病逝,从此人天永隔,夜不能寐,吟诗以寄哀思。

> 钻石姻缘梦里过,
>
> 如胶似漆更如歌。
>
> 梁空月落人安在,
>
> 忘水伤心叹奈何。

此绝唱刊于同年十一月十六日的《大公报》上,从那以后他再也未写下一行新诗和旧体诗。二〇〇四年一月八日,他驾鹤西去,与母亲从此长相守了。

父亲与《大公报》真是有缘,他最初和最后的诗作都发表在《大公报》上。适逢《大公报》创刊一百一十年,谨以此文记下一鳞半爪,纪念父亲与《大公报》自上世纪二十年代至四十年代至本世纪初长达七十余年的交往。

二〇一二年六月

怀　思

——纪念父亲辛笛百年诞辰

二〇一二年十二月二日是父亲王辛笛百岁周年。金秋十月我们兄妹四人从各地相聚在一起，参加北京中国现代文学馆于十月十六日举行的"王辛笛百年诞辰纪念座谈会

百年诞辰纪念座谈会会场

和纪念展"。那天一早大雨突然从天而降,北京天气晴好已十多天了,没想到在这个对我们来说是重要的日子却天公不作美。据说,北京只要下小雨就会堵车严重,而这样的大雨天更不用说了。老人们的出行会更为困难,看来今天能前来参加我父亲辛笛百年诞辰的老友几乎都无法成行了。让我们颇感安慰的是,这样也好,减少了老人们奔波的疲劳和雨天路滑可能造成的危险。

在北京中国现代文学馆的多功能厅里,鲜红底色白字会标鲜明夺目——"王辛笛百年诞辰纪念座谈会",幕墙上放映着介绍辛笛生平与创作的视频,父亲生前喜欢的舒伯特小夜曲在大厅里优雅地盘旋。来自京城爱好诗歌的读者、研究者和父亲生前友好的后代约八十余人,济济一堂,共同缅怀父亲的为人为诗。

尽管父辈们是诗友,但不少后代则是第一次相见,有李瑛之女李小雨,已故诗友冯至的长女冯姚平、臧克家之女郑苏伊,还有我们比较熟悉的"九叶"诗人袁可嘉之女袁晓敏和袁琳等都前来与会。最令我们感动的是,邵燕祥先生冒着大雨独自赶来,悄悄地坐在后排,不愿影响会议的进程。他说自己耳聋,听不到别人的发言,而戴上助听器的话,声音嘈杂也听不清,但他执意"到场是为了表达对辛笛先生的敬意"。怕他太累,我们请现代文学馆派车提前送老人安全回家休息。

北京纪念座谈会由现代文学馆常务副馆长吴义勤先生主持。中国作协书记处书记李敬泽先生首先做了发言。然后由北京大学诗歌研究专家孙玉石教授、首都师范大学教授、《看一支芦苇——辛笛诗歌研究文集》的主编吴思敬先生、中国社科院文学研究所研究员刘士杰先生等分别做了深入细致的发言,巴金研究会周立民副会长受巴金先生子女李小林和李晓棠姐弟之托,也在会上回顾了辛笛与巴金先生的交往。孙玉石先生最近找到辛笛诗文两篇散文诗和一篇散文。散文诗《路上》《碧》是发表在一九三五年五月《清华周刊》第四十三卷第三期上,"短短的文字里充满了对自然宁静美的感受体悟,洋溢着具象的绘画美和浓郁诗情"。另一篇几千字散文《陋巷所见》发表在《民主周刊》一九四五年第八期上,至今从未入集,涉及当时的社会现实,展示平民教师的生活状况。这新发现的散文让我们很惊奇——父亲一定还有他自己早已记不得的诗文散落在各处,静静地等待着研究者的发掘。北京的座谈会开得正式而严谨。

中国现代文学馆同时举办的"九叶诗歌擎旗人——王辛笛百年诞辰纪念展"也在当日开幕,展出了父亲生平创作的照片、文字、藏书、作品、手稿,友人赠送的字画、文物、书信等数百件,是从我们捐赠的二万余件文献文物中挑选出来的。父亲生前面对满屋子的书报信件文献实物,曾关照:"身外之物——捐掉!"我们理解他的心意——希望把身外之物捐赠给巴金先生倡议建立的中国现代文学馆,于是一切照办。展览中有父亲阅读过的十九、二十世纪版本的中外文书籍,有巴金、柯灵、钱锺书、萧乾、"九叶"诗人等文友诗友的信函墨迹,有姚茫父的《潇湘水云图》、谢稚柳的《荷花图》等,有王褆(号福厂)、台静农、王端、胡问遂、赵冷月诸多书家的墨迹等等,有文物明末清初的彩瓷碗、清代早期寿山石送子观音像、清道光陈国治刻王羲之爱鹅的砚屏等,琳琅满目,令参观者们惊叹。

北京中国现代文学馆举办的辛笛纪念展展板

一周后十月二十三日上海作家协会、上海文学基金会、民盟上海市委、上海人民出版社等四单位联合举办了《辛笛百年诞辰纪念座谈会》。会场气氛热烈而活跃,与父亲生前多有交往的老中青友人纷纷发言:九十八岁高龄的徐中玉先生、九十四岁高龄的钱谷融先生都讲话怀念父亲,盛赞父亲为人的真、为诗的美;诗人赵丽宏学长深情回忆了他与父亲的多次接触;不少老诗人如圣野、冰夫、宁宇、谢其规诸先生,还有许多中青年诗人、研究者、读者、亲友争先发言,或热情洋溢地朗诵自己刚写就的怀念诗歌……在大家的讲述和怀念中,仿佛父亲又带着他惯有的微笑和睿智的诗句就坐在大家之间。会后一些与会者为没"抢"到发言而深感遗憾。

上海举办辛笛百年诞辰纪念座谈会，子女四人会前合影

京沪两地的纪念活动都赠送了上海人民出版社十月刚出版的《辛笛集》五卷本，内中精选了父亲的现代诗两集，即《手掌集》和《手掌二集》，旧体诗一集《听水吟》、散文两集，即《夜读书记》和《长长短短集》。同时赠送了北京学苑出版社刚出版的《看一支芦苇——辛笛诗歌研究文集》，分为"历史评价篇"、"诗艺研究篇"、"作品鉴赏篇"三部分，收入了一九四八年以来的研究文章七十余篇，作者有唐湜、余光中、痖弦、邵燕祥、谢冕、孙玉石、叶维廉、张曼仪、黄俊东、梁秉钧、游友基等六十余位港台及大陆学者和诗人。精致清新的封面设计，内涵丰富的两套书，让爱书的获赠者感到心满意足。

父亲和巴金老人有着七十余年的交谊，十二月一日巴金研究会拟为巴金的老友举行"怀思——纪念辛笛先生诞

新出版的《辛笛集》和研究文集

辰一百周年诗歌朗诵会",这是带有民间性质的活动,原考虑会场设在巴金故居,请热爱诗歌的读者在网上报名认领辛笛的诗歌,然后到会上来朗诵。后因人数颇多,故居的草坪容纳不下,改在上海作家协会大厅举行,可以想见届时也一定诗情涌动、诗意腾腾。

父亲的百年诞辰并不寂寞,而他的诗歌永留人间。所有这一切都让我们感动,对友人和读者们的深情怀念而心存无限的感激。

二○一二年十一月于上海西南一隅

忆父亲与大学诗社

晚年的父亲最喜欢与青年人交往,他从他们身上能感受到青春的气息,感觉自己也年轻了许多。八十年代的上海高校是校园诗歌的诞生地,复旦的"诗耕地"、交大的"寸草社"、上海师大的"蓝潮社"等大学生诗社,都与父亲有过交往,但来往最密切的还是华东师范大学的"夏雨诗社"。

记得三十一年前,一九八二年五月,七九、七八级同学筹办成立夏雨诗社的时候,邀请父亲参加,当我得知这一情况比父亲更紧张。因为在此两三年之前,十年浩劫后父亲第一次受邀作诗歌演讲,是在上海工人文化宫,我也在听众席中,但如坐针毡。他哪里是在演讲诗歌,仿佛是在批斗大会上做政治表态!散场时一个年轻人满脸嘲讽地说:"辛笛,辛笛,笛子吹破哉!"回到家我气急败坏地对父亲说:"今天讲得一点都不好,知道人家说你什么吗?……"父亲听完之后哈哈大笑,评价道:"比喻很形象,语言很生动!"他自己知道这是一次不成功的演讲。

所以当我坐在华东师范大学的大礼堂里,看着乌压压一片,坐满了恢复高考以后的几届同学们,门外还有许多迟来的同学因为座位已满、铁门已关而进不来。我正在担心的时候,父亲走上了舞台,刚讲了几句开场白,此刻门外的学生们急迫地想进来,他们把大铁门擂得山响,甚至压过了礼堂里麦克风的声音。周围有的同学回头去张望,有的摇头,有的表示此举不太文明,我的心也随着敲铁门的声响"怦怦怦"地激烈跳动起来:我不知父亲会如何应对这样的场面。父亲站在台上,提高了嗓门,把这激越的敲门声比作严冬过后的春雷、呼唤诗歌的鼓点,并建议打开大铁门,请外面的同学进来!立刻大礼堂内外沸腾起来,大铁门打开了,同学们蜂拥而入,一下子就把大礼堂挤得水泄不通。父亲开始朗诵他八十年代的新作《呵,这儿正是春天》:

> 季节到底不同了。
> 春天从门窗里进来,
> 冬天从烟囱里出去。
> 寒夜漫漫的尽头,
> 炉边听腻了的老巫婆童话,
> 终于和笨重的棉袄一起晒到了太阳。
> 发酵的空气流正大量冲击着麻木的神经和细胞,
> 重新漾起了对青春、对光明的向往。
> ……

刚才还喧哗不已的大礼堂一下子安静下来,那样的寂静,仿佛是无人之境,只有父亲沙哑的朗诵声回旋在礼堂的上空。那场面令我感动,我的心也平静下来。我知道不该苛求父亲,对熬过严冬的人们来说,禁锢是一点点打破的,思想是一点点解放的,心灵是一点点挣脱羁绊而走向自由的。直到九十高龄,父亲还在写现代诗、旧体诗和散文,他为我们中文系主办的《中文自修》题词:"生活中不能没有诗!"

《夏雨岛》诗刊封面

在夏雨诗社所办诗刊《夏雨岛》的创刊号上,父亲写了一首《献给夏雨——为华东师范大学夏雨诗社成立而作》,后来收入他的诗集《辛笛诗稿》改诗题为《歌唱夏雨》,在历数春雨、秋雨、冬雨特点之后,赞美"唯独夏雨既爽朗又痛快,/在风雷中孕育,/一旦成熟就先闪电,/然后半空中响出一声霹雳",下一阵瓢泼大雨,给闷热的人间"一个难得清凉的世界!"夏雨正是年轻一代的象征,而夏雨之后的满天虹彩,正是他对诗歌发展所寄予的希望。

在空气、水源、土壤、食品污染的今天,人的精神天空是否还能保持那一片夏雨之后的虹彩?

二○一三年五月二十七日于上海西南一隅

重读四叔辛谷的诗

近日天津问津书院以内部交流的资料形式,重印了父亲辛笛和其四弟辛谷在一九三六年出版的诗合集《珠贝集》,收到后重读四叔的诗作,翻看我十多年前的文字,解读的印象没有多大的改变。

二十世纪八十年代以来,不断有港台的读者和研究者来询问《珠贝集》的作者之一——辛谷的下落及以后的创作,终于促使我写下这篇文字,以答复并感谢他们对辛谷的关心。

辛谷是我的四叔,比父亲辛笛小五岁,生于一九一七年四月五日。他们兄弟俩手足情深,自幼相伴,做游戏,读私塾,念诗文。在辛笛考入清华大学到北平读书之后,辛谷一人留在天津读南开中学,不免形影孤单,又长期受家事烦恼与影响,过早地品尝到生活的苦涩,对世事比较敏感,看法也就不甚乐观。辛笛在寒暑假回天津,和他一起看看电影,谈谈诗和小说。兄弟俩分开时也通通信。辛笛曾记录了弟弟在一九三六年三月的一封来信,流露出动荡的时代对年

轻敏感心灵的打击:

> 我立在前月台微温的阳光下,是春天了,我却感觉不到春天的意味。
>
> 昨日下午为几个考取航空的同班生开临别大会。大家的心情是黯淡而凄凉,互相勉励的话充满了青年人的烦闷与悲痛。灰色笼罩了所有的人心。
>
> 人类的社会原应为幼小者们着想的,为后天的弱者留地步,而现代并不如此,这就是"为什么个人要牺牲自我,为什么要以他人的利益为前提,去奋斗去克服"的理由,这是我看完《块肉余生》后的感想。
>
> 哥哥,在大时代的动荡中,个人算什么呢?

当年辛笛抄下这封信后写道:"看完了,不想说什么话,是没有泪的沉默。"① 照理青年人是朝气蓬勃的,充满幻想,富于憧憬的,但辛谷的信让人看到,这不仅仅是他面对社会的个人感受,而且是一代青年悲痛无望的心声,毕业前夕茫茫然,看不到自己的前途在何方。弟弟的信让辛笛感到郁闷,而辛笛所住的甘雨胡同六号外的街巷里每夜每夜都远远传来一个少年的叫卖声,微颤而悠长,听不出他叫卖着什么,但辛笛直觉地感到他的悲哀,总想持灯出门照寻一下,看看究竟是个什么样凄凉的少年,有着怎样的身世,踱着这凄凉的夜,为着他的口粮,也许还为着全家人的生存。现实

---

① 辛笛:《春日草叶》,见《夜读书记·附录》第一五二页——一五三页,上海出版公司,一九四八。

实在不尽如人意。

如果说辛笛的性格是敏感而忧郁的,那么辛谷则是敏感而悲愤的。因此读辛谷的诗不比读他的信轻松,似乎更沉重。

一九三六年六月辛笛和辛谷出版了他们唯一的诗歌合集《珠贝集》。当今能读到《珠贝集》的读者已不多,这本诗集连辛谷自己都没能保存下来,内收有辛笛的诗歌作为"其一"①:《有客》(一九三〇夏)、《弦梦》(一九三三、七)、《夜别》(一九三三、十二)、《印象》(一九三

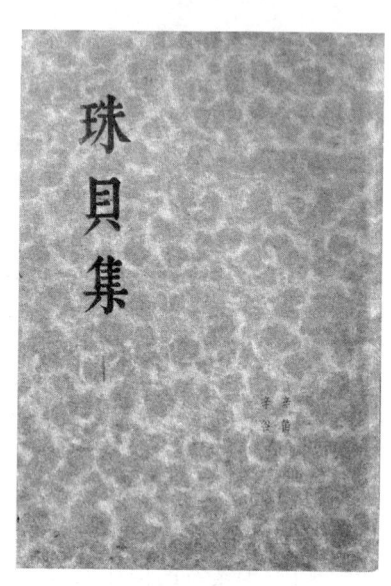

《珠贝集》封面

四、四)、《怀思》(一九三四、七)、《夜乐》(一九三四、七)、《生涯》(一九三四、七)、《航》(一九三四、八)、《款步》(一九三四、八)、《冬夜》(一九三四、十二)、《Farewell》(一九三五、七)、《潭柘》(一九三六、四)、《丁香、灯和夜》(一九三六、四)和散文诗《花》(一九三五、二)、《碧》(一九三五、五);辛谷

---

① 辛笛:诗十三首、散文诗二首,《珠贝集》第五—四十四页,光明印刷局,一九三六。

的诗十首作为"其二"①:《错乱》(一九三四冬)、《秋冬之际》(一九三五秋)、《勇者之生》(一九三五秋)、《Caged》(一九三五秋)、《朝夕》(一九三五秋)、《夜行》(一九三五、十一)、《年景》(一九三五冬)、《生活》(一九三六春)、《风前烛》(一九三六春)、《囚牢》(一九三六春)。

当我有了一番阅历后,研读上世纪三十年代辛谷的诗,既吃惊于他的少年老成,又感到很贴近现代人的心境,比辛笛早年的诗更具有现代意味。

一九三六年春辛谷在写给哥哥的信不久就写下《囚牢》一诗,收在《珠贝集·其二》的最末一首,仿佛作者身临其境,洞察分明,他是否把整个社会都看作是没有真理、散发着霉腐气息的牢笼?

> 一样的人
> 两样的心
> 这里有法律
> 没有真理
> 霉腐的气息
> 霉腐了人心
> 梦见太阳花地的欢笑
> 看见了忧愁怨恨的运命
>
> 二五年春
>
> (《囚牢》)

---

① 辛谷:诗十首,《珠贝集》第四十九—六十八页,光明印刷局,一九三六。

辛谷并没有坐过牢,但与此有关的主题在他不多的诗里却占了两首,写在《囚牢》之前,一九三五年秋,还有一首用英文作题目的《Caged》,更是真切地抒发被囚的心情:

> 不是从身外
> 而是从身内蒸发了精力
> 一度睡眠袭来
> 一度更强烈的疲倦
> 骨节里少了髓
> 脑袋里是空白
> 眼前的事实是无生命的呆滞
> 他没心情思念明天
>
> 二四年秋

年轻的他心理是压抑的,感情是沉甸甸的。社会现实和满目凄凉的景象也进入了他的诗:

> 大街上冻多了乞丐
> 他们奔走着向人讨要像追债
> 寒风给太太小姐加件大衣斗篷
> 在叫化子身上加一件麻袋
>
> 远天里几声爆竹
> 近街头有冻饿的呼号
> "一刻就来,谁闲着您就叫谁忙。"

食物店的伙计笑得满脸凄凉。

二四年冬

(《年景》)

写年景没有喜庆,却有着太太小姐和叫化子、爆竹和呼号、笑脸和凄凉等等两种反差对比,不平之音从画面中流出。

如果仅从辛谷的诗来认识他,你会以为这是一位涉世颇深的诗人,难怪不少读者以为他是辛笛的哥哥。

收在《珠贝集·其二》辛谷名下的第一首诗《错乱》写于一九三四年冬,诗题就起得绝不抒情,颇具现代人的姿态,醉眼、冷眼看世界,那种"哭笑"让人心酸:

在醉里歌唱
在梦里惆怅
一颗模糊 错乱的心
人不觉在哭的时候常笑

心的去处
情感的去处
人用醉的眼
朦胧的对着那朦胧的
在无垠无限的清虚里沉浮

二三年冬

好像已不是忧郁或惆怅了,而是一种清明的眼光,看透人世的颠倒、错乱和沉浮。他的诗和辛笛一样篇幅都比较短小,不过,诗风与辛笛截然不同。辛笛早期的诗蕴涵古典的含蓄、抒情,而辛谷的诗则充满了现代的骚动、愤懑;辛笛诗似有着"为赋新诗强说愁"的味道,他的诗倒像"却道天凉好个

老哥俩

秋";辛笛的诗句精致倩巧,他的诗句简洁有力。

少年人有着老年人的悲哀,是辛谷好几首诗抒发的情感和主旨,在辛谷的《秋冬之际》里对人生似乎没有太多的乐观:

> 过去了春天便秋天
> 少年是老年
> 留有吃过快乐果子的记忆
> 对着少年的快乐多是太息
> 从有力到无力
> 像枝箭

> 从新生到死寂
> "冬日的阳光"
> 垂老的人的叹息
>
> 二四年秋

这样的诗出自一个不到二十岁的青年之手,令人吃惊。雪莱有名诗句:"冬天来了,春天还会远吗?"让人充满信心,辛谷以自然季节的变化暗喻人生,冬日与老年,与死寂、"垂老"相连。其实,他并不是不知道年轻的美好,也许是已经过多地看到人生对棱角的磨平,因此像个饱经风霜的老者看透人生,以老年人的心态反观少年的幼稚天真,那种老成和嘲讽也在诗中流露:

> 我的泪流向清虚
> 　眼泪安憩了心灵
> 　　少年的心和感情
> 　　　永伴着鲜花的年龄
>
> 被磨擦成个球
> 　本能是随遇平衡
> 　　沙漠里的风漩起了悲哀
> 　　　老年的心笑着少年的感情
>
> 二五年春
> (《风前烛》)

台阶式的诗行排列仿佛从少年走向下坡路的老年,而几首诗中"错乱"、"死寂"、"本能"之类词语的运用和西方现代派诗歌似乎更为贴近。青春是美好的时期,但在他的人生春季,我们仿佛领略了艾略特抒写春天的惊世骇俗的诗句:"四月是最残忍的月份,哺育着／丁香,在死去的土地里,混合着／记忆和欲望,拨动着／沉闷的根芽,在一阵阵春雨里。……"[①]。当然,辛谷的诗也不是一味地悲哀,有时也在思考中透着亮色:

    我们生 我们死
    少年有心
    老年有梦
    不为了现在
    而为了未来
    现出你的颜色
    放出你的芳香
    学激流里逆泅的蝗蚁
    作生活的担当

          二五年春
        （《生活》）

  尽管是小小的蝗蚁,尽管身处激流,但敢于逆流而上,却也需要不小的勇气。更有一些诗表现出不妥协的力度,如《勇者之生》:

  [①] 艾略特《四个四重奏》(裘小龙译)第六十九页,漓江出版社,一九八五。

> 忧愁里看见快乐
>
> 黑暗里孕着光明
>
> 准备再一次的热狂
>
> 准备再一次的争强
>
> 在这世界
>
> 是哭着来
>
> 笑着走去
>
> 　　　　二四年秋

这里有着大智大勇的乐观,与前面的《错乱》一诗中的"哭笑"相比,此处的"哭笑"则浓缩展现了人的出生和死亡,这里的"笑"含有藐视一切——哪怕是死亡——的勇敢。

另有两首四句诗写得淡淡的,留有余味:

> 朝夕把你捧在心尖
>
> 时时想见
>
> 春花的你
>
> 有没有为我减一分娇艳
>
> 　　　　二四年秋
>
> （《朝夕》）

第二人称的使用把春花和你重叠在一起,好像是对春花的倾诉,其实,春花就是你,也在表达对你的恋情,并猜测你对我的感情,短短四句却耐人寻味。另一首《夜行》给人剔透明澈的感觉:

> 街灯是星
>
> 车灯是萤火
>
> 残月的天空静着碧色的波
>
> 人在水中游
>
> 二四年十一月

这里天地融为一体，用"静着"来沟通天空与碧波，可以领略中国文字简洁的表现力，最后一句把整首诗的含义凸现出来，包含了空气的透明、秋天的凉意等等感觉。

早在二〇〇二年我写完对四叔辛谷诗的评价后，我不知是否把握到他的诗情和诗思，尽管从来没有和他谈过诗，也不知他是否悔其少作，我还是把上述的文字寄给了四叔，不久在期待中得到了他口述、大儿媳执笔的回信，并回答了我的一些提问。

四叔的信中对我多有鼓励："你寄来的复印件我已认真阅读了，写得很好，主要是你对我的诗理解得很好，没想到六十多年前写的诗，如今你能从诗中找到我当时的感受，我也感到很欣慰。"

辛谷说，他是受二哥辛笛的影响在少年时代开始写诗的。先觉得写诗好玩，纯粹是一种游戏，后来看到二哥喜欢写诗，写得也好，产生攀比心理，心想，既然他能写诗，我就不能写吗？这种心理使辛谷萌生创作的念头。由于性情比较急躁，嫌写文章长篇大论太麻烦，不如写诗快，文字少，但也能表达自己的所想所闻，因此一有兴致就写一首。

其实，辛谷自己最欣赏的诗篇并不是收入《珠贝集》里

的作品,而是一首从来没发表过的《遗容》,他在信中说——"借此向你透漏一下":

> 不要让时光冲淡了的影子回来,
> 述说燕子般的时光;
> 不要翻开结婚时候的照像,
> 看一朵春花开在你脸上;
> 不要用锈色的目光凝看自己的像;
> 说遗容是浮光掠影吧,
> 遗容告诉你,
> 生命最空虚!

这首诗是他十四五岁上初中时所写,比收在《珠贝集》中的诗写得更早,在八十五岁之时回想起来还记忆犹新:"当时看到自己的照片有所感触,萌生了写诗的念头,想到自己活着的时候恐怕一事无成,去世后也只剩下一张照片,生命不存在了。现在回想起来也是一事无成。"

一个小小年纪的初中学生在看自己相片时竟会产生"遗容"的联想,实在出人意料。人生的三阶段简洁地一一展开:燕子般轻盈的青春、春花般幸福的结婚,转瞬"用锈色的目光"来形容老之已至,然后直指题旨——遗容,得出"生命最空虚"的结论! 他想得着实太遥远,太悲哀。辛笛评价道:"老四的诗太悲观!"

辛谷的诗不多,发表的只有《珠贝集》里的十首,以后他甚少写诗了。也许因为他后来接触社会,看到更多的丑恶,受到不少挫折，对人生现实看得更透，转而选择工科，留学日本东京大学土木工程系，一心抛却文学创作带来的凄苦情结；也许他听进了其父的教诲，"工业才能救国"，及至成年以后，他在水利工程方面颇有成就，天津塘沽港的建设留下他的足迹，也就把写诗丢诸脑后了。他自己解释放弃写诗的原因是："写诗是我少年时期一时的兴趣，后来有人看了我的诗说看不懂，我自己感到可能是词不达意，再说也没有二哥写得好，写诗也就没什么意义了。高中毕业后选择工科，留学日本是出于一种好奇心：为什么日本那么一个小国能欺负咱们这么一个大国。我想亲自去日本看一看，当时也是一种冒险，人生的一次探险。在日本的学习过程中，发现中国之所以受欺负，就是国不强，民不富，所以毕业后没有留在日本，毅然决然回国，想把自己所学的知识贡献给国家，把我的祖国建设得更富强。"

重提青少年时代的诗作引起老年辛谷来信中的感慨："现在回想起来也是一事无成。"其实，他的儿女和我们都认为，他的一生决非一事无成，他只是个非常谦虚的人。且不说人们至今还在读着他以前的诗作，还在关心、打探有关他的消息。即使在所从事的专业方面，他也是成功的。他的儿媳悄悄告诉我们，天津不少土木工程的维修、测绘都留下了他的心血，一九五八年他参与设计了海河防潮闸，建造在海河与渤海的交界处，使咸水和淡水分家，在根治海河中起了大作用，也提高了天津老百姓的用水质量，那个闸至今还在使用。他精通日、英、俄三种语言，还自学了德语和法语，他翻译、审校了多种外语的资料，受到单位同事们的尊重。

但他却从不提自己工作上的成就,哪怕对亲人也缄口不言。所以我们对他了解不多。五六十年代他曾出差到过上海,

一九五四年辛笛全家与辛谷合影

我们全家和他合影留念。只是听说他工作勤奋、生活俭朴,家在天津市内,因工作住在塘沽,每周回家一次,即使在单位上班也是早出晚归。每次出差回来就立刻赶着去上班,弄得同去出差的人对他颇有意见。改革开放后,他更有了用武之地,既懂业务,又精通外语,与外商谈判,到实地考察港口建设……他在交通部天津水运工程科学研究所工作至退休。

辛谷退休后在天津颐养天年,与老伴、儿孙共享天伦之乐。他和辛笛通信不多,但心有灵犀一点通,天津报刊上若是登出"二哥"的文章和消息,他总会寄一份剪报,每到过年老哥俩则在电话里互通消息、互报平安。二○○一年我们收到他和四婶的合影,大红的羊毛开衫映衬着一头白

发——四叔也老了,但精神矍铄,在儿子、儿媳的照顾下生活安定,我们为他而高兴。

四叔比父亲(一九一二—二〇〇四)更长寿。二〇一〇年我去天津看望他老人家,从侧面看,感觉好像父亲又复活了,就坐在我的身旁。他们老哥俩原先一个圆脸,一个方脸,但晚年的相貌侧看竟很相似。一年后,二〇一一年三月二十九日,四叔辛谷病逝,享年九十四岁。但他的诗作仍然留在了人间,供人们品味。

写于二〇〇二年二月
补充于二〇一五年八月

第三辑

《静水流深》自序

萌生给自己编一本集子的想法是在患癌症以后。拿到检查诊断报告时,要说心跳没有加快、没有几个夜晚辗转反侧睡不着,那是假话。以前好像一直在透支生命为别人忙碌,现在轮到该为自己想想了:万一若有不测,我能给这个世界留下些什么?思来想去,只能留下我自己的声音——以语言文字的形式,说明我曾生活过、阅读过、体验过、思考过。我把近二十年所写的、或分散发表的文字挑选一番,编成这本《静水流深》,留下我生命的一段痕迹。静水流深,是一句西方谚语:Still waters run deep ,借来此处做书名,希望自己的学术研究和文学写作都能达到这样的境界,没有表面的浮躁和喧哗,而能潜藏着深沉的情感和思考。

文学是人生的感悟、生命的体验,同样需要生命和人生去解读,有不同的阅历和个性就会有不同的感受。收在这个集子里的长短文章都是我确有所感而写下的,我试图写出属于自己的独特的阅读和生活体验,发出自己的声音,而不是人云亦云。我看重阅读作品第一遍时的直觉,它在某处触动我,让我感到非要说出自己的感受不可,这是我判断值不值得深入研究的主要依据之一,而生活里的感触也是我阅读作品产生联想并刺激我写作的动力;一旦我准备写文章,就会细读作品,反复读,两遍、三遍,甚至六遍七遍,既沉入作品

《静水流深》封面

身临其境再度体味,又跳出作品作有距离地审视;既要把握好分寸感,使论点言之有理,又要在客观冷静的说理背后蕴含着我的感情和褒贬;文章写完以后还要搁上一段时间,再修改几次,总有一些自己不满意的地方。因此我写不多也写不快。值得欣慰的是,重读这些文章我依然感到颇有兴味,即使长篇的评论也不是灰色枯燥的,而是注入了我的真实情感和所思所想,在写作中就如在讲台上一样,我全身心地投入,不敢浪费读者和学生的时间和生命。

集子里的第一辑"解读俄罗斯文学",是我对俄罗斯文学的一些理解,有人物分析,有作品阐释,也有从不同角度对十九世纪俄罗斯文学发展的思考和总结。而苏联诗歌则属于二十世纪七十余年历史时期的文学产物,在比较中发现中苏诗歌发展阶段的"错位的相似和对位的相异",引发

我进一步探讨形成文学现象背后的多种原因。

第二辑"关于陀思妥耶夫斯基",是我研读俄罗斯作家陀思妥耶夫斯基的心得,从硕士论文选题开始研究这位作家,惊叹于他的现代性与我们如此紧密相关,在他身上辐射着与二十世纪中西文学的联系,挖掘出人类自身的深层心理和哲学思考。

第三辑"我看'九叶'诗派",这里的一些文章原本是应约客串而写,但随着阅读的深入,我对"九叶"诗派的诗歌产生兴趣。在进行整体或单人的研究中,发现他们对西方诗歌所做的审美选择,往往是外国文学史教材中被忽视的对象,因而也丰富了我对外国文学的认识。这样建立在中外文学的背景上的阅读,使我感到大学里各类学科(如外国文学和中国现当代文学等)及各种知识之间存在着相通和互补,研究与教学的视野均得以扩大。

第四辑"生活的魅力"是散文及书话类的随笔,有我和亲人过去生活的脚印,也有自己在现实和读书中的观察和感悟。我一直试图寻找自己生活的意义,从无知走向成熟,通过这些文字来印证一个真实的我。

感谢上海教育出版社的"学人文丛"使我的愿望得以实现。

写于上海花园公寓
二〇〇〇年三月
二〇〇〇年十一月定稿

《智慧是用水写成的——辛笛传》后记

五六年前,上海作家协会艾以先生正主编一套"亲情思忆"的《著名作家纪传丛书》,都由作家的亲人所撰,邀我加盟。承他好意,希望我为父亲辛笛写传,赶在一年里写出,争取排在第一辑出版。遗憾的是,我辜负了他的期望。当时我还在做化疗,反应强烈,不要说赶写一部书,哪怕写一封信都很困难,手抖心慌,大汗淋漓。我只能待身体恢复得好些才能动笔。电脑上书稿文档最初建于一九九八年十月,因此到一九九九年,靳以的女儿南南姐将她写的新书《从远天的冰雪中走来——靳以纪传》(丛书第一辑中的一种)送我时,我的书稿才写了几万字。我慢慢地写,每天只能在电脑前坐上一两个小时,不是身体疲乏吃不消,就是父母突发疾病要照料,而学校的工作、学生的课业都比我的写作更重要,所以写得断断续续。我没有继承父亲的诗才,却遗传了他拖拉延宕的毛病,我安慰自己:这就叫细水长流,日积月累,字数毕竟会增加。

在写作中,我曾担心可能会有偏差,或因为"仆人眼里无英雄",成天生活在一起,看出来的不过是凡夫俗人;或由于血缘太亲,儿女心中出完人,加上中国文化传统的影响,为亲人讳。这些都可能影响对传主的客观把握,更何况人连自己都琢磨不透,又岂能认清他人?但我还是想接受这个挑战。接受约稿的另一个原因是,我觉得父亲除了有诗人的才情天赋外,他后天的努力、青年时代所走过的成才之路还是可以借鉴的,他的学习、创作经验对年轻一代可能不无启迪,我想写出来告诉大家,希望爱好文学的青年也能有所作为。

我给自己定的写作原则是,既要可读,又要耐读,既有客观的审美评价,又有生活情趣的描述,以追寻他的诗歌创作踪迹为主线,尽可能搜集查阅文献资料,表达时代的氛围,勾画他与同时代人的交往,展现创作的背景和个性因素,揭示他所受到的中国传统和西方文化的影响,评析他文学创作的成败得失,通过近距离的探寻和远距离的审视,呈现给读者一个活生生的、多面体的诗人父亲形象。书名《智慧

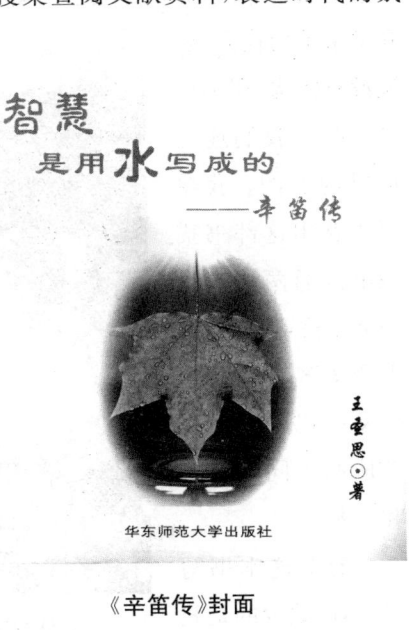

《辛笛传》封面

是用水写成的》是借用父亲《挽歌》中的诗句,以此说明他创作的一生。

我感到幸运的是,老天爷让父母享有长寿,使我在最近的二十多年里能与他们朝夕相处,对他们有了更深的了解,也能在一旁服侍他们,以尽孝心。他们是这部书稿的第一读者。母亲身体再虚弱,也支撑着将书稿分段全部看完,她不赞成我写她,但父亲坚持认为,没有母亲,他这大半辈子将一事无成。父亲总觉得他这个人生活很平淡,没有轰轰烈烈的传奇故事,也没有缠绵悱恻的浪漫经历,唯一的嗜好就是写一点诗,所以他的传记不好写。当他借助于放大镜陆续读完近三十万字的书稿时,说了一句话:"写得不错,也真不容易。"感谢父亲对我的包容,即使批评他写得不佳的诗作、指出他的缺点,他也能坦然处之,并尊重作者写作的权利。我和父亲是两代人,要说没有代沟,那不可能。但是我们还是可以沟通的。我希望能够用这部书描画出沟通两代人的心灵之桥,那就是诗歌和文学;也希望一代又一代人能够理解他们不同的父辈和子辈。

能将这本书写成,不可缺少的是我

父母与圣思效祖夫妇合影

先生金效祖的支持,几年来他面对着一家三个病人,忙里忙外全靠他,没有他挑起精心照顾、护理我父母的主要担子,我是无法安心写作的。高龄的父母已经完全丧失生活自理的能力,母亲骨折前后行走不便,效祖一人陪夜达一年之久,我想一周替换他一两次,他都不同意。在他眼里,我父母是不太听话的病人,也是不易伺候的长辈,但他以医生的科学态度、职业耐心和做"半子"——女婿的孝心使两位老人渡过种种病痛的难关,安度晚年。同时,他又像一只准点的闹钟,总是在我写作忘了时间又感到乏累时提醒我休息,督促我按时吃药,正是在他的关心下,我逐渐康复并坚持将书稿写下去。他也是书稿的读者,批评起来一点面子都不给。我的姐姐哥哥们也都阅读了写作中的文稿,提供了不少素材。感谢邵燕祥先生在百忙中冒着溽暑细读书稿,提出重要的修改意见并应允写序;感谢至友、香港女作家王璞,她一直关注着我的写作进程,如果没有她的一再催促和及时写序,这部书稿的完成还将拖延下去。校友王志耕、刘善龄诸兄也对书稿写作提出了很好的建议;上海图书馆孙秀娣女士热情地帮我查找有关资料,在此一并致谢。

原先约稿的那套丛书早已结束了出版使命。感谢欧罗福国际公司锺文先生和华东师范大学出版社的努力,使拙著能以最快的速度问世,正好可以赶上今年秋天将在上海召开的"辛笛诗歌创作七十年研讨会"。

对所有关心这本书的写作、提供帮助的亲友们表示衷心的谢意!

二〇〇三年六月

辛笛文绮在家看书合影

补记:

当我拿到书稿清样后,母亲的病已危重,但头脑仍清醒。她听我念完清样,微微一笑,说:"你写的比我现在记得的更全面。"第二天下午,她在平静安详中溘然长逝,享年九十岁。父亲无言思念着母亲,惟要我将书稿一读再读,并嘱我一定要补记这段文字,以寄托我们的哀思。他自己在几天的沉默中深情地写下《悼亡》一诗:"钻石姻缘梦里过,如胶似漆更如歌。梁空月落人安在,忘水伤心叹奈何。"

王圣思又及

《听水吟集》后记

父亲辛笛一直想出一本旧体诗集，他的诗友也年复一年地催促他，但就是千呼万唤出不来。因为他年事已高，看着屋里堆成大小山一样的书报刊物简直无从下手，他已没有体力和精力去翻找自己的旧作。而我除了照顾年迈父母的饮食起居外，主要在忙碌自己的工作和事业，无暇有更多的兼顾。直到几年前我生了一场大病，面对死神的威胁，突然领悟到，我必须抓紧时间为父亲再做些什么，而帮他整理旧体诗，就是我责无旁贷要做的事情之一。在我的印象中，父亲并不是多产的作家，尽管旧体诗也发表了不少，但能否集成一卷，我很怀疑。

在先我已应约开始写他的诗传，那是在我结束化疗以后。由于体力不支，我写得断断续续，但因此学会了使用计算机。终于写到二十万字左右，即展现他在七八十年代的诗歌创作时，我发现，如果不把旧体诗整理出来，我对他的诗踪追寻就不是完整的。于是，我又开始集中精力搜寻他的旧体诗。早在研究生学习阶段就学会搜集积累资料等方法,顺带为父亲建立了创作资料的卡片档案,据此翻找他八十年代以来已发表的旧体诗还是比较容易的。其中不少诗作是友人刘善龄兄和他在中学读书的女儿帮助扫描、识别的,然后以电子邮件的方式传给我,我再用计算机校对留存,进度加快不少。让我感到兴奋的是,家里大扫除时偶然发现了一包纸袋,里面有父亲不少旧体诗的手稿,特别是六七十年代所作的有一部分旧诗从没有发表过,父亲用小楷抄写在宣纸信笺上,字迹娟秀有力。可以想象,在"十年浩劫"那样阴晦的年代里创作和抄写这些诗歌给父亲带来多大的乐趣,经三十年之久这些发黄的宣纸好像还散发着阵阵墨香。

当我把手头所找到的旧体诗稿全部打入电脑后,发现父亲的旧体诗创作竟有六百余首,想来出一本诗集不会太单薄。当然,一定还有散落的篇什,有些是父亲在某种场合即兴创作口头吟诵的,我们因此常调侃他也能做"七步诗",一抓就是一首;有些是他与友人应和当场送人的,自己却没有留底。这些也许只能有待于以后的发现了。

父亲在突发心脏病之前,每天抽出上午的一段时间坐在计算机前审定他的旧体诗稿。我在一旁帮忙移动鼠标和按键。对一些有待斟酌的诗作,还有一些应景诗,我在输入计算机时都打上了问号,看着那些问号,父亲不无幽默地问道:"是你出诗集呢,还是我出诗集?"但他最终还是认真地作了筛选。当然,父亲比我更能直面历史,他自认为不是一个先知先觉者,有些诗是历史的产物,当时就是这样想的,到今天也无须隐瞒；而有的题材入旧体诗不容易，即使不太精彩，但他做了旧瓶装新酒的努力尝试。

收在这本《听水吟集》里的旧体诗共六〇八首，内除七律三十五首外，大都为七绝。其少年时代的诗作仅留下了他记忆最深的一首，题为《移家》，四十年代也只有题在书评散文集《夜读书记》前的一首诗①。三四十年代他以创作新诗为主。以后的岁月，他感到在大学和留学英国期间所接触到的现代诗艺已不适合时代的要求，逐渐少写乃至不写新诗，却在六十年代重新写起旧诗来。除了一些当时发表过的旧体诗外，父亲另有一些含蓄的感想流露在他的《窗下》、《一九六二年十一月十一日诵槐聚居士（钱锺书）秋心诗因步原韵》、《农历除夕寄冰季乾就两兄》等诗中。而"十年浩劫"中，在农村干校、工厂劳动之余默诵中国古典名家的诗歌仍然是他排遣内心情感的最好方式。有时按捺不住对亲友的牵挂，就悄悄腹吟草稿，待休假或下班回家落笔修改，《鸳思》、《一九七一年夏五月十九日徐森玉丈高龄衰病，含冤逝世》（以后还创作有二悼三悼，尤以二悼感人至深）、《故旧共悼亡友盛澄华往事》、《六十初度感赋》、一九七二年《中秋夜微雨无月代家人拟作》等就是这样写成并抄录下来。这些当时不准备发表、也不可能正式发表的作品充满了哀乐中年的感慨。

时局有所松动以后，他和友人戴镏龄、钱锺书等悄悄用

---

① 近年新发现辛笛在上世纪四十年代所作七律四章，借此文收入集子之际，将其手迹扫描、补遗在文末。

书信往来唱和旧体诗,一时间写有七绝七律十余首:《承镏龄远道以诗见和,兹再步原韵率成两律,聊以将意》、《寄锺书杨绛学长》、《步槐聚居士〈说诗〉〈寻诗〉三律原韵述怀》、《叠和槐聚居士〈老至〉并以遣怀漫成七律三章》、《菊展归来,用定庵原韵率成两绝句寄刘郎(唐大郎)》等等。自娱自遣且含有深意的新作更是频频:《自况》、《春日偶成》、《花下杂诗》、《病中杂咏》、《鸣禽》、《寻诗》、《赠内》、《平生》、《粗才》、《自判》等。吟读这些诗作,似乎可以了解父亲情感更深层的一面,让人回味不已。

八十年代是他新诗和旧体诗创作的高潮期,他遍游海内外,在访问讲学之余,寄情于山水自然和人文景观,从新疆、四川、深圳到香港、加拿大、美国、新加坡,足迹所到之处都留下了旧体诗篇。他还广泛结交新知旧雨,有如《承余光中教授以〈看手相〉为题评价拙作〈手掌集〉感赋即赠》、《步周策纵教授韵》、《奉和黄裳九溪杂诗》、《冒叔子(孝鲁)教授属题纪念手册》等。凡此种种,内容丰富,涉及面广。九十年代他更以写旧诗为主,年事渐高,故旧不断凋零,《"九叶"诗友辛

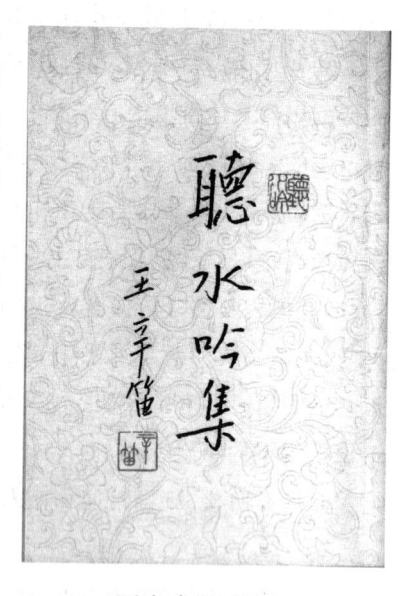

《听水吟集》封面

之(杭约赫)灵厝葬八宝山,以诗唁之》、《怀念曹禺》、《敬挽钱默存(锺书)学长两绝句》、《悼柯灵先生兼唁国容夫人》、《悼老友唐琼(潘际坰)归自海外即在京病殁》、《送诗人卞之琳远行》等,回忆交往,怀念逝者,情真意切,不尽所言。

去年十月,父亲突发心脏病入院治疗,身上挂着各种管线进行二十四小时心脏监护,在重症病房彻夜难眠之时,他又默诵诗句,口占七绝,表现出顽强的生命力;养病期间也吟咏不断,写下《二〇〇一年冬祝巴金老友九十八高龄共〈随想录〉不朽》等篇章。

这本诗集收有他的旧体诗创作至二〇〇二年六月为止。

父亲对新诗的感情始终更深切一些。他一直认为新诗易写难工,旧体诗难写易工。相对而言,新诗和时代联系紧密,和情感联系密切,在创作过程中风格变化大,所以他的新诗创作可以分为几个时期。而旧体诗比较含蓄,与时代的联系有时不太紧密,何况很容易陷入陈词滥调。虽然他不是持续不断地写作,风格却没有太大变化。旧体诗有其自身的特点,尤其在时代处于不太正常之际,用旧体诗写作就恰好可以隐晦委婉地表达心绪。父亲还认为对他个人而言,还有年龄、阅历等因素,敏感度不一样,选择诗歌创作样式的侧重点也有所不同。年轻的时候写新诗更适合抒发,而年老的时候则愿意写旧体诗来表达。正是对新诗和旧体诗轮番写作,使他的新诗带有旧体诗的凝练含蓄,加上现代诗艺的变幻跳跃,别有风味,而他的旧体诗风格则融合了新诗的清新明快，同时用典适度，婉约通晓，情到深处，佳句所在多有。

我对旧体诗没有研究，为父亲整理旧体诗，也是一种学习；沉浸其中，常乐而忘疲，深信对身心也是一种陶冶。而对于他旧体诗的准确评价，还有赖于读者和行家。在此，感谢帮助我搜集、查阅、扫描父亲旧体诗资料的亲友们，特别感谢香港许礼平先生和他的"翰墨轩"，正是由于他的努力，使这本诗集得以在父亲的九十华诞前夕及时问世。

二〇〇二年六月

二〇一六年一月补遗附记：近年承上海博物馆柳向春博士发现辛笛在一九四一年二月寄呈老丈人徐森玉所写的七律四章，借此机会，将辛笛手迹扫描并录入在此。

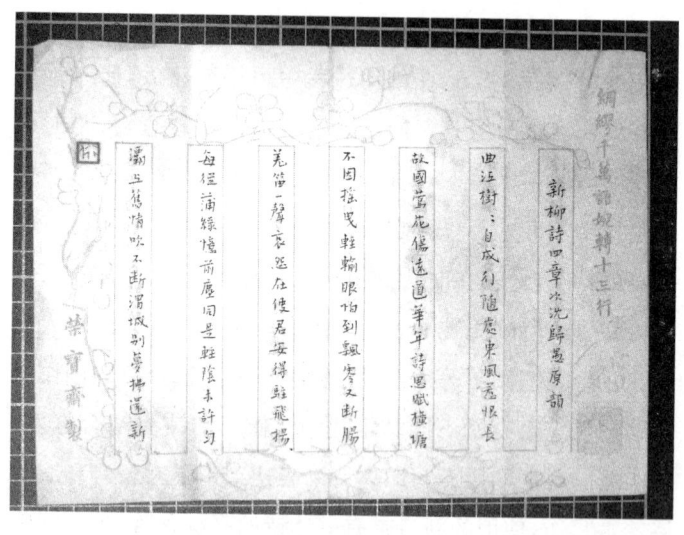

《七律》手迹之一

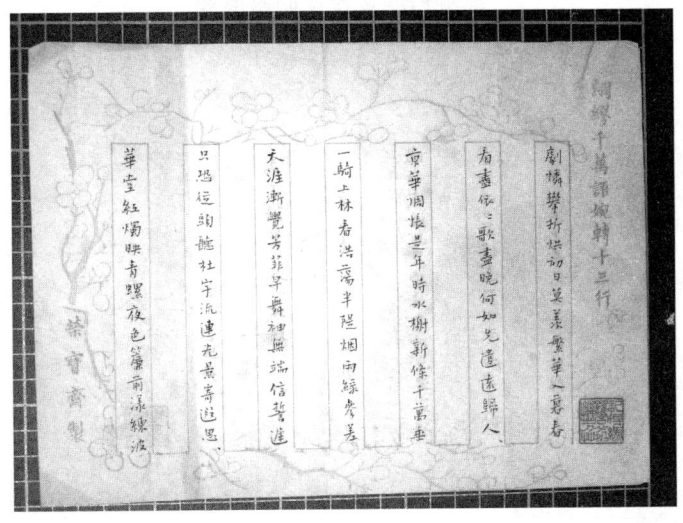

《七律》手迹之二

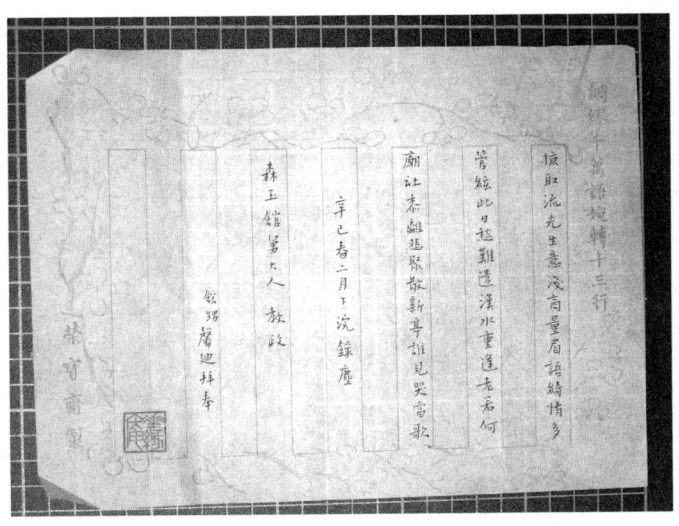

《七律》手迹之三

新柳诗四章次沈归愚原韵

曲江树树自成行,随处东风惹恨长。
故国莺花伤远道,华年诗思赋横塘。
不因摇曳轻输眼,怕到飘零又断肠。
羌笛一声哀怨在,使君安得驻飞扬。

每从蒲绿忆前尘,同是轻阴未许匀。
灞上旧情吹不断,渭城别梦拂还新。
剧怜攀折烘初日,莫羡繁华入暮春。
看尽依依歌尽晚,何如先遣远归人。

京华惆怅是年时,水榭新条千万垂。
一骑上林春浩荡,半隄烟雨绿参差。
天涯渐觉芳菲早,舞袖无端信誓迟。
只恐从头听杜宇,流连光景寄遐思。

华堂红烛映青螺,夜色帘前漾练波。
掠取流光生意浅,商量眉语绮情多。
管弦此日愁难遣,汉水重逢老若何。
庙社黍离悲聚散,新亭谁见哭当歌。

辛巳春二月下浣录尘

森玉馆舅大人　教政

馆甥　馨迪拜奉

《记忆辛笛》编后记

二〇〇四年一月八日父亲王辛笛先生以九十二岁高龄仙逝。之后,报刊上不断有怀念的诗文发表。父亲的忘年诗友韦泱和缪克构两位几次建议我为父亲编一本纪念文集。看我忙不过来,韦泱热心地代为组稿,克构忙着帮我复印文章、编排目录,在他们的具体帮助下,也在众多撰稿者的大力支持下,才有这本《记忆辛笛》。

曾读过同时代人回忆十九世纪俄罗斯作家陀思妥耶夫斯基和屠格涅夫的文字,相隔那么遥远的年代,作家在同时代人——朋友、亲人的回忆中依然栩栩如生,一百多年后,我作为读者仿佛仍见到有血有肉的作家本人,顿时产生一种亲近感。有人认为,纪念文章常有误忆误记,但我以为,若能与作家作品、日记书信、年谱传记、研究文字等放在一起阅读,可以互相验证、辨析正误,更不要说,同时代人提供了与作家交往的某一阶段或某一事件的第一手资料,同样是不可多得的,与其他史料共同构成全面了解作家的多棱镜。正是有了这样的体悟,编选这本书重在记忆辛笛他这个"人"。与辛笛交往的有四五代人之多,记忆辛笛的有比他年长的,有他的同时代人,也有他的"忘年交"诗友们。知人论世的观念使我深信,这本书对理解父亲的诗歌也会有帮助的。

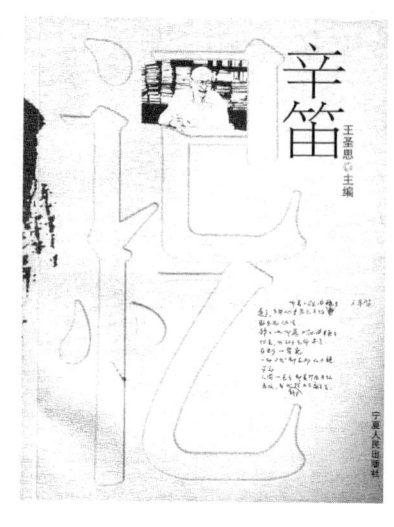

《记忆辛笛》封面

为了真切地展示同时代人眼中的辛笛,此书编成"怀念篇"和"友情篇"两部分。其实,"怀念篇"又何尝不渗透着浓浓的友情,只为了有所区别:一是生前所记,一是身后所忆。排在前面的"怀念篇",收入的是父亲逝世后见诸报端或约稿撰写的诗文,其中有与他相知多年的老友,有他所关爱的中青年诗人和海内外文友,这些文章回忆了他与他们或长或短的交往、叙述了他为人为诗的细节,从不同的侧面勾画了他的风貌,不少文章颇有史料价值;也有素不相识读者,只因爱读辛笛的诗歌而写下一段段感人的纪念诗文。"友情篇"选收的则是辛笛健在时他所见到过的诗文,大多发表在自上个世纪三十年代以来至二〇〇四年初的报刊(包括内地不易看到的港台海外报刊)上,有些作者也已先后故去,但这些文字却留了下来,历史地记载了七十年来辛笛的文化交往、诗歌活动及作为普通人的种种思想情感经历。

因此,"友情篇"以记载为主,"怀念篇"以回忆为主,合在一起既为"记辛笛"、又为"忆辛笛",是为书名《记忆辛笛》。这些文章都写得情深意切,质朴实在,有不同时空、不同角度的展现,具有可读性,也有史料性。愿这本书能为喜爱父亲辛笛诗歌的读者打开走近诗人的又一条路。

最后还应该感谢宁夏人民出版社的罗飞先生和哈若蕙女士,正因为他们的关心和努力,保证了《记忆辛笛》的出版质量。

父亲的身影已渐渐远去,在父亲九十三岁诞辰来到之际,想到一个月之后又将迎来父亲逝世两周年的日子,写下这篇编后记,相信这本书是我们大家对他的最好的纪念,而记忆文字中的父亲依然鲜活,依然和我们在一起。

二〇〇五年十二月二日于上海
二〇〇六年五月改定

《何止为诗痴·辛笛》后记

父亲辛笛年轻时曾与四叔辛谷合出过一本诗集《珠贝集》,七十年多后,我和我的小姐姐王圣珊也合作写成编定了这本配有不少照片手迹的书稿。这是我们对父母养育之恩的纪念,也是我们姐妹俩手足情深的结晶。承海珠姐和南南姐的邀约,让我们有机会参与这套《女儿眼中的名人父亲》书系的撰写。

我和圣珊姐仅差一岁多,从小感情融洽,一起读书玩耍,无话不谈。她在美国做双语翻译工作,有空仍会给我打电话畅聊。现在我俩从各自的角度书写了我们眼中的父亲。对我们来说,他首先是父亲,然后才是诗人,所以父亲对我们母亲的情感,与我们相处的点滴细节、趣闻轶事,他与友人交往的历史记录都沉积为我们挥之不去的永久记忆。父亲不仅痴迷于诗,他对亲人、对朋友、对家国同样也以情为重,所以我们撷取了他的诗句作为这本书的书名《何止为诗痴》。

父母离开我们五六年了,重新讲述生活中发生过的那些故事,仍然让我们感到温暖,感到有趣,当然,也有悲哀和沉痛,我们又一次强烈体悟到我们的父母和天下所有爱子女的父母一样可亲和可敬。当然,他们有自己的脾气、爱好,甚至弱点,但也正因为如此,他们也和千千万万的普通父母一样,显得可近和可爱。

《何止为诗痴·辛笛》封面

在与圣珊各自写作的过程中,我们会将文章初稿做成电子邮件互相发送给对方看。"不吝指正",在我们之间,这不是客套话,而是真诚希望对方付诸实践,而对方确实也会认真阅读并提出意见,哪怕对一个字的推敲,或一个标点的使用,都会互不客气地指出,然后各自再斟酌考虑是否采纳,我们都能高兴地从善如流。在这个过程中我们感受到合作的默契、写作的乐趣、交流的愉快,更感觉到仿佛我们的爸爸妈妈并没有离我们远去,而是将他们生前与我们温馨平等的交谈继续了下去。这个感觉真好。

圣珊的文章中有二三篇是以前应约文稿,其余都是专为这本书撰写的。她最得父亲宠爱,从小伶牙俐齿,善解人意,被父亲称为"心上喜",她眼中的父亲自有她独特的体验和感受。文章生动,有的让人好笑,有的令人心酸;更有珍藏了好多年难得的字迹、照片,从巴金先生的推荐信、赠书扉页和照片的签名,到父亲亲笔写的诗信、墨迹,文中都有展示。

我曾为父亲写过传记,其中就有一些家庭趣事,友人们认为按专题单独成篇会更有意思;多年来应约也曾发表过一些与父亲有关的文章,这次选入这本书中的篇什有的保持原样,有的略作增补,也有新撰写的。我的文章分为两部分,一是从家庭至亲的角度讲述父母及其与我们的故事,有父亲童年少年读书和写作的乐趣、探寻他写诗的秘密,有他与母亲相识相恋相伴的经历,有我们儿时家庭生活的记忆……二是从父亲与朋友的角度,在查阅文献资料的基础上,加上我的观察,勾画他与师友如周作人、郑振铎、沈从文、巴金、施蛰存、钱锺书、卞之琳、杜南星诸先生,还有海外文友、"九叶"诗友等或浅或深的交往和友情。

借此机会,也感谢东方出版中心为我们提供了这样难得的机会,感谢刘丽星编辑提出很好的建议和付出的辛劳。

二〇〇九年七月

《海上文学百家文库·辛笛卷》编后记

辛笛,本名王馨迪,常用笔名王辛笛,早期曾用笔名一民、鸿、心笛、华缘等。祖籍江苏淮安。一九一二年十二月二日生于天津,二〇〇四年一月八日病逝于上海。

辛笛自幼读私塾,学写旧体诗,十岁学英文。一九二七年考入南开中学插班读初三,直至高中毕业,一九二八年开始在《大公报》发表诗文。

一九三五年辛笛于清华大学外文系毕业,在北平贝满和艺文两所中学教书一年。一九三六年和弟弟辛谷合出第一本诗集《珠贝集》。同年辛笛赴爱丁堡大学进修,聆听过著名诗人艾略特的莎士比亚讲座,与英国青年诗人史本德、路易士、缪尔等曾相过从;并两度到法国巴黎访友。

一九三九年第二次世界大战硝烟四起,辛笛回国选择在上海定居,入暨南、光华两大学任教。抗战期间隐居市廛,不再写诗,后转入银行任职。为避免珍贵文物典籍落入日本侵略者手中,他和夫人腾空家中住房,冒着危险将老丈徐森玉、昔日师长郑振铎等从民间收集来的善本古书藏于家中；当有位医生遇到危险，又将藏在那位医生家的典籍书箱全部搬到他家庋藏，他们夫妇俩小心守护，直至抗日战争胜利后妥交北平图书馆。随着抗战胜利，诗梦复苏，创作灵感涌动，一九四八年一月他的代表作《手掌集》由上海星群出版公司出版。一九四九年七月辛笛作为上海代表赴北京参加中华全国文学艺术工作者第一次代表大会，他深感自己以往的诗艺不合时宜，回沪后转到工业战线工作，又一次基本搁笔。二十世纪八十年代以后他重新焕发诗情，创作不辍，他形容自己就像被割的韭菜，霜打寒冻，但遇春后终又萌发了新叶。

辛笛与上海有着长达六十余年的因缘，他在上海生活、工作和写作占了一生的三分之二以上的时间。早在留学期间他就常将诗作寄到上海的《新诗》、沪版《大公报》等报刊发表，抗战胜利后他的作品更是比较集中地发表在上海的《文艺复兴》、《文汇报》、《诗创造》、《中国新诗》等杂志和报纸上。四十年代后期他活跃在上海文学诗歌界，参加重要的文化活动，参与编办诗刊，还经常借助于供职的银行，为文学文化出版事业提供各种方便。他和一些志同道合的诗友一起以《诗创造》，尤其以《中国新诗》为园地，探索将现实主义和现代主义相结合的新诗发展道路；当时在上海生活、创作的辛笛、杭约赫、陈敬容、唐祈、唐湜，与曾是"西南联大四杰"的穆旦、杜运燮、郑敏、袁可嘉等在诗艺追求上同声相应，同气相求，自然而然形成具有流派特色的诗人群体，但直到一九八一年他们九人联合出版了四十年代的诗歌作品,由辛笛命名为《九叶集》,以后被诗坛和研究界公认为"九叶"诗派。

辛笛具备深厚的中西学养,擅长现代诗、旧体诗和散文创作及翻译。他较为成熟的现代诗创作自三十年代开始,起点较高,以蕴藉婉约著称于世,充满对祖国故土的热爱,对人生时代的关注,对个人内心的审视,对诗歌艺术的探索。诗风凝练清新,典雅而有新意。中国文化的滋养是深入骨髓和血液的,也是他进行审美选择的基本依据。中西诗歌传统中契合他审美趣味的艺术因子为他所吸收,与他自身的语言风格交汇成为一体,在中国新诗史上形成他诗歌艺术的独特性,对国内外汉语现代诗创作产生相当的影响;尤其受到港台及海外华人读者、诗人的极大关念和热爱,在他销声匿迹之时,甚至手抄、口诵他的《手掌集》,被他们归入"二十年代到四十年代中国纯正诗流一贯发展的代表"。

《**辛笛卷**》封面

本卷现代诗部分分为"青青者篇"(青青者,十六岁的生命充满稚嫩青绿)、"珠贝篇"(贝什的珠泪遗落在此城)、"异域篇"(在异国呼唤遥远的故土)、"手掌篇"(纹路曲折的手掌蕴藏智慧的反思)、"春韭篇"(霜打寒冻的韭菜遇春又萌发新叶)、"病起篇"(大病之后诗情诗意复燃)。分别选自《珠贝集》、《手掌集》、《辛笛诗稿》、《印象·花束》、《王辛笛诗集》等诗集,还挑选了从未收入集子的诗篇六十余首(也即未注明选自诗集者),占入选总数的三分之一,其中一部分列入"青青者篇"、"病起篇",还有三十年代和七八十年代散见在报刊、手稿和"诗来随记"笔记中的诗作也选入了一部分。

辛笛在旧体诗上的造诣也为人称道。中国古典诗词的潜移默化贯穿于他一生的创作。由于新诗、旧诗轮番写作,使他的现代诗往往具有旧体诗的含蓄曲折,而旧体诗也吸收了新诗的某些长处,通晓明快,用典适度,非常时期表达心绪隐晦委婉,情到深处,佳句胜出。本卷旧体诗部分精选了他在香港出版的《听水吟集》(二十世纪二十年代至二〇〇二年)里的作品,同时增加了未收入诗集,只是在报刊上发表和写诗笔记中的诗篇三十余首(诗末注明"未入集"者),分为"移家篇"(斗转星移勤读书)、"窗下篇"(窗下内省,外看人间事)、"感赋篇"(感慨怀念,诗来随记)。

散文创作除早年试笔之作外,一九四六年在上海《大公报》上曾开设"夜读书记"专栏,主要介绍英美书籍,后结集由上海出版公司出版《夜读书记》;晚年对诗歌创作艺术予以总结,怀旧忆人的文章频频问世。本卷散文部分选自《夜读书记》、《婶嫘偶拾》、《梦馀随笔》等散文随笔集,分为"夜读书记"(秉烛夜读永怀新)、"我与诗"(人生处处为寻诗)、

"序与跋"(为己为人字里行间见心血)、"人与事"(怀人忆事未了情)和"集外篇"(重拾遗篇与散章)。其中"集外篇"系从未收入集子的长短文章十多篇,包括类似微型小说的少年之作,三十年代大学读书期间发表在《清华副刊》上的散文,还有从一九七九年至二〇〇三年创作发表而未入集的文章。

辛笛的现代诗、旧体诗和散文可以互相印证参照,完整地展现他一生的创作风貌。

二〇〇九年三月二十三日

二〇一六年补记:近年又发现辛笛用笔名尔德创作散文七篇、翻译诗文五篇,发表于一九二九年至一九三〇年天津《大公报》"小公园"副刊上。

《海上文学百家文库·杭约赫、陈敬容、唐祈、唐湜卷》编后记

二十世纪四十年代后期在上海先后有两本引人注目的诗刊,一是《诗创造》(一九四七年七月创刊),一是《中国新诗》(一九四八年六月创刊),两刊于一九四八年十一月同时被国民党当局查封。虽然刊物仅存一年半载,但围绕着它们,尤其在《中国新诗》园地形成了具有流派风格的诗人群体,只是随后销声匿迹三十年。随着一九八一年九位诗人辛笛、陈敬容、杜运燮、杭约赫、郑敏、唐祈、唐

"四叶卷"封面

湜、袁可嘉、穆旦出版了他们四十年代创作的诗歌合集《九叶集》后，才被人们重新发现，称之为"九叶诗派"。其中有五位诗人在上海生活、创作、工作过。除了辛笛定居上海长达六十余年外，其他四位杭约赫、陈敬容、唐祈、唐湜尽管在沪时间不长，但也与上海结下不解之缘。

抗战胜利后，杭约赫（本名曹辛之）和臧克家、林宏、郝天航、解子玉等诗人从重庆到上海，筹资办起了上海星群出版社，又与沈明等集资创办了诗刊《诗创造》，由杭约赫主持各项业务，陈敬容、唐湜帮忙做诗刊的编辑工作，写评论、编专号等。刊物遵循大方向一致下兼收并蓄的编辑方针，但遭到外来批评的压力，内部也产生意见分歧，于是次年辛笛、杭约赫、陈敬容、唐祈、唐湜另办《中国新诗》，除自己写稿外，他们还分头向袁可嘉等诗人组稿。唐湜、陈敬容更以诗人的敏感分别评介杜运燮、辛笛、唐祈、陈敬容、杭约赫、穆旦、郑敏等人的诗集。他们以诗会友，有些人互相之间在当时没见过面，但同声相应，同气相求，使他们走到一起来了。他们有相近的诗学追求，有自觉的诗歌现代化意识，他们继承中国古典诗歌和现代诗歌的传统，用双重的传统生命，融会汲取西方现代诗歌的精华，立足于中国现实的土壤，关注时代的风云，不作直露的呼喊，或感伤的呻吟，而是采用象征、隐喻、暗示等手法，为诗绪寻找相对应的客观物，给思想赋予知觉化的表现，将主观性和客观性相统一，感性和知性相结合，官能感觉和抽象玄思相交融，形成他们内敛深刻繁复的流派风格，达到"现实、象征和玄学的综合"，使现实主义和现代主义有机地融于一体。

杭约赫、陈敬容、唐祈、唐湜四位诗人在编办刊物的同时，在上海也迎来他们创作的一段丰收期，不少诗歌就是在上海写成的,发表在上海的报刊《文汇报》《文艺复兴》《诗创造》,尤其《中国新诗》上;也有一些诗歌直接将上海作为抒写的对象,如杭约赫的《复活的土地》和唐祈的《时间与旗》,这两首长诗可谓珠联璧合,在对时空的总体领悟下,多侧面地展现了四十年代后期的上海,着眼于"土地"和"时间"两个鲜明的时代历史形象,探究了现实的象征本质。

四十年代末五十年代初他们先后离开上海。杭约赫、唐祈和唐湜曾罹遭磨难,后获平反。八十年代以后除杭约赫用本名曹辛之主要从事书籍装帧设计外①,陈敬容、唐祈、唐湜重新焕发诗情,又写下不少作品。他们都是中国作家协会会员。

本卷是他们四人的诗文合集,由于篇幅所限,入选的篇目以他们在上海创作发表的诗歌为主,兼及之前和之后的作品;文章以诗歌创作总结为主,兼及历史史实的回忆等,使读者对他们各自的创作风貌、诗学主张、"九叶"诗派的形成有一定的了解。

杭约赫(一九一七——一九九五),本名曹辛之,另有笔名曹吾、曹辛、孔休、江天漠、曲公等。江苏宜兴人。一九三六年开始文艺创作,与友人合办《平话》文艺周刊。一九三八年入延安陕北公学、鲁迅艺术学院学习,

杭约赫(曹辛之)

---

① 本卷还是收入了他在一九八七年发表在《诗刊》上的一首诗《冬日的树》。

次年调至李公朴领导的抗战建国教学团,赴晋察冀边区工作。一九四〇年调重庆生活书店,在邹韬奋直接领导下的《全民抗战》(周刊)任编辑。抗战胜利后在上海参与创办并主持上海星群(森林)出版社、《诗创造》和《中国新诗》的出版编务工作等。一九四九年调北京三联书店工作,一九五一年以后在人民美术出版社从事书籍装帧艺术设计、编辑、编审等工作。出版诗集《撷星草》、《噩梦录》、《火烧的城》、《复活的土地》、《最初的蜜》;评论《臧克家论》;编辑普希金诗选两集等。除长诗外,他还写有感情真挚的短诗,讽刺诗也大胆尖锐。杭约赫多才多艺,他还写有《曹辛之装帧艺术》、《曲公印存》等,一九九三年获中国出版界最高奖誉"第三届韬奋出版奖",并多次获国际、全国书籍装帧设计奖项。

陈敬容(一九一七——一九八九),笔名蓝冰、成辉等。四川乐山人。一九三五年开始发表诗文,曾在北平的大学旁听,自学中外文学。一九三八年在成都参

陈敬容

加中华全国文艺界抗敌协会。当过小学教师、杂志社和书局编辑。一九四六年到上海,从事创作和翻译工作,参与《诗创造》的编辑、组稿等工作。任《中国新诗》编委。一九四九年到北京入华北革命大学学习。后到《世界文学》编辑部工作。出版诗文集有《星雨集》、《盈盈集》、《交响集》、《老去的是时间》(获一九八六年全国优秀新诗奖)、《陈敬容选集》、《远帆集》等;翻译作品有《安徒生童话》、

《巴黎圣母院》、《绞刑架下的报告》、《图像和花朵》(波德莱尔和里尔克诗合集)等;主编《中外现代抒情名诗鉴赏辞典》。她早年诗歌婉约含蓄,有古典诗词的韵味,四十年代诗风渐趋浑厚,刚柔相济,采用现代诗艺透视和开掘现实、叩问人生和自我,具有相当的力度、深度和广度,这样的诗艺特点一直保持到晚年。

唐祈(一九二〇—一九九〇),笔名唐吉诃、唐那。江苏苏州人。一九三六年开始写诗。一九四二年毕业于西北联合大学历史系。在西北从事抗战戏剧运动和新诗创作,并在学校任教。后参加"全国文艺界抗敌协会"。一九四八年到上海,任《中国新诗》编委。一九四九年到北京,从华北革命大学政治研究院毕业入《人民文学》诗歌组做编辑,一九五三年调任为小说散文组组长,一九五六年调至《诗刊》任编辑。一九五八年发配北大荒劳动。后又下放江西,在山区教过书,编过地区诗集。一九七九年重回西北,先后在甘肃师范大学、西北民族学院汉语系任教,讲授现代文学和新诗。出版诗集有《诗第一册》、《唐祈诗选》,主编《中国现代新诗选》、《中国新诗鉴赏辞典》、《中华民族风俗辞典》等。早年诗歌描写甘肃、青海一带少数民族的风土人情,并作牧歌式抒怀,四十年代以现代手法表现社会现实题材,具有震撼力,晚年组诗《北大荒短笛》同样写得悲痛深沉。

唐祈

唐湜(一九二〇—二〇〇五),原名唐扬和,笔名迪文、陈洛等。浙江温州人。中学时期开始写作。因参与抗日爱国活动被捕,后获释。一九四二年发表诗作。次年考入战时浙江大学外文系学习,中途曾借读他校。一九四六年到上海暂住,求教于李健吾。后去杭州浙江大学继续学业,于一九四八年毕业,在昆山任教。期间常到上海为《诗创造》做编辑工作,任《中国新诗》编委。中华全国文协会员。

唐湜

五十年代初曾在温州、沪、京等地中学任教。一九五四年任中国剧协《戏剧报》编辑。一九五八年流放北大荒,一九六一年回家乡做过临时编剧,干过体力活,即使在最困难的境遇里仍始终追求诗的浪漫幻美和古典回归。四十年代的创作更具沉郁的现代诗风。八十年代后在温州地区文化局创作室工作,系中国作协浙江分会理事。出版诗集《骚动的城》、《英雄的草原》、《飞扬的歌》、《海陵王》、《幻美之旅》,《泪瀑》、《遐思:诗与美》、《霞楼梦笛》、《春江花月夜》、《蓝色的十四行》、《唐湜诗卷》等;诗论诗评集《意度集》、《新意度集》、《翠羽集》、《一叶谈诗》、《九叶诗人:中国新诗的中兴》等;译有艾略特的诗《燃烧的诺顿》等。他还创作了大量多样的诗歌,由于篇幅所限,他的南方风土故事诗和历史叙事诗均未入选。

二〇〇九年九月

哈若蕙《一片冰心》跋

若蕙在出版社工作十年了,经她策划、做责编的书有百多种,她一直兢兢业业、富有创意地在为别人作嫁衣裳,现在终于看到她自己的厚厚一叠书稿放在案头了,真为她高兴。

我和若蕙是大学同窗,我俩更是同一寝室一张双层床的上下铺,四年大学生活是我们共同的美好记忆,我们在一起上课、读书、讨论、写作、卧谈、娱乐……若蕙多才多艺,她不仅朗诵出色,舞蹈也跳得好,在大学节日的联欢会上

《一片冰心》封面

总能听到她声情并茂的悦耳朗诵,也能看到她优美飘逸的舞姿展现,在"再来一个"的热烈鼓掌和喝彩声中她和同学常能即兴配演双人舞,让大家赞叹不已。后来在电视上看到外国电视连续剧有她配音的名字,同学之间更是兴奋得互相转告。如今,由她策划的《大学梦圆·我们的1977、1978》一书(二〇〇五年十二月第一版,后来又于二〇〇八年重印)仍插放在我的书橱里,白底映衬着鲜红的粗体字,在排列得满满的书脊中显得格外夺人眼目。早在二〇〇二年我们校友举行毕业二十年庆祝聚会上,她就提议出一本纪念恢复高考的书,记录我们考入大学前后的历程,不少同学积极响应写下文章,因为这是我们生命中最重要的一次转折,也是整个国家命运的改变。但出书的过程并不顺利,在经历几番曲折之后,最终在若蕙不懈的努力下,得到她所任职的宁夏人民出版社的支持,成为同类书中最早问世的一种。

我们之间的同窗情谊一直延续到毕业以后至今这长长的三十年。每次她来上海,就是我们欢聚的时候。她从任教十七年的教学岗位转到任职十年的出版岗位,总是给我带来她教学的喜悦、出版的苦乐,让我分享她的成功和欢乐,也使我为她付出的心血和面对现实的无奈而心生种种感慨。

出于对她的信任和我们之间的默契,我把父亲的纪念文集《记忆辛笛》交给她出版。尽管上海有出版社愿意承担,尽管不少友人都奇怪我为什么不在大出版社云集的上海为父亲出书,却找上这么边远的西部城市出版社?但当他们拿到装帧素净大方、细节设计精致而有情趣的《记忆辛笛》时,感叹道:"真没想到,书出得这么厚重雅致!"甚至有友人认为这是他们所看到的众多纪念文集中出版得最好最用心的一种。只有我深知,因为有哈若蕙在这个出版社,她将出版作为事业来干,有眼光有睿智有热情,呕心沥血,视书的品位品味如生命。正是在她尊重作者、锐意创新、注重细节、严格把关之下,保证了书的质量。这也是她经手策划、责编的一系列书籍获得好评和奖项的秘密之所在。

哈若蕙办公室的书墙

这本文艺评论集是她对自己近三十年写作和工作的一个回顾、一份总结,涉及面甚广,可以看到她对文学研究(包括中国现当代文学、古典文学和外国文学及比较文学)、对艺术鉴赏和实践(电视散文、音乐、连续剧、译制配音、表演朗诵等方面)都颇有心得和见解,而"书业行舟·编辑心语"这一辑在全书中占有重要的比例和特殊的意义,这里渗透了她对书籍和出版事业的热爱,那一篇篇言之有物的出版前言、后记更是她滴滴心血的见证。当然,尤其让我惊奇的,还有她对宁夏作家小说诗歌有二十余篇的集中推荐和评析,使我们对那片不太熟悉的塞上家园和乡土有了亲切的了解。她的文字一如她的形象和为人,清丽秀美,温润善意,阅读这些评论文章能体悟到她对作家艺术创作的细腻体察,也流露出她对生活在那片土地上的人和事的挚爱和深情。

去年八月我第一次踏上宁夏大地,银川的空气透明清新,街道整洁大气,绿树蓝天白云,果蔬丰饶甜美,"塞上江南"之称名副其实,银川人更是朴实热情好客,令人难以忘怀。若蕙邀我去她工作的出版社看看,在电梯旁的陈列橱窗里摆放着琳琅满目的重点图书、品牌图书,若蕙的介绍如数家珍充满感情。在她的办公室里,更是满满的书卷气,整面墙的书架上是摆放有致的书籍,我一眼就看到她经手的一套套一本本书,齐刷刷地立在伸手可及的位置,看得出那是她的珍爱。每一本书的孕育、诞生、成长都有一个感人的故事,她和那些原先素不相识的作者都因书而结缘。我想,正是有无数像若蕙这样踏踏实实努力奉献的新老宁夏人,西部才有如此的发展,而且将会有更大的发展。

如今,若蕙又走上文联岗位,她以前的知识积累和人生经验都为胜任这一新的工作做了铺垫,相信她同样会工作得有声有色,并同样会大有收获的。

二〇一〇年一月五日写于上海

跋：麦田和湿地的守望者
——读汤朔梅诗集《湿地的太阳》

最早读到朔梅的诗还是在大学学习期间，他是学校夏雨诗社的成员，在诗刊《夏雨岛》的创刊号上就有他的诗作，当时感到他是个挺有灵气的俊小伙子。之所以倚老卖老地称他为"小伙子"，确是因为我年长于他十岁。"文革"取消高考之后，终于在一九七七年重新恢复高考，相隔十二年的停顿，当跨入大学之门的时候，这些七七、七八级的学生中甚至有早读书的十六岁小姑娘和年龄比她大一倍、已有两三个子女的老同学坐在同一教室里听课的情景，在那两届学生中这种年龄悬殊差距的奇观是寻常景象，当然也会造成某种阻隔，但是久违的珍贵的学习机会、我们所共同喜爱的文学是不同年龄段同学之间得以沟通和交流的桥梁。

近日，朔梅先送我一本他的散文集《青桑叶 紫桑葚》（上海文化出版社二〇一〇年六月版），然后又希望我为他即将出版的诗集《湿地的太阳》写篇跋文。他的散文集和这

朔梅的两书封面

部诗稿我都读了两遍,让我感动和为他高兴的是,他的文思灵感依然敏捷,文字的诗意表达依然盎然。要知道,毕业近三十年来他几经变换工作,回奉贤家乡做过语文老师、任过中学校长;后来又下海经商,打工做起了推销员,平日里打交道的是各种各样的人,但他却始终保持着待人诚挚朴实的本色。更难能可贵的是,他一直没有放弃对文学的热爱和追求。尽管有那么多的俗务杂事,朔梅仍会抽出一点空余时间回故乡,在田埂上走走,到海边逛逛,仰望星空,远眺大小金山;同时,他坚持读书,坚持观察,坚持思考,坚持写作,在网上开了博客,我曾上网看过,发现有散文、有诗歌、有随想、有杂文,现在这些文字都变成了打印的铅字,散发着泥土的气息,描画着清新的乡景,呈现着淳朴的民俗,流露着真挚的感情,在这个酷暑炎热四十度高温的夏季带给我阵阵凉爽。

诗集《湿地的太阳》分为四辑，与一般诗集按写作年份的编排不太一样，在这本诗集中，创作的时间是被淡化而打乱的。我想，朔梅是依据自身成长的人生脉络来安排的，从诗的内容和表达的情感似可看成四辑分别是少年、青年、中年、知天命之年（我觉得他还没到老年）；或者看作人生的四季：春、夏、秋、冬。在成长的不同季节看出的景致和人生追求已然大不一样了。

童年少年的乡村生活在他的笔下抒发得欢快，有情有味："萤火虫打着灯笼/在水面上追逐童年"，祖母叫唤着孩子们的乳名："颤颤巍巍地捧着西瓜/将月色切成一瓣一瓣"。从小生长在农村自然怀抱里的朔梅，始终关爱自然的生命，和它们对话，体悟它们的喜怒哀乐，如《锯树》中他仿佛就是树自身，会感觉被锯的疼痛，牵挂着树冠上的鸟巢和小鸟。当少年长成青年，带着梦想外出远行，不再依恋平静的港湾，而是要"满载着梦想的星星/浪迹天涯海角/寻找童话般的彼岸"（《欲望的潮汐》）。但现实中并没有那样美妙的彼岸，因此同样农村的景色也就有了季节流逝的沧桑感，更有了顽强的定力："待到寒风扫尽黄叶/花序也不再飘香/它坚持紧偎在枝头枯黄"（《篱笆上的丝瓜藤》）。到了"曾经仰望过的天空"之中年，视野更加宽阔，思考和批判的强度有所增加，仰望过天空，也许是一代代青年所经历过的岁月。但"曾经"说明已成为过去时，天空已经污浊，而且觉察到背后的东西，"躲在/幕后阴毒的眼睛"（《大雷雨》）。诗人笔下的自然不再带有温情了："风这老鬼……"（《外面下着雨》）。因此他"也已习惯了/不再仰望天空"，这正是四十不惑之年，"成熟不仅仅是收获，收获的/也绝非只是幸福"

(《抑郁的印象》)。自进入知天命之年后,则能看清河的不同面目,既有温情理性的一面,又有狂暴任性的一面(《暴风雨来临时,河的面目》),更加客观真实。而对自我的审视和放逐,灵魂的自省,在后二辑中一脉相承,如《咀嚼梦的碎片》、《在镜面电梯内》等。尤其在《致邂逅的小行星》中表达了向往自由、独立的精神:"你不属于某个天体/你遵循心灵的轨迹运行/你只属于你自己。"《路的想象》和《小青鱼》则强调了人应该站直了、尊严地活着。这样的独立思考和判断是可贵的。最后一辑中的《隔着墓碑握手》、《在海湾寝园》、《时间衔接着生与死的通道》、《清明祭》等诗中多了生与死的对话、对阴阳界冷静的观察和想象,暗含批判。

朔梅对辛苦劳作的农人,包括他的父母和奶奶外婆,对外出打工的农民工、城里的拾荒者等生活在最底层的普通老百姓,尤其满怀着深情,如《收割的农妇》、《五月,捡拾不尽的诗行》、《读妈妈手上的茧》、《梅子熟了》、《年关,送还乡的农民工兄弟》、《入夜,一个拾荒者》等。有时他并不直抒胸臆,而是用别致的比喻间接地表达:"金字塔似的稻垛/把田埂累成一张弓"(《夕阳,像一个踌躇满志的农夫》),一个"累"字何尝不是他真切体悟到了农人的辛劳。而"拖拉机咳嗽着/哼哼唧唧地蜗行/汗水来不及滴到地上/早就蒸发了/连'吱'一声的权利都没有"(《白的蝴蝶,紫的黄昏》),"挑夫将柴担搁在绿荫丛里/奢侈地扯一把绿意/洗去沉淀的疲乏/听腰椎像毛笋似的/嘎嘣、嘎嘣地拔节"(《季风,越过山峦》)……这些情景对我这个曾在乡村干过农活流过汗的人来说是很熟悉的,他抒写得逼真而富有诗意。当然,他不仅突显劳动的艰辛,也洋溢着汗水换来丰收的喜悦:"那金色的蜜蜂/在麦穗的芒尖/踩起轻快的华尔兹旋律"(《风在麦垄间鼓荡》)。

与乡村对照的是城市和城市文明,朔梅似乎本能地对拔地而起的高楼、对街心花园人工修剪的风景、对喧嚣与骚动的都市颇不以为然,甚至带着现代派意味的讥讽,让人不禁会心一笑。《穿过楼宇的随想》有这样一幕:"那高楼一族/油亮的脑袋都几乎谢顶/上面还有类似鲜花的疮疖/仅存的毛发也是鸟粪滋养的/这是你们习惯了仰视的代价";《生锈的消防栓》最后一节:"无数的消防栓都是鳏夫/难得用上一回/等人们急着用它的时候/它已成了宫墙下/垂垂老矣的李莲英"……在其他《二〇〇八,上海的冬天》、《都市早晨雕塑》、《街心花园》、《书报亭》等诗篇中也都可见一斑。

而他最不能容忍的是城市对土地、对湿地、对农民的侵占和扩张:"楼越高,你越渺小/麻木的神经已经感受不到/庄稼拔节的快感"(《土地、农民》)。也许正因为如此,他会多次提及塞林格和他的《麦田里的守望者》。第一辑中的《你是谁》,面对刨土豆、种冬瓜的农人,他醒悟道:"噢,你是麦田里的守望者/——塞林格。"在第四辑《放逐自我》也提到了:"最后遇见似曾相识的麦田里的守望者",《墓志铭》又一次期盼"在烟雨空濛的春夜/扮成守望麦田的农夫/聆听蛐蛐与蝼蛄/在身边时断时续的弹唱"。在他的散文集《青桑叶　紫桑葚》中更是引用了《麦田里的守望者》主人公霍尔顿的名言:"一个不成熟的男子的标志是他愿意为某种事业英勇地死去,一个成熟男子的标志是他愿意为某种事业卑微地活着。"三十多年前我们都读过塞林格的这部小说,并被深深打动。小说起名是有寓意的,主人公霍尔顿是个十六岁的反叛少年,行为举止与社会格格不入,同时也经历和目睹了成人世界的虚伪和卑鄙,但他内心仍存有美好的愿望,想象在一大片麦田里有许多孩子在嬉戏,为了不让孩子跑到麦田的边缘,跌到悬崖下,他想成为这片麦田的守望者。而我理解朔梅如此执着于"麦田里的守望者",是从两层含义来认知的,一是真正的麦田——他生于斯长于斯的乡村,二是也为了弱者和子孙后代。实际上,朔梅是把农民、把自己看作了真正意义上的麦田里的守望者。而我从他的诗文中更愿意把他看成是湿地的守望者。他在散文《农村更像一片湿地》中对湿地的解释是:

> 我始终觉得,农村更像一片广阔的湿地,农民更是那片湿地的守望者。湿地是什么?据字典解释:湿地是靠近江河湖海而地表有浅层积水的地带,包括沼泽、滩涂、湿草地等。湿地的功能,除雨水吐纳洪水潮汐外,还能调节气候,保持生物的多样性。在如今重视环保的年代,人们把它比拟成地球的肺叶。一个人如果没有肺叶,就不能吐故纳新,其他脏器的功能就不能发挥,人的生命也就停止了。

如此重要的湿地(也包括沼泽等),也难怪朔梅把他的诗集题名为《湿地的太阳》。他的诗行中常有点题之笔:无论外在的环境如何恶劣,湿地所象征的故乡故土始终是支撑他继续前行的力量——"而我,忘却了所有的艰辛与跋涉/就因为有你,早晨/沼泽地上升起的太阳"(《沼泽地上的太阳》);"湿地把初生的太阳揽在怀里"(《听蒲草在寒风中呓语》);面对麻雀的平庸渺小,看重它也有健全的体格、肉长的心肺,珍惜它在经历了雷电暴风雨之后,"依然相信明天/太阳会从沼泽地上升起"(《谁能将生活寡淡成清水》)。湿地不仅是他个人力量的源泉,更是农民的生存所在,自然资源的纷争,农村环境的破坏,"城市化的途中/谁听到了弱者的呻吟"(《回声》),也许别人没有体恤到弱者的处境,但作者却分明感同身受,他才会像一位守望者那样用文字和情感守护着那片湿地。

  诗集的内涵丰富,除了上述给我印象深刻的那些诗作诗句外,还有对大学生活的回忆和留连:《夹竹桃默默的注视》、《聚散两依依》、《依然是樟树淡淡的馨香》。有精致的小景片断描写:《蓝天像一块磨刀石》、《暮春的风洗净树梢》、《残冬的印象》、《西风,卷着等待杀青的画稿》。有采用象征手法表现社会现实的诗:《民事开庭》、《中国股市的素描》等,写得别开生面。有哲理性的抒发:《色彩、空间、时间》、《时间的钟摆》、《舞台》等。有对语言的别致表达:"我已下载了一缕阳光/锯成一截一截的"(《今年还会下雪吗》);形容古石桥:"你前额苍老的皱褶里/爬满了青青的苔痕"(《古石桥》);也有比喻用得贴切:"蓝天像一块磨刀石/把夏季蹭得银亮";即使讽刺也是温和的:述说一只绿头苍蝇想在弥勒的肚脐内下蛆"犹豫着,用无聊的细腿/学着领导签字/画一个圈,再画一个圈"(《苍蝇与卧佛雕像》)……

  当然,还有最不容易写得好的时政类歌颂类的诗,从艺术的角度看,稍嫌逊色,不过,这点瑕疵算不了什么,也可看作他在创作中的尝试和实验。

读朔梅的诗文,我常会产生共鸣而微笑,也会陷入回忆。但坦白地说,我对农村农人的感情是远比不上朔梅的,尽管我曾在山乡脸朝黄土背朝天地干了十年农活,能肩挑百斤重担,也能吆牛扶犁耕田,但我仍然是一名过客,无法像他那样用生命和热血眷恋着那片土地。所以我把他称为真正的麦田和湿地的守望者。

二〇一〇年八月于上海

第四辑

中国叶赛宁研究述评

谢尔盖·亚历山德罗维奇·叶赛宁（一八九五——一九二五），另有中译名耶森宁、叶贤林、叶遂宁等。他是俄罗斯伟大的民族诗人和现代诗人，在二十世纪二十年代与马雅可夫斯基齐名。由于他的复杂和丰富，尤其曾有过一段迷惘失落的经历，即二十年代初，他因苦闷而酗酒闹事、为无赖汉写诗，加上他于一九二五年十二月二十八日自杀身亡，对他始终存在着不同的评价。尽管俄罗斯读者爱读他的诗，但他仍没有逃脱去世后被大加批判的命运，官方认为他是"颓废诗人"、"流氓诗人"，苏联文学史上一度没有他的地位，可在世界范围内仍有读者喜爱他

叶赛宁照片（一）
（本文照片均源自网络）

的诗。到五十年代后半期他在自己的祖国受到重新评价,自一九六五年起每逢他的诞辰在故乡梁赞省康斯坦丁诺沃村都要举行隆重的庆典,二〇〇〇年举行了全俄叶赛宁节,朗诵、歌唱他的诗,并探讨叶赛宁研究的最新成果[1]。从批判他的"叶赛宁情调"到探讨"叶赛宁传统"、"叶赛宁意象体系"等,时间是公正的,最终检验了他的诗歌魅力。

(一)

中国从二十世纪二十年代开始介绍叶赛宁,尽管对他的研究远逊于马雅可夫斯基。寻找在中国评介叶赛宁的踪迹,还是可以看到一九二二年《东方杂志》上,愈之著文提到过"想像派诗人耶森宁《Pugalshov》",认为耶森宁(即叶赛宁)的《普加乔夫》是属于"非个人主义的作品",是"表现群合的精神和民众的行动的作品"。这是叶赛宁的名字在中国的最早出现。从一九二七年至一九三〇年间,鲁迅在自己的讲话和杂文中曾五次提到过叶赛宁,仅一九二七年他几乎连续三次谈到"叶遂宁"的自杀,可见这一事件对鲁迅印象之深。可以说,鲁迅是对叶赛宁自杀做出最多且最早反应的一位中国作家[2]。

一九二八年一月《创造月刊》上发表蒋光慈《十月革命与俄罗斯文学》的第五部分"叶贤林"[3],比较系统地介绍了

---

[1] 金陵《全俄叶赛宁节及叶赛宁研讨会》,《俄罗斯文艺》二〇〇一年第四期。

[2] 对鲁迅反应的分析见本文(四)。

[3] 《创造月刊》第一卷第八期,一九二八年一月。

他,被看作是"我国评论叶赛宁的第一篇文章"[①]。蒋光慈对叶赛宁两年多前的弃世表示悲悼,提供了这样的信息:"他死了之后,无怪乎全欧的文坛抱着深切的惋惜,也无怪乎俄国革命的领袖,如脱洛斯基,也为文追悼他。"文章列出一般人猜度叶赛宁自杀的原因,系出于与美国女演员邓肯的恋爱悲剧、又为肺部疾病所苦痛,及对革命的态度等感情、肉体、精神诸多因素。蒋文对叶赛宁评价甚高,认为叶氏是"天才的诗人",他"诗中所含蓄的浓厚的、令人十分感动的情绪,及他所用的语句的自然与美丽……这一切一切,真要令我们感觉普希金以后,他算是第一人了";叶氏又是"时代的产儿",表达时代的情绪更为深切而真挚,是对"旧的留恋和新的企望"的两重性最明显的表现者。当然,他还指出叶氏是农民诗人,他的作品充满俄国乡村的情绪,是乡村俄罗斯的歌者,同时认为他"不仅仅是一个柔顺的,美婉的夜莺,而且是一个激烈的暴徒"。文中更为准确地点出,叶氏回国后对城市文化的接受是"理智的接受,而不是情绪的接受"。

同年《文学周报》第五卷上有孙衣我的文章《介绍苏俄诗人叶赛宁》,并有这位诗人的半身照片。文中赞誉叶赛宁是文坛上有名的最同情于农民的青年诗人,指出他的诗给我们许多趣味和贵重的东西,充满着灵感、田园风景、农间的劳作;诗里处处用救世主、预言,或圣父和祖父的信仰作主体。这些简要的提示让我们了解叶赛宁诗作涵盖的不同

---

① 阮积灿编《叶赛宁研究资料索引》,《叶赛宁研究论文集》第三〇七页,北京大学出版社,一九八七。

方面。文中还摘译了《叶赛宁小传》。《语丝》杂志则发表了日本人茂森唯林《叶赛宁倾向清算》的译文。一九二九年出版的《新俄诗选》(郭沫若译)中收入李一氓译的叶赛宁诗《变形·第三部》,在"作者传略"中有对叶赛宁的简介。

一九三〇年戴望舒著文《马雅可夫斯基之死》①,在详细分析马雅可夫斯基自杀原因之前,提到叶赛宁的死,认为"叶赛宁是'最后的田园诗人',他知道自己的诗歌是没有什么可以送给新时代的,于是他便和他所憧憬着的古旧的,青色的,忧郁的俄罗斯和一切旧的事物,因着'铁的生客的出现',同时灭亡了。这自杀我可以拿旧传统和新生活的冲突之下的逃世来解释。"

三十年代对叶赛宁的介绍以翻译为主,一些有影响的作家翻译有关叶赛宁的国外评论和资料②,如冯雪峰以画室为笔名翻译了日本昇曙梦《无产阶级诗人和农民诗人》、藏原惟人《诗人叶赛宁的死》等文,戴望舒译法国本则明·高列里的《叶赛宁与俄国意象诗派》(戴望舒也翻译过叶赛宁的诗作)、胡风译高尔基著《回忆叶赛宁》、施蛰存译 C. A. 曼宁文章《叶赛宁的悲剧》等。在这些译文中,有从苏联转来的观点;也有体现西方人的观点,如曼宁一文指出叶赛宁身上有着文化冲突,病态的都市和康健的乡村,旧时代与新时代、宗教与反宗教等;他童年的生活,粗野,没教养,对城市文化的繁复丰富不能习惯,宗教信仰崩溃;他之所以不

---

① 《小说月报》一九三〇年第十二期。
② 详见阮积灿编《叶赛宁研究资料索引》,《叶赛宁研究论文集》第三〇六页。

写农民的辛苦,是因为他们习惯于艰辛,并从中找到乐趣;他对自我沦丧的清醒意识,对普加乔夫内心的揭示,表达了他所看到的和所了解的生活。

过了将近十年,一九四五年重庆《诗文学》丛刊第二辑上有黎央撰万余字的长文《论叶赛宁及其诗》,分七个部分加以探讨,比蒋光慈的文章更全面地论述评价了叶赛宁,有些观点似乎可以看到诗人故国批评的回音,但评论者还是从真切理解诗人的角度去阐释之。全文结合诗人的生平和抒情诗,认为(一)叶赛宁是伟大诗人之一,但不是战士的诗人;(二)他是最后的田园诗人,真切地吟哦着俄罗斯的烦恼;(三)诗中洋溢着热爱乡土、热爱自然的感情,其实也就是热爱祖国的感情;(四)指出他没有暴露农民的痛苦、没有向专制的统治者叫出反抗的呼声,但他是一个作为诗人的诗人,一个强烈的人格的表现;(五)他始终处在理想与现实的极端矛盾之中,曾想用醉酒和音乐麻醉自己,忧郁、绝望与幻灭是他必然要遭遇的命运,"对于既失去了生活的信念,同时又不能无目的地生活下去的人,只有死是最干净的解脱,最彻底的逃避";(六)而他的诗歌表现手法是自然朴素优美、清新淡泊悠远,以美和崇高感动了读者;(七)最后介绍按一般人所说,在时代意义上,他作了无谓的牺牲;但在结语中精彩地评价道:"我们只要相信产生艺术的是爱,而值得可贵的是真实,那末,叶赛宁实在已经在他痛苦与孤独中完成了自己的任务,因为叶赛宁的一生就是一首充满了爱与真实的诗。"这里提到"爱与真实"以及诗艺的"美和崇高",在过了半个多世纪的今天仍然是我们解读叶赛宁诗歌的核心钥匙。该辑中还有黎央译《叶赛宁诗抄》六首。在一九四七年《苏联文艺》上有葆荃译《叶赛宁自传》、戈宝权译《叶赛宁抒情诗十章》及李海译苏联尤里·尤什金编辑的《勃洛克和叶赛宁》一文。

综上所述,从二十世纪二十至四十年代中国关于叶赛宁研究的文章不多,以生平介绍、译作为主。中国人撰写有分量的专文仅两三篇,却很有特色,注重叶赛宁诗歌艺术和诗人气质,同时也看到其中蕴涵的新旧、城乡、信仰等文化冲突,对诗人的理解体悟比较到位,没有苏联式批评的教条气。

(二)

二十世纪五十年代在我国几乎没有看到对叶赛宁的重要评介,只有在季莫菲耶夫的《苏联文学史》、《论苏联文学》①等译著中有所提及,在一九五七年的《译文》杂志上发表了孙玮的一些译诗。直到文学复苏的八十年代开始,我国进入全面评介叶赛宁的时期。

最早出现的论文是《春风》译丛一九八〇年第一期于韦《试论叶赛宁及其抒情诗》一文,比较详细地介绍叶赛宁的生平,分析他的抒情诗特点在于感情真挚、含蓄、深沉,联想大胆、比喻形象,运用色彩的象征来表达自己的情感。该篇论文比较可贵的是,在中国刚刚结束一场僵化浩劫、乍暖还

---

① [苏]季莫菲耶夫《苏联文学史》(水夫译)第二三一至二三二页,作家出版社,一九五六;[苏]季莫菲耶夫主编《论苏联文学》第二三二、二三三及二六〇、二六六、二八〇、二八九、二九〇页,作家出版社,一九五八。

寒的气候里,却对《莫斯科酒馆之音》这类一向被视为颓废的诗作也还能做出客观的评价,认为"他抒写的也依然是自己的真实的内心感受","他任何时候,或'醒'或'醉',总是袒露自己的胸怀"。这篇文章是叶赛宁在中国长久缺席后的第一次比较正式的露面。当然,个别之处的评价还可更全面些,如认为长诗《安娜·斯涅金娜》(一九二五)里,诗人展示了农村革命斗争的广阔画面,塑造了为新生活而斗争的战士们英雄形象。其实,长诗未必是这样单方面的刻画,而是包容了那个时代乡村的方方面面,诗人还展现了女主人公形象及其富有家庭的遭遇,还有"我"与她的交往等,否则就不会用她的名字作诗题,而诗人的妹妹在回忆中提到安娜·斯涅金娜的原型也说明了这点[①];几年后出现的有关论文中更准确地把握了长诗的精髓:"它讲到农村的革命斗争,也抒写了诗人的恋情,后者构成了长诗的灵魂。"[②]

刘湛秋是中国八十年代最早出版的《叶赛宁抒情诗选》(上海译文出版社一九八二)的译者,他主要选择翻译了叶赛宁的抒情诗一百零三首。作为诗人译诗,他的翻译理念是:首先要忠实原作,再考虑诗歌艺术本身的特点,不拘泥于逐字逐句的硬译或要求译文音步韵律和原文一致,"在忠实原文的基础上下大力气保持译诗在情调、韵味、风格等方面尽可能和原作相似"[③],他的译本具有诗意和诗情。在这

---

① 叶赛娜《回忆叶赛宁》,《文化译丛》一九八四年第四期。
② 杜嘉蓁《试论叶赛宁的代表作〈安娜·斯涅金娜〉》,《上海师大学报》一九八六年第一期。
③ 刘湛秋、茹香雪译《叶赛宁抒情诗选》第二一八页,上海译文出版社,一九八二。

本诗选问世之前,他发表了《从大自然中流出的爱的旋律》①一文,从中可见他比较好地理解叶赛宁诗歌艺术,指出叶氏的诗美表现来自浓郁饱满的生活气息、创造美的意境、美丽清新的语言和诗句高度的音乐感等。值得注意的是,他引用叶赛宁《在农舍》一诗的开头为例:"松软的烤饼散发着香味,/ 成桶的克瓦斯摆在门坎边,/ 在那锈蚀了的小铁炉上,/ 一只只蟑螂正往细缝里钻。"以此说明:"寥寥四句,典型的俄罗斯农家历历在目。蟑螂往缝里钻这一特定的描写不仅没破坏农村的田园风光,反而给人带来美感。这就是艺术真实所产生的魅力。"在这里,其实提出一个美学问题,即生活中不美的现象,经过艺术中介的展示,转化为艺术的真实,而具有了审美价值。若以此观点来看待叶赛宁备受批判的中晚期一些诗作,是否会有另一番评价?文章最后对叶赛宁在艺术上的探索,包括参加意象

叶赛宁照片(二)

派及意象主义对他诗歌的影响,给予了简要的分析肯定,而不是僵化机械地一棍子打死。

以后叶赛宁诗作的翻译选本有蓝曼、傅克、陈守成译《叶赛宁诗选》(漓江出版社一九八三),收入抒情诗七十首,

---

① 《外国文学研究》一九八一年第一期。

一九一〇至一九一九年三十五首,一九二三年二首,一九二四至一九二五年三十三首;另有叙事诗二首《伟大的进军之歌》和《三十六个》。这两首叙事诗在其他译本中未见。到九十年代还有顾蕴璞译本《叶赛宁诗选》(浙江文艺出版社一九九〇)①,这一选本最为齐全,有抒情诗一百二十三首,其中组诗《波斯抒情》全部收入,其他选本很少选入的组诗《莫斯科酒馆之音》与《无赖汉之恋》也分别选了若干首;另有小叙事诗十六首,如《约旦河的鸽子》、《天上的鼓手》、《四旬祭》、《苏维埃罗斯》等,长诗三首有《列宁》(《风滚草》片断)、《安娜·斯涅金娜》、《黑影人》,诗剧一部《普加乔夫》,可以说比较全面地展示了叶赛宁诗歌的风貌。翻译尽可能贴近俄语原文,以格律诗译格律诗为主,以传达意境、不损害诗美为度,入选诗篇比较有艺术性和代表性,译作严谨但汉语诗味略嫌不足。另有丁鲁译《叶赛宁诗选》(湖南文艺出版社一九九一),译者"希望介绍给读者一个更美的叶赛宁",所以比较多地选择了"一些较早或较晚的作品,对他消沉期的作品则作了控制"②,早期诗作有六十七首之多,中期三十三首、晚期五十三首(含《波斯组曲》十三首),正因为如此,我们得以看到叶赛宁早期不少优美的诗作,当然,这一选本也就不如顾译本那样能展示叶赛宁的全貌,而译者"想以此作为白话格律诗的一种尝试",还是达到了效果,在

---

① 本文所引用的诗作基本以该译本为主,下文凡引用该译本处不另加注。
② 丁鲁《叶赛宁抒情诗选·译后记》,第三〇一页,湖南文艺出版社,一九九一。

兼顾俄语格律的同时，更具有汉语表达的诗意。四种译本各有特点和侧重，中国读者若想对叶赛宁有比较全面的了解，不妨参照着阅读。

作为译文资料汇集的《叶赛宁评介及诗选》（北京大学俄语系俄苏文学研究室编译，顾蕴璞编选，北京大学出版社一九八三）除了译介诗人叶赛宁的文章外，主要介绍苏联对叶赛宁评价的变化和发展，以及西方评论界的观点。从中可见叶赛宁诗歌命运在他祖国的起伏，也可以看到对叶赛宁诗歌的不同评价。

自二十世纪八十年代初叶赛宁在中国重新出现，到八十年代中期召开叶赛宁学术讨论会，再到八十年代后期《叶赛宁研究论文集》[1]出版，加上未收入论文集、发表在各类期刊上的中国人所撰文章，以及诗选的前言、译后记或简介，林林总总、长短不一，大致有七十余篇，比较广泛地反映了我国八十年代评介研究叶赛宁的情况。似可将其中主要的文章分成几类。

一类是史料介绍与综合评价的文章。有诗人、翻译家艾青[2]、楼肇明[3]、孙玮[4]等以断想的形式谈及这位俄罗斯

---

[1] 岳凤麟、顾蕴璞编选《叶赛宁研究论文集》（北京大学出版社一九八七）收有十九篇文章和叶赛宁研究资料索引。
[2] 艾青《关于叶赛宁》，《海韵》一九八二年第一期。
[3] 楼肇明《读〈叶赛宁抒情诗选〉断想》，《读书》一九八二年第十一期。
[4] 孙玮《关于叶赛宁的断想》，《叶赛宁研究论文集》第八页，北京大学出版社，一九八七。

诗人,而比较全面介绍叶赛宁的有《谈谈叶赛宁和他的抒情诗》①、《叶赛宁生平与创作》②等,还有从某个角度来展示叶赛宁,如《高尔基与叶赛宁》和《叶赛宁之死》③等,对叶赛宁感到陌生的中国读者可以从中了解叶赛宁生活和创作的不少重要史实。一般将他的创作分期分为三期:早期为一九一〇年至一九一六年;中期为一九一七年至一九二三年,其中参加意象派期限是一九一九年至一九二三年,此间创作的作品大多受到批判;晚期为一九二四年至一九二五年,被认为是他创作的高潮,数量繁多,比较肯定他歌抒革命和苏维埃的叙事长诗,而对他表达最后心迹的诗作则有批评。叶赛宁短短的一生,创作颇丰,早期、中期和晚期的创作各有特点,在肯定他诗美的同时,评价他诗歌的尺度有时以宗教、道德或政治标准来衡量而有所区分。

一类是专题论文。在一九八五年召开叶赛宁学术研讨会前后论文较为集中地出现,研讨会之后《叶赛宁研究论文集》的出版更是展现了我国八十年代研究叶赛宁的主要成果,所选论文水准较高,各有关注点,除了收有上述艾青、孙玮、刘湛秋、顾蕴璞、王守仁等文章外,还有论文十五篇(含下文的赏析文章),与散见于各类刊物上的专题论文汇总起来,涉及论题广泛,有叶赛宁总论,探讨叶赛宁与革命、城

---

① 顾蕴璞《谈谈叶赛宁和他的抒情诗》,《苏联文艺》一九八〇年第三期。
② 李视岐《叶赛宁生平与创作》,《名作欣赏》一九八一年第四期。
③ 王守仁《高尔基与叶赛宁》,《苏联文艺》一九八一年第六期;《叶赛宁之死》,《苏联文艺》一九八三年第六期。

乡、时代的关系，揭示其中蕴涵的思想矛盾；有分析他的诗歌艺术；有将他与马雅可夫斯基或与中国王维加以比较等。这些论文从抒情方式、诗歌语言、色彩运用、心理特征等多方面展示叶赛宁诗歌创作的成就，还有介绍苏联评价叶赛宁的变化及提供叶赛宁研究资料索引等。其中比较有特色的论文如岳凤麟《时代的风云和叶赛宁的诗神》、顾蕴璞《思想矛盾和艺术魅力》、黄正义的《论叶赛宁诗歌的抒情方式》、张勇《叶赛宁诗歌中的城市》、张学增《从叶赛宁的诗歌语言看他的艺术成就》、王守仁《叶赛宁与当代苏联诗歌》等。

还有一类是赏析文章。这类具体细致地解读诗歌文本的文章不太多见，仅有三四篇，如顾蕴璞分析《波斯抒情》组诗、杜嘉蓁论析长篇叙事诗《安娜·斯涅金娜》等，所选的这些作品是以前中国很少介绍的叶赛宁的杰作。另外在苏联曾备受批判的诗集《莫斯科酒馆之音》中顾蕴璞选择了一首《我不叹惋、呼唤和哭泣……》，做出深入的阐释，对进一步理解叶赛宁这一类诗歌做了必要的铺垫。

可以看到无论是哪一类文章的作者都是热爱叶赛宁诗歌的读者，其中有不少人能直接阅读叶赛宁的俄语原作，为译介他的诗歌付出了极大的心血和努力，并竭力挣脱极"左"带来的僵化观点，尽可能地从思想和艺术的角度肯定叶赛宁和他的诗歌。但也应看到，思想的禁锢是一点点打破的，观念的转变也是一步步开启的。在一些比较关键性的问题上对叶赛宁的批评还是不可避免地留有过去时代的某些痕迹，尤其仍然受到苏联传统的批评观点影响。如对叶赛宁介绍中往往以他对十月革命和苏维埃社会的态度作为判断他艺术的标准,认为他是以农民的倾向来理解革命,批评他对城乡变革的看法不正确;对他中期创作的评价不高,批评有颓废情绪;大多否定他与意象派的关系,甚至认为是被某些意象派诗人带坏了等等。当然,二十世纪八十年代中后期的有些论文将他受到意象派有害与有益影响加以区别,并开始对他诗歌中的意象体系进行比较具体的分析[①]。

（三）

二十世纪九十年代至二〇〇四年是我国在八十年代所取得的成果基础上深入研究叶赛宁时期,有关叶赛宁的文章比八十年代少一些,但也有五十篇左右,涉及的论题既延续八十年代的探讨,又有所变化。有一些比较重要的学术论文,以总体性的评论为主,以其诗歌艺术为重点,具有一定的理论深度和学术视野,不拘泥于传统观点,探讨叶赛宁与意象派的关系,他诗歌的意象、哲理、风格等特征,他的创作思维、个性特征,他与俄罗斯诗歌的传承关系等,如吴泽霖《叶赛宁和俄国意象派关系的再思考》、周卫忠《论叶赛宁诗歌的意象色彩》、范一的《叶赛宁诗歌的哲理》、曾思艺的《原始思维与现代观念的融合——叶赛宁诗歌风格探源》、朱凌的《试论叶赛宁诗歌创作过程的个性特征》、刘洪波的

---

① 顾蕴璞《浅论叶赛宁的艺术风格》,《扬州师院学报》一九八五年第一期;周成堰《独特迷人,新奇精湛——论叶赛宁抒情诗的意象美》,《外国语文》一九八七年第二期;章廷桦《"甜蜜的怨诉"及其他》,《外国文学评论》一九八八年第一期,等等。

《聚焦叶赛宁 回眸普希金》、杨雷的《俄罗斯民间短歌四句头对叶赛宁创作的影响》等。顾蕴璞、王守仁等学者继续研究叶赛宁,并将翻译和研究成果汇集出版,上述(二)提到的顾蕴璞译本《叶赛宁诗选》在一九九〇年问世,其中每一首诗均有译者写的题解,或介绍背景资料,或分析诗思诗艺;同年王守仁将其对苏联诗歌的研究结集出版,其中有关叶赛宁的内容占全书的三分之一,书名为《苏联诗坛探幽》①,并附有对叶赛宁的《狗之歌》、《你不爱我也不怜悯我……》赏析。不少文章对叶赛宁诗歌进一步细读品味,诗艺方面的探讨八九十年代各具特色;赏析文章在八十年代的基础上有所扩展,且不限于诗歌,还扩大到对他短篇小说的赏析②;另有对叶赛宁死亡之谜提供新的推测和资料③。总的来看,大多数行文已脱去过去时代的痕迹,有些观点颇有突破性发展。在此试将这一时期与上一时期某些论题归在一起做些比较分析,必要时结合我的观点略加分析论述。

---

① 王守仁《苏联诗坛探幽》(内有"叶赛宁诗歌传统的继承与发扬"一章),社会科学文献出版社,一九九〇。

② 陆永昌《真实自然 情浓意深——读叶赛宁短篇小说〈白水湖畔〉及其他》,《名作欣赏》二〇〇三年第二期;另在中国音乐界介绍作曲家斯维里多夫创作的声乐交响音乐大型套曲《史诗:纪念叶赛宁》时,从乐曲和歌词的角度解释叶赛宁十首诗歌所构成的十个乐章,也别具一格。

③ 袁振武《自杀还是他杀》,《俄罗斯文艺》一九九六年第六期;罗·波波夫《叶赛宁并非自缢身亡》(祖淑珍译),《俄罗斯文艺》一九九八年第三期。

叶赛宁与意象派

八十年代的研究中,除少数文章外,大多否定叶赛宁与意象派的关系,实际上是受苏联研究观点的影响,而在九十年代有几篇论文都涉及这一问题,却大多持有肯定的看法,并从这一角度将意象艺术作为叶赛宁诗歌的主要特征予以探究①。当然,在把俄国意象派放置于二十世纪的文学思潮中加以探讨、看到其与英美意象派有着某些契合之处的同时,仍然看到叶赛宁的意象艺术与他们的不同,及他与俄国意象派同行们最终走向分裂的原因。

专题论及的代表性论文当推吴泽霖《叶赛宁和俄国意象派关系的再思考》。吴泽霖作为叶赛宁重要文学论文《玛丽亚的钥匙》②的译者,在译者序和自己的论文中更为集中探讨叶赛宁与意象派的关系,认为这是诗人探索独特的创作个性和艺术道路的例证,在他的生活体验和诗歌创作中对意象主义所注重的形象的问题早就酝酿已久。针对苏联一些否定性评论及其对我国的叶赛宁研究也有影响的观点,如"意象主义对叶赛宁的毁灭性是无疑的"、"意象派只是从叶赛宁身上夺取而没有相应地给他一点有用的东西";甚至把叶赛宁在这一时期心灵痛苦的歌吟和放浪的行径都

---

① 赵东方的《论叶赛宁诗歌的意象艺术》,《国外文学》一九九〇年第三、四期合刊;周卫忠《论叶赛宁诗歌的意象色彩》,《解放军外国语学院学报》一九九九年第四期;吴泽霖《叶赛宁和俄国意象派关系的再思考》,《俄罗斯文艺》二〇〇一年第四期。

② 谢·叶赛宁著《玛丽亚的钥匙》(吴泽霖译),东方出版社,二〇〇〇。

归咎于意象派对他的恶劣影响;或为诗人辩解而强调"意象派成为横亘在叶赛宁和进步的、革命的文学之间的障壁"、"意象主义未能动摇他的基础,未能伤害他的根本",等等,吴文提出令人再思考的第一个问题叶赛宁是俄国意象主义的创始人,还是受意象派思潮裹挟的附庸者?以诗人自己的文学论文《玛丽亚的钥匙》、《生活与艺术》等为例,揭示他从古罗斯文化和所有民族优秀作品所表达出来的意象中汲取形象的灵感,及其与缺乏文化根基的另一些意象主义文人的根本分歧,以形成他自身诗歌艺术的意象特色。吴文的第二个问题是叶赛宁的放浪行径和痛苦歌吟是受意象派扭曲的结果,还是更有深层的社会历史原因?经过一番分析探究后认为,是那个阵痛的时代给了叶赛宁放浪和痛苦的灵魂,而意象派的文人无行只是给他提供了一种宣泄心灵的方式。

确实,在叶赛宁的创作中,意象艺术可以说是贯串整个过程的。

叶赛宁与乡村、俄罗斯、大自然

叶赛宁对故乡的热爱是与大自然、与俄罗斯联系在一起的,这一直是中国评论者所关注并高度评价的,也是在叶赛宁诗歌中强烈表现出来的。那些与俄罗斯血肉相连的艺术表现随处可见:"我多么想把我的两只手臂,/嫁接上柳树的木头大腿"(《我踏着初雪信步前行……》,一九一七);具有现代意味的诗句"镰刀把沉甸甸的麦穗割下,/像从喉管割断天鹅的头部"在诗篇首段和末段重复,让人们真切地感受到作为大地滋养的"麦秸也是一具肉体!"他对祖国的爱更是深入骨髓、贯穿始终的："啊,罗斯,绛红的田地,/和那倒映在水的蓝天。/我爱你湖泊的满腔忧郁,/爱得我心里又疼又喜欢。//冷峻的灾难无法可估计,/你在蒙蒙的雾岸锁着眉。/但要不爱你和不信任你——/我却无论如何学不会"(《平板大车嘎嘎地唱起歌……》,一九一六)。即使在生命的最后半年里,他还是执着于此:"纵然受到新东西的排挤,/我仍能深情地唱出一句:/让我在亲爱的祖国土地,/爱着你安安详详地死去"(《针茅草睡了,原野一片情……》,一九二五)。读着这样的诗句,你会和作者一样"心里又疼又喜欢"。

八十年代评论大都看到这一特点,有的因此认为叶赛宁是一位农村诗人,有的强调他笔下的故乡与俄罗斯祖国紧密相连,也有专文分析叶赛宁是如何表现农民的[①],或集中于"自然美",具体比较叶赛宁与马雅可夫斯基在艺术表现领域之不同[②]。

九十年代的评论继续肯定了叶赛宁在这一方面的成就,仍有论述叶赛宁诗歌的自然主题,并将叶赛宁的自然观看作是自然、乡村、俄罗斯三位一体、缺一不可的自然概念[③]。更有从自然哲学的角度来加以探讨,将论题上升到形而上的高度,一方面体现在人与自然的和谐上,在他诗歌

---

① 陈际衡《朝霞中的白桦——评叶赛宁及其诗歌艺术》,《叶赛宁研究论文集》,北京大学出版社,一九八七。

② 陈守成《试论叶赛宁与马雅可夫斯基笔下的自然美》,《叶赛宁研究论文集》,北京大学出版社,一九八七。

③ 任昕《浅论叶赛宁诗歌的自然主题》,《国外文学》一九九七年第二期。

中对俄罗斯自然、乡村、动物的抒写,自然像人,人像自然,融为一体;另一方面表现为自然与文明的矛盾,二者的对立和冲突,中期诗作《四旬斋》中的活马和铁马是这二者意象的代表;尽管晚期的诗作中在一定程度上接受了城市工业文明,但"并不说明他彻底改变了'自然与文明'冲突的哲学"[1],这与二十年代蒋光慈文章中的观点有某种程度的相衔接:叶氏回国后对城市文化的接受是理智的接受,而不是情绪的接受。从叶赛宁的诗中也可见他始终眷恋的还是自然和乡村:"如今生活以新的光芒,/已经触及了我的命运,/不管怎样,我依旧是/歌唱金色圆木屋的诗人。"[2]因此,他处于城乡之间的矛盾冲突之中,可以说这是自二十世纪二十年代以来的中国评论所共同看到的,到九十年代有这方面的专文探讨,也展现递进发展的过程。而在今日之俄罗斯及我国甚至将他看作是"绿色诗圣"、"保护自然的先知"[3]了。当然,也有观点认为,不要拔高地赋予叶赛宁诗歌的环保意义。但叶赛宁出于对生命和故土的热爱而眷恋着乡村、俄罗斯和大自然,也就不能将他仅仅看成是一位农村诗人,所以,他在二十世纪后半期赢得了民族诗人和现代诗人的称号。

---

[1] 范一《叶赛宁诗歌的哲理》,《福建师范大学学报》一九九〇年第四期。

[2] 《针茅草睡了,原野一片情……》(一九二五年六月),《叶赛宁诗选》(顾蕴璞译),浙江文艺出版社,一九九〇。

[3] 见顾蕴璞《我们时代需要叶赛宁》,《国外文学》一九九五年第三期。

叶赛宁与自我

如果说，上面提到叶赛宁脍炙人口的作品中充满了"爱"的话，那么在他的诗歌中同样完整地表现了"自我"的真。这一命题主要在两个层面展开，一是在诗歌中体现出诗人自身的气质，二是诗歌中的"自我"形象。当然，这二者有时是互相渗透的。前者在八十年代评论中明显可见，一般都能将叶赛宁与忧伤相连，进而探讨他忧郁和狂放的气质在诗中的流露①，这也让我们联想到二十年代蒋光慈关于"柔顺的，美婉的夜莺"和"激烈的暴徒"②之比喻。九十年代对他的气质也有涉及，但少有八十年代那样的专题论述。而对他的矛盾心理、个性特征等在八九十年代都有所探析。

后者（即他作品中所表现的"自我"形象）在八十年代和九十年代中国的介绍与评价中存在着广度和深度的区别。

叶赛宁的诗歌中可见完整真实的"自我"形象。叶赛宁去世前两个多月，即一九二五年十月所写的自传文章《自叙》中，谈到他的童年生活，如何步入诗坛，所受影响，简要经历等，文章最后写道："至于我的生平的其他情况，我的诗

---

① 谷恒东《论叶赛宁的忧伤》，《叶赛宁研究论文集》，北京大学出版社，一九八七；可夫《叶赛宁气质新论：忧郁与狂放》，《外国文学评论》一九八八年第一期。

② 蒋光慈《十月革命与俄罗斯文学·叶贤林》，《创造月刊》第一卷第八期，一九二八年一月。

歌中全部都写到了。"①确实,诗人的情感和心声流露在他的诗作中,他与作品的抒情主人公几乎重叠在一起,诗歌真切坦诚地勾画出他的短暂而丰富的人生轨迹,可以看到他从一个深爱着大自然的诗人一步步走向最后的生命终点。

中国八十年代评论对他早期作品中那些散发着俄罗斯乡村大自然清新质朴气息和拥护革命的抒情诗几乎没有异议;对他晚期一些歌颂苏维埃、改变对"钢铁"为象征的工业和城市看法的诗歌也比较一致地加以肯定,这些都是中国大力介绍的。而另一类中后期作品,如组诗《莫斯科酒馆之音》(另有同名诗集收入该组诗和其他十首诗)在二十年代的苏联曾受到严厉批判,指责他美化酒鬼、无赖汉、妓女等,"叶赛宁情调"一时成为贬义词,等同于悲观和颓废的情绪。八十年代在中国较少公开介绍叶赛宁这类遭受批判的诗歌,刘译本仅选入一首《是啊,现在已经决定

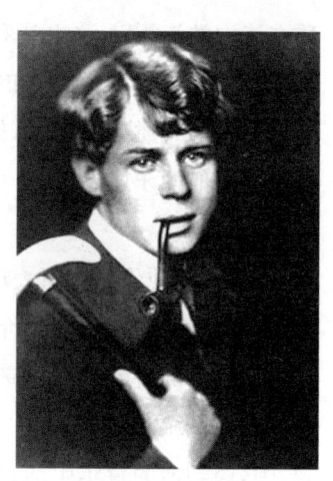

叶赛宁照片(三)

了……》,蓝译本和丁译本均未选入,只有作为内部发行的《叶赛宁评介及诗选》中选有六首中的四首(顾蕴璞译)《我不再欺骗自己……》、《啊,如今一切都已定了……》、《这里

---

① [苏]叶赛宁《自叙》(李毓榛译),《叶赛宁评介及诗选》第五页,北京大学出版社,一九八三。

人们又在纵酒、打架》、《唱吧,唱吧,你的手指跳动着……》。一九九〇年公开出版的顾译本《叶赛宁诗选》选了四首,有三首相同,只是在文字上略有改动:《啊,如今事情已经定了……》、《这里又酗酒、殴打和哭泣》、《唱吧,唱吧,伴着该死的吉他……》、《弹吧,手风琴,无聊,无聊,无聊……》等。

顾蕴璞在为《啊,如今事情已经定了……》一诗所做的题解提供了一些背景材料和评价观点:"由于组诗(或诗集)主要倾泄了叶赛宁在因对城乡关系一时迷误而产生的'精神危机'期间的苦闷、不安和抗争的声音,在他逝世后的第二年,《莫斯科酒馆之音》即受到评论界的批判。在研究家们探讨叶赛宁思想和艺术的发展时,往往把《莫斯科酒馆之音》作为集诗人创作的消极方面之大成的代表作看待,并常将它和诗人思想转变后写的杰作《波斯抒情》作对照。在这首诗中,诗人的音调是低沉的,情绪是颓丧的,但诗的字里行间又不时响起不甘沉沦的声音,他把酒馆称作'可怕的巢穴',把里面的人视为'不可救药',这预示着误落这巢穴的抒情主人公身上正在萌生一股急于从它里面跳出来的力量。"①

除此而外,他的另一组诗歌《无赖汉之恋》在八十年代刘译本选有两首②、蓝译本译有两首。到九十年代中国注重"叶赛宁与自我"这一命题,有论文从"自我与时代的二元

---

① 《叶赛宁诗选》(顾蕴璞译)第一二三——一二四页,浙江文艺出版社,一九九〇。
② 刘译本中将《淡蓝色的火焰已经升腾……》译为《熄灭了,蓝色的火焰……》。

对立"①的角度加以分析。而《无赖汉之恋》组诗受到更为切实的介绍,顾译本中选择三首(译题为《无赖汉的爱情》);乌兰汗则将该组诗七首全部翻译了出来,题为《一个流氓的爱情》②;王守仁译为《无赖汉之恋》,并对七首诗逐一做出解读,认为组诗"正是叶赛宁爱情生活中的一段'心灵历程'的记录,它对了解诗人的生活经历和思想感情具有特殊的意义。"诗作"渗透着细腻的感情,又有对个人命运的沉思,艺术上颇具概括意义,可以看作是诗人感情上乃至创作上从'小酒馆阶段'向精神上得以'康复'的阶段过渡。"③而诗人自杀前写的长诗《黑影人》和最后的绝笔诗则充满了展示真实自我的悲剧感,到九十年代绝笔诗《再见,我的朋友……》也得到了赏析④。

由此可见,对他这一类诗作从较少到部分介绍、从内部刊行到公开发表有一个拓展的过程。同样,评论也是如此,从八十年代前期一般泛泛批评这些诗作之不足、诗人形象之颓废,到八十年代后期有所变化,从自我忏悔的角度去解释这些现象,到九十年代以来对此予以更充分的同情、理解和分析,使中国评论在这方面有较大的突破,有文章从叶赛宁忧郁的抒情基调中探讨这类诗歌中蕴含的痛苦,从而看到"他以'回头的浪子'形象、带着的俄罗斯人典

---

① 周卫忠《论叶赛宁诗歌的二元对立》,《齐齐哈尔大学学报》一九九九年第四期。
② 《苏联文学》一九九〇年第一期。
③ 《苏联文学》一九九一年第五期。
④ 高低《绝望的真情——叶赛宁'绝笔诗'赏谈》,《名作欣赏》一九九三年第三期。

型的忏悔情调，对'堕落'的经历进行了良心自责"，同时强调"诗人从善的本意出发，从自己的审美理想出发，坦诚并无情地进行自我剖析和自我谴责，显示出诗人的正直和光明磊落，表现出诗人的真诚和勇敢，是诗人个性的突出表现。"①

不仅上述这些诗歌，还包括组诗《无赖汉的自白》、《给一个女人的信》、《也许已晚，也许还太早……》等，确实都可以看到一个一脉相承的自我审视、自我忏悔、自我谴责的清醒形象，并不回避沉溺于小酒馆时的自我丑陋和一时堕落，这不是每个诗人都有这样直面自我的坦白和勇气的，一颗孤寂痛苦而备受折磨的心跃然诗中。一如蟑螂在现实生活中之肮脏令人恶心，但在叶赛宁诗中的农舍里出现，却平添了农家生活的温馨与可爱。生活中醉鬼酗酒闹事也是令人厌恶的，但丑陋的现象经诗人的艺术转化和真情实感的注入，上升为艺术作品，产生距离感，从而具有了艺术审美价值。若能接受波德莱尔《恶之花》和一些现代派的诗歌，再读叶赛宁的这类诗，则更能够欣赏并理解丑学意义上的诗美。诗人恰恰是因为在人生道路中为寻找出路，有所追求，有所思考才深陷迷茫和煎熬，又追悔不已："一片烟雾使得我扑朔离迷/风暴使我的生活翻转了天地，/我痛苦极了，/因为我不明白/不详的事变要把我引向哪里。"如果他不去思考这些让他不明白的事件或道理，也许他的痛苦会减少，甚至可以没有痛苦地活着，但他不能。

---

① 朱凌《试论叶赛宁诗歌创作过程的个性特征》，《解放军外国语学院学报》第二十三卷第四期，二〇〇〇年七月。

在这类晚期作品中依然可以看到他娴熟地使用含蓄的意象说明那个时代人们所走过的生活历程:"我们中有谁在大船的甲板上/没有跌倒,没有呕吐,没有骂娘?"为了不看人们的呕吐,他自己走下了"大船的底舱",用自我麻痹来解脱痛苦:"这个底舱就是/俄罗斯酒馆。/我俯身在杯子上边,/为着对谁也不眷恋,在纵酒烂醉当中/将自身断送。"他正是通过诗歌中这样的自省自忏来达到他的自救和自赎。

而对叶赛宁早期创作的那些有着圣经形象的诗作在八十年代有关生平介绍中是作为带有宗教神秘主义色彩而略加批评的,在九十年代以后中国评论关注也不多,只有个别文章有所涉及,将基督精神作为叶赛宁诗歌的俄罗斯魂之一加以肯定①,并引用了苏联学者的一些观点,可惜论述得简略松散了些。在二十一世纪翻译出版的俄罗斯教科书《20世纪俄罗斯文学》中有了简要但明确的介绍,公允地指出这类诗"刻画了一个复杂的抒情主人公'我'的形象:他同时既是朝圣者,又是修士和流浪汉,'没有朋友也没有敌人',经历了一切,也接受了一切",而且认为"这是叶赛宁'双重观点'的时期。他的世界观既是神话的诗化的,又是基督教与多神教的,也是泛神论与爱国的,因为上帝、农村风景和故乡全融为一体。"②其实,"叶赛宁与宗教"这一选

---

① 乔占元《叶赛宁的诗歌和他的俄罗斯魂》,《吉林师范学院学报》第十九卷第三期,一九九八年五月。
② [俄]符·维·阿格诺索夫主编《20世纪俄罗斯文学》(凌建侯等译)第一七二页,中国人民大学出版社,二○○一。

题很有意义,他的虔诚与叛逆也颇值得探讨。

因此,与诗人"自我"展示相关的诗歌(包括有关诗集)都还有进一步翻译和专题研究的余地。如果那样的话,连同一向被肯定的诗歌都是诗人不同时期内心的真诚展现,可以让读者看到一个有忧伤、有激情、有痛苦、有忏悔、有向往、有无奈的立体繁复的诗人自我形象。

叶赛宁与诗人

九十年代有论文《原始思维与现代观念的融合》[①]从诗人的创作思维来加以探讨的。在叶赛宁的诗歌中看到原始思维和现代观念的有机融合,并从内容上归纳为:强烈的生命意识、突出的宇宙意识、浓厚的公民意识;从形式上归纳为:鲜明的直觉性、复杂的形象性、独特的情感性。论文切入的角度颇有新意,行文清晰,但将内容和形式分别论述,也略带来教科书式的将二者机械割裂之不足。

叶赛宁有比较自觉的诗人意识,在他的诗里有多处抒发诗人的责任,早在一九一二年他踏上诗坛不久就以《诗人》为题发表看法,到一九二五年继续写下《做一个诗人,就该这样追求》,他不断地发出诗人的誓言:"真理就是他生身的母亲。"可以看到,在他短暂的创作一生,始终保持了作为诗人认识真理、歌唱自由的独立性,坚持展现生活的真实,决不做重复别人声音的金丝雀,哪怕走弯路、受攻击,付出健康和生命的代价。在一个从众划一的时代,这

---

① 曾思艺《原始思维与现代观念的融合》,《湘潭大学学报》一九九八年第六期。

样特立独行的做法会给他带来怎样的遭遇,是可想而知的。

叶赛宁的作协会员证

同时,他对自己的诗人才华始终自信得很,即使他在自贬为"无赖汉"时,他仍对自己的诗才充满骄傲:"我的罗斯,木头的罗斯啊!/我是你唯一的代言人和歌手。"他甚至在诗中将自己与有些诗人相比较:"我是诗人!/且远不是杰米扬之流所可比,/尽管有时我糊涂烂醉,/但在我的眼里,/闪烁豁然省悟的奇辉。"[①]杰米扬·别德内依是苏联无产阶级诗人,有观点认为,诗中对苏联诗人别德内依的攻击,纯属全诗的一处败笔;叶赛宁之所以批评别德内依,是

---

① 《斯坦司》(一九二四),《叶赛宁诗选》(顾蕴璞译)第三三五—三三六页,浙江文艺出版社,一九九〇。

因为对以别德内依为首的"同志审决会"对他和他朋友的酗酒肇事所提的警告一直耿耿于怀,因而借题发挥。① 如果就诗论诗的话,叶赛宁对别德内依的批评似乎并不全是出于个人的怨愤,对后者诗歌的宣传鼓动作用在叶赛宁的另一首诗②中可见:"从山上走下一群农民共青团员,／拉着手风琴一个劲地高唱／杰米扬·别德内依的鼓动传单,／他们那欢快的喊叫把山谷震响。"他因此悲哀地感到:"这里已不再需要我的诗歌,／也许我自己在这里也无人需要。"但即便如此,他仍然自视不低:"竖琴把声音只托付给我一人,／只为我一人唱出柔情的歌曲。"作为诗人的叶赛宁更看重的是独创性的诗艺诗情,即便对马雅可夫斯基这样有着大才情的诗人,叶赛宁同样有褒扬有批评,"我珍视诗中的俄罗斯热情",但对那类"把穆绥里普罗姆(莫斯科农工产品加工联合企业的缩写)的软木塞歌咏"③的做法,他并不苟同。这些看法倒是从侧面体现了叶赛宁的诗观,对诗歌艺术永恒的追求。

当然,叶赛宁也有一些写得不够艺术、过于直白的诗篇。就拿最常为人引用、以此表明叶赛宁革命态度的一些诗句来说,也有观点认为"当叶赛宁涉及这场在人类历史上划时代的革命的本质时,就往往激情泛滥、思想苍白,如'万

---

① 见顾蕴璞《叶赛宁诗选》题解,第三三八页,浙江文艺出版社,一九九〇。
② 《苏维埃俄罗斯》(一九二四),《叶赛宁诗选》(顾蕴璞译)第三一〇—三一一页,浙江文艺出版社,一九九〇。
③ 《在高加索》(一九二四),《叶赛宁诗选》(顾蕴璞译),第三二一页,浙江文艺出版社,一九九〇。

岁!天上和地上的革命!'(《天上鼓手》)'天是钟,/月是舌,/我的母亲是故乡,/我是布尔什维克'(《圣水河的鸽子》)这类诗句,给予人的感受或多或少存在着一种搔挠不着痛处的隔膜之感。"① 其实,将天空看作是一口钟,月亮是钟舌,这样的意象还是比较新奇的,只是某些诗篇过于直露胸臆的宣言式表白缺少了他自己看重的艺术提炼和升华。但叶赛宁的创作整体上还是少有当时苏联普遍存在的将诗歌作为一种工具使用的功利主义弊病,而是"剖开自己柔嫩的皮肉,/用情感的血液抚慰他人心房"②,将自己的心灵诗情那样坦诚地自然流露,所以他的真情能够打动几代读者。而对他独特的诗美探讨,除意象艺术外,在艺术风格、抒情方式和诗歌语言等方面的专论,八九十年代的评论都颇有特色。

(四)

"叶赛宁与革命"这一问题在八十年代的叶赛宁研究中有专文出现,从叶赛宁创作的三个阶段分析他对革命的认识和态度③:"怀着农民的意向","全心全意"拥护革命的阶段;消极、低沉、忧伤、徘徊的阶段;思想转变满怀革命激情讴歌苏维埃俄罗斯的阶段。其他文章在生平介绍或诗歌

---

① 楼肇明《读〈叶赛宁抒情诗选〉断想》,《读书》一九八二年第十一期。
② 《做一个诗人,就该这样追求……》(一九二五),《叶赛宁诗选》(顾蕴璞译)第一五八页,浙江文艺出版社,一九九〇。
③ 原学会《浅谈叶赛宁与革命》,《东北师大学报》一九八六年第四期,收入《叶赛宁研究论文集》。

总体评价时也大多涉及这些观点,引用较多的是诗人《自叙》中的观点:"革命年代,我全部身心都在十月革命一边,然而我是按照自己的理解,带着农民的偏见来接受一切的。"[①]不过,九十年代以后几乎没有对这一问题进行专题讨论的文章,在一般文章中也提及不多,也许这已不成问题而为人们所忽略? 当俄国的二月革命、十月革命成为历史之后,来探讨革命中诗人们的态度及其创作还是一个有意思的课题。

二月革命并没有解决俄国尖锐的社会矛盾,随之而来的十月革命首先在大城市暴动成功,然后扩展到其他城市和地域广大的农村。殊死拼杀的血腥残酷、一些区域时局倒向的瞬息万变、个人生活的动荡起伏,使人们毫无思想准备,也引起人们内心的恐慌不安和思想混乱。知识分子无所适从,作着艰难的选择,在阿·托尔斯泰的小说《苦难的历程》、帕斯捷尔纳克的《日瓦戈医生》中都有着真实的表现。面对一场暴风骤雨般的革命,敏感的诗人们是可能有着各种不同的态度和反应的。有的诗人大喊大叫举双手欢迎,称之为"我的革命!";有的谛听着这场震耳轰鸣的大革命在自己心理、生理和思想上引起的反应、造成的印象;有的以矛盾的心态注视着革命对自己心目中田园牧歌式乡村的冲击;有的不赞成暴力和流血,退到心灵深处寻找诗源;有的一如既往地追随自己的诗神,不管外在环境发生怎样的变化……,诗人们或在更广的天地里或在更小的角落里

---

① 叶赛宁《自叙》(李毓榛译),《叶赛宁评介及诗选》第五页,北京大学出版社,一九八三。

体验着生活乃至人生带给他们的大变动,他们的喜怒哀乐当然各不相同,如此之多的生活态度和情感思绪孕育着丰富多彩的诗歌作品,也就不足为奇。更何况时代发展到今天,对革命的复杂性尚可研究探讨,而那个时期的经历者对革命的态度不同也是很正常的,至少记录下一段真实多姿的心灵历史。仅用胜利者的眼光去评判诗人、并以对革命的态度来做简单地肯定或否定,是无法真正理解革命时代的丰富性,也无法客观地阐释个性不同、经历不一、思想各异的诗人之多元性。

叶赛宁确实欢迎过革命,无论是二月革命还是十月革命,有他的诗为证。但当革命后与他的预想不一样的时候,他产生强烈的苦闷,寻找发泄的途径,同样也有诗为证。他从国外回来后认可了苏维埃现实,也写出了讴歌苏维埃的诗作,但不等于没有他自己的看法:"我要责怪苏维埃政权,/抱怨它对我有点不公,/在别人的斗争中我没有/见到自己明丽的青春"①,在一个只能歌颂的时代,诗中这样的责怪与当时的诗歌显流格格不入。当然还不止这些,同时代人回忆时认为:"像叶赛宁这样公开'抨击'布尔什维克',在苏维埃俄罗斯任何人连想都不敢想;任何一个人敢于说出叶赛宁所说的十分之一,早就被枪毙了。"②尽管叶赛宁没有被枪毙③,但他仍然受到批判和指责,他仍会感到

---

① 《正在离去的罗斯》(一九二四),《叶赛宁诗选》(顾蕴璞译)第三一四页,浙江文艺出版社,一九九〇。
② [俄]符·维·阿格诺索夫主编《20世纪俄罗斯文学》(凌建侯等译)第一六六页,中国人民大学出版社,二〇〇一。
③ 对他的死有新的探讨,认为是他杀,但没有定论。

自己像个陌生人:"啊,祖国! 我已变得多么可笑! / 深陷的双颊浮现出干涩的红晕, / 我觉得同胞的话像陌生的语言, / 在自己祖国我仿佛成了异国人"①,他反复咏叹的是"不见朋友不见妻"②。诗人是敏感的,他处在理智上愿意跟上时代、但情感上无法真正融入新生活的两难之境,加上爱情、忧郁症等多种原因,他选择了结束自己生命这样极端的方式。这一举动在他的故国掀起更大的批判,而在异域在中国引起的是震惊和惋惜。

前文(一)中曾提到鲁迅对叶赛宁的自杀做出过多次反应,尽管那是在中国二十世纪二三十年代的语境下所发的议论,但是否仍可以启发我们从广义的层面上对诗人与革命的关系作一些探讨? 鲁迅的这五处文字涉及诗人自身、革命本身、二者之间的关系,以及诗人与政治、与现实的种种关联。现将其五次论述在此略作归纳和分析:

第一,诗人不等于革命人。鲁迅对诗人(文人、或文学家)有着充分的认识。他结合一九二七年中国的情况,有感于自称革命文学家的人太多,"革命文学家风起云涌的所在,其实是并没有革命的"③,而从叶赛宁和梭波里的自杀中有所联想,倘是革命人才能写革命文学,"但'革命人'就希有。俄国十月革命时,确曾有许多文人愿为革命,尽力。

---

① 《苏维埃俄罗斯》,《叶赛宁诗选》(顾蕴璞译)第三〇九页,浙江文艺出版社,一九九〇。

② 《答》(一九二四),《叶赛宁诗选》(顾蕴璞译)第三三三页,浙江文艺出版社,一九九〇。

③ 《革命文学》(一九二七年十月二十一日),《而已集》,《鲁迅全集》第三卷五二六页,鲁迅全集出版社,一九三八(下同)。

但事实的狂风,终于转得他们手足无措。显明的例是诗人叶遂宁的自杀,还有小说家梭波里,他最后的话是:'活不下去了!'在革命时代有大叫'活不下去了'的勇气,才可以做革命文学。叶遂宁和梭波里终于不是革命文学家。为什么呢,因为俄国是实在在革命。"①也就是说,倘若活得挺滋润,那只是空喊革命,是做不出革命文学的。而不少文学家有自身的弱点,所以承受不起真正的革命。

第二,革命是严酷的。鲁迅对此比一般文人认识得更清楚。革命并不如文学家想象得那么美好,而是极为严峻残酷的。在没有接触实际革命时,文人可以言说欢迎革命,但一碰到严酷的革命现实,则发现革命之艰难。"十月革命开初,也曾有许多革命文学家非常惊喜,欢迎这暴风雨的袭来,愿受风雷的试炼。但后来,诗人叶遂宁,小说家梭波里自杀了","这是什么缘故呢?就因为四面袭来的并不是暴风雨,来试炼的也并非风雷,却是老老实实的'革命'"②;"现实的革命倘不粉碎了这类诗人的幻想或理想,则这革命也还是布告上的空谈。"③

第三,诗人的理想与现实存在矛盾。鲁迅提到"苏俄革命以前,有两个文学家,叶遂宁和梭波里,他们都讴歌过革命,直到后来,他们还是碰死在自己所讴歌希望的现实

---

① 《革命文学》,《而已集》,《鲁迅全集》第三卷第五二六页。
② 《现今的新文学的概观》(一九二九年五月二十二日),《三闲集》,《鲁迅全集》第四卷第一四四——一四五页。
③ 《在钟楼上——夜记之二》(一九二七年十二月十七日),《三闲集》,《鲁迅全集》第四卷四十九页。

碑上,那时,苏维埃是成立了!"①,他还认为"对于革命抱着浪漫谛克的幻想的人,一和革命接近,一到革命进行,便容易失望。听说俄国的诗人叶遂宁,当初也非常欢迎十月革命,当时他叫道,'万岁,天上和地上的革命!'又说'我是一个布尔什维克了!'然而一到革命后,实际上的情形,完全不是他所想象的那么一回事,终于失望,颓废。叶遂宁后来是自杀了的,听说这失望是他的自杀的原因之一。"②"凡有革命以前的幻想或理想的革命诗人,很可有碰死在自己所讴歌希望的现实上的运命;……但叶遂宁和梭波里是未可厚非的,他们先后给自己唱了挽歌,他们有真实。他们以自己的沉没,证明革命的前行。他们到底不是旁观者。"③

一些讴歌革命的诗人有其自身的幻想和理想,却不切实际,在没有接触实际革命时,诗人可以为革命出力,但一碰到实在的革命,就可能无法接受,因为现实并不如他所幻想得那么美妙。但鲁迅还是肯定叶赛宁他们有真实,既然无法跟上革命,只有以自戕反证革命的前行和发展,由此断言他们不是旁观者,否则无须乎自杀。"空想被击碎了,人也就活不下去"④。文学家的命运就是理想与现实矛盾。

---

① 《文艺与政治的歧途》(一九二七年十二月二十七日),《集外集》,《鲁迅全集》第七卷第四七八页。

② 《对于左翼作家联盟的意见》(一九三〇年三月二日),《二心集》,《鲁迅全集》第四卷第二三七页。

③ 《在钟楼上——夜记之二》(一九二七年十二月十七日),《三闲集》,《鲁迅全集》第四卷第四十九页。

④ 《现今的新文学的概观》(一九二九年五月二十二日),《三闲集》,《鲁迅全集》第四卷第一四五页。

第四,文学与革命的关系。鲁迅对这方面的思考至少有三层含义,一是"我以为革命不能和文学连在一块儿,虽然文学中也有文学革命。但做文学的人总得闲定一点,正在革命中,那有功夫做文学"①。二是他还是看到两者之间有共同点——即文学与革命在本质上有相通之处,"所谓革命,那不安于现在,不满意于现状的都是。文艺催促旧的渐渐消灭的也是革命,(旧的消灭,新的才能产生。)"②所以文学家会欢迎革命。三是革命胜利后,文艺家的敏感使他仍然要求不安于现状,不断期盼变革,这就可能引来杀身之祸。在鲁迅看来,"革命成功以后,闲空了一点;有人恭维革命,有人颂扬革命,这已不是革命文学。恭维革命颂扬革命,就是颂扬有权力者,和革命有什么关系?"③;且文艺与政治时时在冲突中,因为政治是要维持现状的,对文艺家不安于现状的处置最好的方法就是"割掉他的头,前面我讲过,那是顶好的法子咾,——从十九世纪到现在,世界文艺的趋势,大都如此"④。

鲁迅在远离俄罗斯的中国,凭着他对做文学的人的真切了解、对世事的清明洞察,并从世界文学的范围着眼,他

---

① 《文艺与政治的歧途》,《集外集》,《鲁迅全集》第七卷第四七六页。
② 《文艺与政治的歧途》,《集外集》,《鲁迅全集》第七卷第四七七页。
③ 《文艺与政治的歧途》,《集外集》,《鲁迅全集》第七卷第四七六页。
④ 《文艺与政治的歧途》,《集外集》,《鲁迅全集》第七卷第四七七页。

的话语还是颇具警示作用的。诗人自身的敏感与弱点、理想与现实的矛盾,文艺与政治的冲突,原有文化与新来文化的对立,几乎每一代人都会产生"生存还是毁灭"的思考与选择。叶赛宁的死因自有其复杂性,情感因素、疾病因素、心理因素、环境因素等,而鲁迅所分析的原因也是其中之一。在有些国度里,文学家遭遇种种幸与不幸,都可见出鲁迅对人性的探究、对社会的评判、对历史的总结和对未来的预见。

结　语

叶赛宁被介绍到中国来已有八十余年,对他的研究大致可分为二十世纪二十至四十年代、八十年代及九十年代至今三个时期。一个有意思的现象令人注意,在中国,与一些外国作家受到大起大落的评价有所不同,对叶赛宁的理解始终比较温情。在传来叶赛宁去世消息二三十年代,中国并没有加入当时苏联的大批判合唱;在极"左"思潮横行的年代,叶赛宁也没被开刀示众;在重新关注叶赛宁的八九十年代,对他的分析和阐释还是比较客观深入的,因此,中国的叶赛宁研究尽管规模不大,却比较扎实地展开,最终对他诗歌中深广的爱、坦诚的真实和丰赡的诗美,做出了比较全面的评价。

究其原因,似有以下几点:第一,时空的错位。二十世纪二三十年代苏联进入社会主义时期,尽管给中国送来了马克思主义,但中国所处的时代社会体制与苏联不同,感受空间的氛围与之也不同,即便有译文介绍了一些苏联批判叶赛宁的观点,但中国的研究者还是凭借着自己对叶赛宁诗歌的热爱和理解加以撰文,给予很高的评价。第二,禁区的形成。二十世纪四十年代末中国与苏联同为一条战壕的战友,苏联"老大哥"批判的对象是"颓废诗人","美化宗法制的旧俄罗斯农村",那么,在社会主义的中国不多介绍、不予研究也是不足为怪的;五十年代后半期苏联恢复他的诗名,中国有关通讯译文透漏了这一重要的信息①,但中苏在意识形态上的分歧,使中国不会亦步亦趋地跟着发生转变,而对已形成的禁区来说,不介入也许是最好的选择。第三,思想的解放。八十年代中国历经磨难迎来改革开放的春天,具备了重新研究叶赛宁的活跃条件,尽管仍有苏联过去批判观点的影响,尽管中国自身也刚刚走出极"左"笼罩的阴影,但学者们还是尽力为介绍他们所喜爱的叶赛宁付出诸多的心血和努力;而九十年代以后研究者们更多地摆脱了外在和内在的无形束缚,注重自己对叶赛宁诗思诗艺的真正理解,叶赛宁研究也就向纵深发展。

当然,在中国叶赛宁研究这一领域还有进一步拓展的空间,如果要充分了解并研究叶赛宁全貌的话,那么组诗《莫斯科酒馆之音》、《一个无赖汉的自白》、诗集《莫斯科酒馆之音》等还需要悉数翻译出来,甚至《叶赛宁全集》的翻译出版也可以作为中国出版社考虑的选题,而研究课题也可以由此拓宽,以往没有完全展开或涉及的专题,包括叶赛宁

---

① [法]让·卡达拉《苏联文学界恢复名誉》(莫斯科通讯,黄闻捷译),《外国文学参考资料》(《译文》编辑部编辑)一九五七年第八期。

与自我或叶赛宁诗歌中的无赖汉形象、叶赛宁与宗教或叶赛宁诗歌中的圣经人物形象等,都可以不受限制地进入研究者的视野。二〇〇五年适逢叶赛宁诞辰一百一十周年、逝世八十周年,相信叶赛宁研究的新课题和新成果仍会不断出现。因为叶赛宁诗歌的魅力是永存的。

二〇〇四年十月写于上海

注:学生王锐帮忙为该文查阅了许多资料,在此表示感谢。

参考书目:

一、《鲁迅全集》第三、四、七卷,鲁迅全集出版社,一九三八。

二、《简明文学百科全书》第二卷,苏联百科全书出版社,一九六四。

三、《叶赛宁抒情诗选》(刘湛秋译),上海译文出版社,一九八二。

四、《叶赛宁诗选》(蓝曼、傅克、陈守成译),漓江出版社,一九八三。

五、《叶赛宁评介及诗选》(顾蕴璞编选),北京大学出版社,一九八三。

六、《西方的丑学》(刘东),四川人民出版社,一九八六。

七、《叶赛宁研究论文集》(岳凤麟、顾蕴璞编),北京大学出版社,一九八七。

八、《叶赛宁诗选》(顾蕴璞译),浙江文艺出版社,一九九〇。

九、《苏联诗坛探幽》(王守仁),社会科学文献出版社,一九九〇。

十、《叶赛宁抒情诗选》(丁鲁译),湖南文艺出版社,一九九一。

十一、《玛丽亚的钥匙》(谢·叶赛宁,吴泽霖译),东方出版社,二〇〇〇。

十二、[俄]符·维·阿格诺索夫主编《20世纪俄罗斯文学》(凌建侯等译),中国人民大学出版社,二〇〇一。

十三、[俄]弗·阿格诺索夫主编《白银时代俄国文学》(石国雄、王加兴译),译林出版社,二〇〇一。

屠格涅夫与《父与子》和《父与子》与巴金

屠格涅夫是享有世界声誉的俄罗斯伟大作家,美国小说家和评论家亨利·詹姆斯称他为"小说家中的小说家"[①];在俄国,他创作的六部长篇小说被誉为是十九世纪俄罗斯社会生活的艺术编年史。我觉得,最能体现他艺术风格的是《贵族之家》,但文学史却认定《父与子》是他的代表作,他在这部长篇小说中塑造了俄国文学史上第一个"新人"的

俄国作家屠格涅夫
(照片源自网络)

---

① 亨利·詹姆斯《屠格涅夫和托尔斯泰》(智量译),《文艺理论研究》一九八一年第一期。

形象——巴扎罗夫。

不过,一八六二年《父与子》问世后却掀起轩然大波,人们对它众说纷纭,赞誉与贬斥同存。分歧主要集中在对主人公巴扎罗夫的评价上,进而对作家或指责或褒扬。当时俄国批评界存在不同的思想文化阵营,奇特的是,即使同一阵营的读者对《父与子》的主人公评价也各不相同。自由主义阵营有人认为作家过于尊崇和赞美巴扎罗夫,因此愤愤不平地谴责作家曲意奉承年轻一代;但也有人认为作家大大贬低了巴扎罗夫这样的平民知识分子,因而兴高采烈地向作家表示祝贺。在民主主义阵营中也有两种截然不同的看法,相当多的人认为,作家利用巴扎罗夫这个形象来诽谤、讽刺年轻一代,甚至说作家落后、反动,青年人更是勃然大怒,因而否定了这部作品;但也有像皮沙烈夫这样的评论家则肯定巴扎罗夫是年轻一代的代表,指出在他身上集中了那个时代进步人士的不少特征。

还有批评者认为小说是攻击革命民主主义批评家杜勃罗留波夫的。这里隐含了一段往事,那就是屠格涅夫与《现代人》杂志的决裂。屠格涅夫在写《父与子》之前发表了长篇小说《前夜》,杜勃罗留波夫高度赞扬了这部作品,写下著名的论文《真正的白天何时到来》,对《前夜》的书名内涵做出了自己的理解,认为俄国是处在革命的前夜,在文章末尾蕴含了如此号召式的暗示。这是持有改良社会、反对暴力等渐进主义观点的屠格涅夫所不能接受的,他原先的书名以主人公命名《英沙罗夫》,后改名的本意为:"中篇小说《前夜》,是因为它出现的时间(一八六〇年——农奴解放前一年),而不是它的内容。新的生活那时开始在俄国出现,像叶莲娜和英沙罗夫那样的人物便是这种新生活的先驱者。"①在俄国,一八六一年废除农奴制是自上而下地推行的。屠格涅夫看到杜勃罗留波夫的文章手稿,尽管认为在那么多评论中"杜勃罗留波夫的文章是其中最好的一篇"②,但他还是向《现代人》杂志的主编涅克拉索夫要求,不要刊登杜勃罗留波夫的评论,否则他将退出《现代人》杂志的撰稿人队伍,因而发出最后的通牒:在他或杜勃罗留波夫二者之间,只能选择其一。但涅克拉索夫还是发表了杜勃罗留波夫的论文,其结果是屠格涅夫脱离了《现代人》杂志,不再为其提供稿源。而巴扎罗夫不仅有些观点与杜勃罗留波夫相近,包括他的早逝与一八六一年病逝的杜勃罗留波夫似乎也有某种暗合,所以有些同时代人认为,巴扎罗夫的原型是杜勃罗留波夫;更有人断定屠格涅夫借巴扎罗夫这一形象来诽谤杜勃罗留波夫。

批评的声音之强烈使屠格涅夫沮丧地感到"俄国的年轻一代对我再也没有——而且好像是永远地——好感了"③。为了辩解和澄清事实,一八六八——一八六九年间屠格涅夫在远离俄罗斯的德国巴登-巴登写下《关于〈父与子〉》一文。屠格涅夫说明自己创作的特点,不是如别人所

---

① 屠格涅夫《致弗里德林特》(一八七一),《屠格涅夫书信选》(李邦瑗译),《古典文艺理论译丛》一九六二第三辑。

② 屠格涅夫《六部长篇小说总序》(王智量译),《文艺理论译丛》一九五七第一期。

③ 屠格涅夫《关于〈父与子〉》(蒋路译),《屠格涅夫回忆录》第八十七页,人民文学出版社,一九六二。

指责的那样是"从观念出发",同样他也无法完全凭虚构去"创造形象",而是要有一个逐渐融合与积聚了各种适当的要素的活人做依据,因而巴扎罗夫这一文学形象是有生活原型的,那是俄国外省的一位县医德米特里耶夫。屠格涅夫在一次旅行途中的火车上与他相识,他的见解锋利而独特,他的性格让屠格涅夫大为惊叹,并且印象强烈。他在一八六〇年以前不久逝世。照屠格涅夫看来,在这位青年医生身上体现了一种刚刚产生、还在酝酿之中、后来被他称为"虚无主义"的因素。屠格涅夫善于敏锐发现生活中还处于萌芽状态的新事物,为了验证自己的感觉和发现,他聚精会神地倾听和观察周围的一切,却注意到实际上生活中到处都存在的东西,但在俄罗斯全部文学作品中却连一点迹象也看不见,因此他反而怀疑起自己是否在寻求幻影?

一八六〇年八月,屠格涅夫去英国南海岸外的外特岛小镇洗海水浴,第一次想到要写这部小说。在那里正好碰到一个俄国人,他们同住在一起,屠格涅夫向他谈起自己构思中的人物,对方却认为作家早在罗亭身上已经描写过这类典型,这一看法对屠格涅夫有所打击,让他无话可说又惊讶不已:这两个人怎么会是同样的典型!甚至使他一度不再去想这部作品。但后来情节还是在屠格涅夫脑子里逐渐形成,并在这一年的冬天写好了开头的几章,到次年的七月,他在俄国乡间完成了这部小说,秋天他把小说读给几位朋友听后,又作了一些修改和补充。一八六二年三月《父与子》在《俄国导报》上发表。不久屠格涅夫回到彼得堡,正好那天普拉克辛商场发生火灾,沙皇政府散布是革命青年纵火的流言,在涅瓦大街上作家碰到的第一个熟人就对他说:"请看您的虚无主义者干的好事!放火烧彼得堡!"①这也是出乎他的意料。读者的批评意见使屠格涅夫在回忆文章及书信中多次做出说明和解释。

《屠格涅夫选集》封面

之所以会有这样的不同评价,涉及巴扎罗夫究竟是怎样的人?与当时俄国的社会思想文化有什么关联?作家对自己笔下人物的态度如何?

应该说,巴扎罗夫确实是俄国文学中第一个"新人"形象,《父与子》比车尔尼雪夫斯基的《怎么办》早一年问世,作为六十年代文学中首先出现的平民知识分子形象,在艺术上也高于车尔尼雪夫斯基所塑造的"新人"群像。巴扎罗夫与以往俄罗斯文学史上的文学人物不同,与屠格涅夫在他第一部长篇小说中所刻画的"多余人"中的佼佼者——罗亭也不同。他是精神上的强者,充满自信,生气勃勃,具有锐利的批评眼光,他不屈从权威,有独立思考的能力,面对贵族奉若神明的原则、政治、法律、制度等,他却决然地否定这

---

① 屠格涅夫《关于〈父与子〉》,《屠格涅夫回忆录》第八十八页。

一切，从他与巴威尔·吉尔沙诺夫的论战就可见一斑；他也是行动的巨人，具有实践能力，注重自然科学，他解剖青蛙，为农人看病，从小事做起。当然，他也带着青年人某些偏激的弱点，在他的否定一切中，也包括对艺术、爱情的否定，而作家精彩地描写了被他否定的爱情却在他内心不可抑制地萌发起来，这是真实可信的。巴扎罗夫与"多余人"的不同之处还表现在他对此也决无回避躲闪之态，不像罗亭那样在生活中不经努力就立刻屈从现实，他是敢于表露和行动，只不过遭到少妇奥金佐娃的拒绝。

然而，正是在爱情受挫后，巴扎罗夫失去了以前强有力的精神力量，生活在他眼里变成了灰色，他对前途感到渺茫和悲观，对现实丧失热情和信心。他曾鄙视巴威尔因情场失意而终日消沉，尖刻地批评道："一个人把他整个一生押在'女人的爱'那张牌上头赌博，那张牌输了，他就那样地灰心丧气，弄得自己什么事都不能做，这种人不算是一个男子，不过是一个雄的生物"[①]；但他最后竟也栽在女性的石榴裙下而不能自拔，临死前唯一期待的是奥金佐娃的一吻，作家将这一幕写得极为动人，但颇具讽刺意味的是，这位贵妇人只是带着恐惧用嘴挨了挨他的前额，他却满足了。他的锐气、他的愤恨、他的精神威力、他的坚强意志在这敷衍式的冰冷一吻中消失殆尽。并不是说不能写人物的失恋，英雄也有儿女情长之时，但让他从此一蹶不振，一味消沉下去，重蹈巴威尔覆辙，"不过是一个雄的生物"之评判像一记

[①] 屠格涅夫《父与子》（巴金译），《前夜　父与子》第二四一页，人民文学出版社，一九七九。

耳光反打他自己的脸上,这实在是对他有意无意的曲解。巴扎罗夫性格的整体性、前后一致性因此受到破坏。人物身上出现如此违反性格逻辑发展的矛盾变化,确实与作家有关。

诚然,巴扎罗夫是有生活的原型,同时也有现实生活提供的其他依据。这个人物强大的精神力量和积极的实践能力是作家对当时启蒙的民主主义者和唯物的自然科学家的真实写照。即使那些否定艺术、自然、爱情的偏激言行,也确为一部分民主主义者所有,如皮沙烈夫就赞成否定艺术的观点。这又与当时的社会文化状况有关。有些民主主义者在与唯美主义者争论时,为了驳倒对手,在否定"纯艺术"观点的同时,连艺术本身也一起否定了。但是屠格涅夫将这种偏激的片面性看成是"新人"固有的特点加以强化地表现,把虚无主义者与革命者划上了等号。这一解释与年轻一代对革命者的理解相去甚远,也就难免引起青年人的反感。不过,在特定的历史时期和社会文化条件下,在青年由不成熟走向成熟的过程中,这种偏颇是可能存在的,因此也还是可以理解的。作家主观意图对人物的干扰最主要还是表现在失恋前后人物性格的不够统一。这是由作家对人物的态度暧昧所造成的。

一方面,屠格涅夫对巴扎罗夫所代表的民主主义平民知识分子有一种情不自禁的向往,他肯定他们个人品质的高尚,钦佩他们富于牺牲的忘我精神和行动能力,他认为:

"如果这样的人没有了,那么历史这本书就要永远合起来了!"①但另一方面,屠格涅夫并不赞成他们的政治、社会、美学、哲学主张。这位温和的人道主义者、崇尚自由主义的贵族作家害怕俄国大地上出现暴力革命,不希望他们的事业取得成功,否认他们当时存在的社会作用。他觉得他们的观点必将导致他们成为悲剧人物,而且俄国现实的大地上也不需要这样的人物,因此他安排了巴扎罗夫的失恋、悲观和最后的死亡。他说,巴扎罗夫是"这样一个人:他阴沉、野蛮、高大、一半是从泥土里长大的,他刚强、凶狠、正直,但仍旧注定了要灭亡,因为他始终还站在'未来'的门口"②。小说的抒情结尾也就充满了宿命的悲哀。屠格涅夫甚至确定不了自己对巴扎罗夫的感情,他既承认"我在我的日记里提到的那种'情不自禁的向往'并不是爱"③,又将巴扎罗夫称为自己"心爱的孩子"④。看来,连作家本人都无法辨析明了自己究竟爱不爱所描写的人物,这种模棱两可的态度正好折射出作家对民主主义者和笔下人物的矛盾心态,因此巴扎罗夫引起人们不同的好恶、不同的评价也就在情理之中了。

在中国,屠格涅夫的《父与子》最早是耿济之先生由俄

---

① 屠格涅夫《哈孟雷特与堂吉诃德》,《文艺理论译丛》一九五八年第三辑。
② 屠格涅夫《给斯鲁切夫斯基的信》(巴金译),《巴金译文全集》第二卷第二九八页,人民文学出版社,一九九七。
③ 屠格涅夫《关于〈父与子〉》,《屠格涅夫回忆录》第九十二页。
④ 屠格涅夫《给非罗索佛娃的信》(巴金译),《巴金译文全集》第二卷第三〇〇页。

语译成中文,在二十世纪二十年代出版,一九三〇年还有陈西滢先生的译本问世,四十年代有巴金先生的译本,近年又有新的译本出现。但流传最广、印数最多、再版时间延续最长的当推巴金译本。巴金晚年曾回忆起[①],一九三七年四月他与几个从事编辑工作的朋友一起游西湖,其中有丽尼和陆蠡,当时巴金主持的文化生活出版社正在编印《译文丛书》,已出版了《果戈理选集》,其中有鲁迅翻译的《死魂灵》,反响甚好,这使他们萌生再出版《屠格涅夫选集》的想法,尽管屠格涅夫的六部长篇小说当时都已有了中译本,但销路不大,而且他们还想在出了选集之后,再出版全集。于是当即作了翻译的分工:丽尼选了《贵族之家》、《前夜》、陆蠡挑了《罗亭》和《烟》,而《父与子》和《处女地》就由巴金负责。

巴金于一九四二年在桂林开始翻译《父与子》,抗战期间条件很艰苦,他每晚点着一盏小小的煤油灯,工作到深夜,手头只有英国加尔奈特夫人的《父与子》英译本,还有一本一九三六年列宁格勒版的《屠格涅夫选集》,主要依靠英译本,同时参照俄语原版翻译,解决一些疑难。一年后,一九四三年七月上海文化生活出版社初版,用土纸本印刷,译本分为上下两册,在那个时代便于邮寄和销售;十一月又由桂林文化生活出版社再版;抗战胜利后,从一九四五年十二月至一九五二年九月上海文化生活出版社共印了九版,平均每年都印刷出版;一九五三年巴金又将《父与子》译稿校改一遍,交平明出版社,是年五月至一九五四年九月两年时

---

① 巴金《代跋》(一九九五、八、十七),《巴金译文全集》第二卷第五三九页。

间里共印五版;五十年代中期北京人民文学出版社拟出版之前,巴金又修改了一遍,从一九五五年五月至一九六二年七月人民文学出版社印了七版;十年浩劫之后,一九七九年九月至一九八九年六月人民文学出版社将巴金译本《父与子》与丽尼译本《前夜》合为一册出版,初版印数为十万册,这样的印数是相当可观了。一九九一年人民文学出版社又将该译本收在屠格涅夫选集中,初版为 22 360 册。巴金对译事精益求精,他说:"我每改一次译文感受就深一些,最大的感受就是两代人中间的隔膜,就是我们所谓的'代沟'。"①但无论巴金先生的创作还是他的译作始终得到青年读者们的喜爱和理解,可以说从四十年代至今,他翻译的《父与子》陪伴着一代又一代的青年人成长。

一九九四年圣思随父亲看望巴金老人

---

① 巴金《代跋》,《巴金译文全集》第二卷第五四二页。

二十世纪八十年代初期,我随父亲辛笛经常去探望李伯伯——巴金先生,当他得知我喜欢俄罗斯文学,尤其是屠格涅夫时,他立刻从书橱里拿出一大本俄文原著《屠格涅夫选集》,是苏联一九四六年版的,当场题词送我,我真是欣喜若狂,小心地捧回了家。我还有幸得到他赠送的一九七九年和一九九一年出版的《父与子》译本。他馈赠的书成为我对照学习的范本,他的译文吃透并融化原著的精神和美学特征,没有佶屈聱牙的翻译腔,真切地传达了屠格涅夫简洁、优美、诗意的文体风格。随着时代的发展,我们也越来越惊叹于屠格涅夫的艺术表现力:对具有不同社会思想追求的两代人之间冲突的真实展示和对人性的深刻细微的刻画。任何一个人或一代人,过去追求真理,不等于现在追求真理,现在追求真理,不等于永远追求真理,更不用说还存在着"多年的媳妇熬成婆"的心理而对年轻一代的探索和追求横加指责或百般阻挠。正是巴金先生通过他的译本带给中国读者这样的思考:"旧的要衰老,要死亡,新的要发展,要壮大;旧的要让位给新的,进步的要赶走落后的——这是无可改变的真理。"[1]

二〇〇五年十月十二日

附记:这篇文章完成后五天(二〇〇五年十月十七日)传来巴金先生仙逝的消息,让我想起在偏远的小山村读《家》的情景。"文革"打碎了我的文学梦,我不仅做了农民,

---

[1] 巴金《〈父与子〉(新版)后记》,《巴金全集》第十七卷第二八八页,人民文学出版社,一九九一。

而且要做"铁姑娘"。盛夏挑石料是农村繁重的活儿,汗水滴在地上,吱的一下冒白烟,在石头上只留几个灰点,肩膀压得又红又肿,绝不吭一声叫苦;不服水土,又连续下水田,我的小腿烂了三年,尤其碰到稻茬,疼得钻心,也没有流过一滴泪;吆牛扶犁踩在还结着冰碴的泥田里,双脚冻得仿佛不是自己的……我以为我的泪腺已经干枯了,心肠也变硬了。

时局松动一些后,家里给我寄来一本巴金伯伯的小说《家》。辛苦劳作了一天,带着满身的疲劳还是按捺不住翻开了书。昏暗的小屋里,房东的女儿发出轻微的鼾声,她已熟睡。屋外不时传来几声狗吠,平添了夜的深沉。靠在我床头的小桌上点着煤油灯,我半躺在床上重读《家》,离中学时代的阅读仿佛已隔了世世代代,好像仍是第一次阅读似的,读得忘了时间,忘了身在何处。当我读到鸣凤之死的时候,眼泪一下子涌了出来,止不住地往下流,往下流,最后泣不成声。为了平息一下自己的情绪,也怕惊醒房东的女儿,我挪开了书,深深地叹了一口长气,泪眼朦胧看着摇曳的灯火,心中却又止不住暗暗高兴起来:我居然还会哭,我竟然还能哭!坚硬冰冻的心灵外壳破碎了,融化了,还我能哭能笑能够感受的人的天性。从此,我认定了文学的魅力——让人活得更像一个人;又有如大自然中的花香,是任何强力都压制不住的,——"寒冷遮不断春的路"——这是父亲的诗句。

从上世纪二十年代至今,巴金先生充满炽热情感的作品、大量高水准的译作感染着几代人,而他晚年的《随想录》更是以思想者的深层思考给人以强烈的震撼。在为巴金先生送行的人山人海中,我与无数忠实的读者们一起向他老人家作最后的告别,表达对他的热爱和崇敬,他留给我们巨大的精神遗产永存世间、永在我们心中。

谨以此文纪念敬爱的巴金先生。

"九叶"诗人群体形成原因初探

一九八一年九位诗人出版了他们在二十世纪四十年代的诗歌合集《九叶集》,他们是辛笛、陈敬容、杜运燮、杭约赫、郑敏、唐祈、唐湜、袁可嘉和穆旦。于是人们重新发现一个在二十世纪四十年代后期形成的诗人群体,诗评家有的依据他们曾创办的刊物称他们为"'中国新诗'派",有的突出他们的时代诗艺特色称之为"四十年代'现代诗'派",后来也有称为"四十年代现代派",更多的人则因《九叶集》而将他们命名为"'九叶'诗派",因此"九叶"

《九叶集》封面

这一称谓流传广泛。

对这一诗派是否存在,至今有不同看法。有的认为,根本不存在这一诗派,是突然冒出来的,也有的认为这是以感情集聚的一群诗人,还有的认为他们在当时并没有打出结社组团的旗号所以不能称为流派,等等。确实,"九叶"诗人与其他社团流派不同之处正是他们没有事先起名,没有明确地结社组团,而是一群诗人先有创作实绩,然后发现他们之间对诗歌艺术有着相近的诗学观点而互相吸引,同声相应,同气相求,走到一起来,自然而然形成流派。这种现象符合诗歌创作发展的规律。钱谷融先生在《中国新文学社团流派丛书》的序文中指出:"只要在文学主张或者表现风格上大体类似,而又自觉地追求这种相似,甚至仅仅意识到这种相似的作家,都不妨被看作是一个类似流派的群体,都可以在我们

"九叶诗人"作品选和评论资料选

的书目中占有一个位置。"①所以,"九叶"诗人群体也被列入这套丛书之中,出版了《九叶之树长青——"九叶诗人"作品选》和《"九叶诗人"评论资料选》。更不要说,"九叶"形成的年代是上世纪40年代后期,他们的诗歌创作业绩才显露不久,他们之间的互相认同发展有一个过程,对他们的评论还来不及充分展开,就因动荡的时局发生种种变化,刊物被查封,人员避走四方;继而又因诗艺不合时宜而销声匿迹达三十余年之久。即使八十年代复出时,他们仍然遭到某些非议,感到压力②。但时间是检验艺术的试金石,如今越来越多的读者、研究者从广义的角度认可了这一诗人群体。研究他们的论文不断涌现,从群体到个体的研究选题越来越深入。

现在,《海上文学百家文库》又提供了一个很好的机会。这是上海作家协会和上海文学发展基金会主持编纂的浩大文化工程,展示了上海近二百年来海纳百川、兼收并蓄的文学发展所取得的辉煌业绩和成果,一共有一百三十卷加一卷总目录,花了大量的人力和精力编选汇集了从十九世纪初到二十世纪中期二百六十多位作家的作品,这样大规模的重新整理、集中出版在中国出版史上大概也是前所未有的,也为上海今后的文学繁荣和发展提供了有益的借鉴和启示。其中被选入的《辛笛卷》、《杭约赫、陈敬容、唐祈、唐

---

① 钱谷融《中国新文学社团流派丛书·序》,《九叶之树长青》第五页,华东师大出版社,一九九四。
② 曹辛之《致辛笛、唐湜、唐祈说"九叶"》,《现代中文学刊》二〇一〇年第三期。

湜卷》是"九叶"诗人中五位的作品,他们曾在上海生活过、工作过、创作过。所选的诗文以二十世纪四十年代为主,重现了当时的历史记录;当然,也兼及之前和之后的创作,展现他们诗艺探索的由来与发展。这可以让更多的读者了解他们的艺术成果,尤其是他们当时在上海如何办刊、写文和创作出他们有代表性的作品的。因此,这也引发笔者撰写本文的兴趣,主要从史料中来探讨他们形成和存在的原因。

"九叶"诗人群体之所以能形成,首先得益于上海具有海纳百川的广阔胸怀,有着近代以来不断发展积淀的丰厚文化土壤。她曾是个半殖民地城市,因此留下民族屈辱的记忆,但由于空降海运了不同国家的民族文化和现代最前沿的异域文学,使其具有开放性的视野。正是上海的广阔、丰厚和开放使她能接受不同风格的文学创作,容纳不同艺术观点的文学流派。四十年代后期的上海处在国民党当局的专制统治之下,通货膨胀,物价飞涨,新闻出版受到严格审查和控制,与当局持有不同政治见解的人士遭到恐吓、监视、甚至逮捕。但这已是一个方生和未死的动荡年代,国民党政府的贪污腐败越来越不得人心,民间的思想活跃,多种观念并存,在专制统治的空隙间仍有文化思想自由发展的余地,同人可以办刊;民间刊物之间的关系基本是平等的,虽然有的刊物领着官家的俸禄,是政府的喉舌,有的刊物自认为革命真理在握,对同道语言霸道蛮横,但在当时并不存在严密的大一统局面,谁也不是真理的唯一代表,在查禁之前任何刊物还没有一言堂到可以完全压制别人发声的地步;刊物内部也可能有意见不合的,但可以心平气和地分离出去另行办刊,好聚好散;共产党的地下工作者在各个领域都留下他们活动的印记。这就是"九叶"诗人群体形成的大背景。

一

抗战胜利后的上海接纳了这些诗人,提供了诗人群体形成的园地《诗创造》(第一年)和《中国新诗》。"九叶"诗人无论发表诗文的,还是被评论的,都在《诗创造》第一年十二辑中出现,而《中国新诗》园地则集中显示出他们的流派特色。

四十年代中期大后方的一些诗人们怀抱着创作理想来到上海,开始创建他们的诗歌园地。一九四六年杭约赫和

刊 名:诗创造
年 代:1947年
卷 期:第2期

《诗创造》封面

臧克家、林宏、郝天航、解子玉、沈明等在上海集资创办了星群出版公司及所属的诗刊《诗创造》，杭约赫是出版社和诗刊的业务主持人。《诗创造》从一九四七年七月开始出刊，每月一辑，杭约赫、陈敬容、唐湜、唐祈、辛笛、袁可嘉等都在该刊上发表诗文。具体帮助杭约赫搞编务的还有陈敬容和唐湜，他们凭着诗人的敏感和对相似诗学的追求分别写下有关文章，唐湜①在第八辑（一九四八、二）《诗的新生代》一文中就已经把穆旦、杜运燮们看作自觉的现代主义者，代表着一个高高的浪峰，指出："T. S. 艾略特与奥登，史班德们该是他们的私淑者。他们的气质是内敛又凝重的"；继而他在第九辑（一九四八、三）又系统详尽地评论了辛笛的《手掌集》，在第十二辑（一九四八、六）《严肃的星辰们》一文中还评论了唐祈的《诗第一册》、陈敬容的《交响集》、杭约赫的《火烧的城》等。第十二辑中陈敬容另以默弓为笔名，以《真诚的声音》为题评论了郑敏、穆旦、杜运燮的诗。《诗创造》第一年的这最后一辑为诗论专辑，还收有袁可嘉的诗论《新诗戏剧化》，辑名采用的就是唐湜的文题"严肃的星辰们"，杭约赫所撰的"编余小记"介绍该辑的内容，也对袁可嘉、唐湜、陈敬容、唐祈、穆旦、杜运燮、郑敏等诗人作了简短的评论，表现出对他们的创作熟悉的程度：

---

① 唐湜在一九四七年就已写下评杜运燮的诗，《杜运燮的〈诗四十首〉》发表在上海《文艺复兴》一九四七年第三卷第四期上。

袁可嘉先生对现代诗与现代文学批评有过精湛的研究,读过他发表在《文学杂志》与大公报《星期文艺》上的论新诗现代化的论文的可以想象得到他的精辟的论点与细致的分析力。

唐湜先生的诗和散文,常见于各地报章杂志,他的论文尤有极优美完熟的风格,他不仅是一位有独特见地而自觉心极强的批评者,而且也是一位极虚心敏感的欣赏者。他所论到的唐祈先生在战时曾是西北联大的闻名诗人,……

陈敬容先生是诗人兼散文家,其散文有《星雨集》,诗集有《盈盈集》与《交响集》均有极盈丰的深情与极晶莹的风格。……默弓先生所论的诗人穆旦杜运燮郑敏是战时西南联大的诗人中的三星,穆的《旗》、杜的《诗四十首》与郑的散见于战时《明日文艺》与战后大公报《星期文艺》上的诗作在艺术造诣上是超过一般水准的。

可以看到,在《诗创造》中后来被称为"九叶"诗人的,无论写诗文者还是被评论者都已在其中了。尽管在当时他们中间有的并未曾谋面,甚至还互不相识,但以诗会友,惺惺相惜。这些文字也为"九叶"诗人群体的初步形成奠定了历史的和诗学的基础。

第十二辑以如此阵容出现,实际上表明了《诗创造》在外部的种种压力责难下内部分离在即,也是诗学观点相近的诗人们相对集中的亮相和在该刊上作最后的告别。早在第十一辑杭约赫所撰"编余小记"已透漏了这一信息——第

《中国新诗》第一集封底刊《诗创造》第十二辑诗论专号要目

二年(即一九四八年)"自七月起《诗创造》在编辑方针上或有所变更,对读者从现实生活里所写下的诗作,将以最大的篇幅给以刊载"——果然,从一九四八年七月开始,《诗创造》更换了编辑人,编辑工作由林宏、康定、沈明、田地等诗人负责,刊物的风格也因之发生变化。而第十二辑的封底同时已列出了《中国新诗》第一集的要目,编辑人为方敬①、辛笛、杭约赫、陈敬容、唐祈、唐湜。预告词如下:

> 我们是一群新诗工作者,衷心地热爱生活,并想由生活写出真挚的诗。现在我们是生活在历史的激流里,我们希望能有一番挣扎、一番坚持,对生活与诗艺术

---

① 方敬后因远在重庆无法参与其中。

的创造有所突破、有所进展,也有所完成。在伟大的历史的光耀中,奉献我们这份渺小、然而是庄严的工作。

这里,我们在艰苦的现实环境和低劣的物质条件下出版了这个诗丛刊,以青年人的坦率的虔敬作自觉的创作与认真的绍介。我们在生活的感受与思索里迎接这时代的呼唤,在真诚的语言里表现一个"人的时代"的风格。同时也愿团结众多的诗工作者作共同的搏求与努力。

由此,更具有流派特色的诗刊《中国新诗》第一集在一九四八年六月十五日问世,尽管《诗创造》的具体技术业务仍由杭约赫担当,但《中国新诗》已不用星群出版公司名称而改用森林出版社的名义出版。《中国新诗》只出有五集,维持了五个月就与《诗创造》(第二年出了四辑)一起遭到当局查禁,虽然时间短暂,但仍是一个历史的存在,也是这些诗人当时逐步汇集在一起的最后园地。在《中国新诗》中,"九叶"诗人的作品得以集中刊发,表现出审美内涵的多元性,审美手段的丰富性,更展现他们将现代主义和现实主义相结合的流派风格。

上海以她历来惯有的包容胸襟为"九叶"诗人群体的形成提供了创作活动和施展才华的舞台。

二

应该说,"九叶"诗人群体是在被批判且逐步升级中加速形成的。在那个时代,政治环境恶劣,来自官方的审查、监视已给办刊人造成诸多禁区和限制,即便如此,真正热爱诗歌的人们仍在夹缝中顽强抗争。但出人意料的是,《诗创造》刚一创刊,首先受到的攻击却是来自应该是同一人民阵营的刊物——北方杂志《泥土》,该刊在同月立即发表一篇文章《文艺骗子沈从文和他的集团》,把《诗创造》和沈从文、穆旦、郑敏、袁可嘉等放在一起进行批判,主要是针对沈从文及其"喽啰"们①进行谩骂式批评,同时也看到他们和《诗创造》编辑内在的审美倾向相近,因此认为《诗创造》"公然打着'只要大的目标一致'的旗帜,行进其市侩主义的'真实感情'……这正是我们的敌人该打击之"②。而《中国新诗》作为一份新刊物,从它问世后更是接连受到严厉的挞伐。先是《新诗潮》丛刊第三辑发表文章《南北才子才女的大会串——评〈中国新诗〉》。批判者还是很敏感的,从批判的角度把这些诗人归在了一起,认为"《中国新诗》以一种代表的姿态出现了,它不但包罗了上海的货色,而且也吸收了北平的'沈从文集团'的精髓,真是集中国新诗中一种歪曲倾向的大成","真是有毒皆备,无恶不臻的'南北台'"。文章对《中国新诗》整体加以否定,且点名批判陈敬容、穆旦、郑敏、杭约赫、唐湜等,最后骤下断语:"《中国新诗》实在是中国新诗的恶流。"③该文使用的语言甚至带有污辱性的人身攻击

---

① 沈从文在一九四七年三月《益世报》上曾发文《新废邮存底》,批评过诗坛的某些风气,对这些年轻诗人的作品却颇为赞赏。
② 作者初犊,刊于《泥土》第三辑(一九四七年七月二十三日)。
③ 张羽《南北才子才女的大会串——评〈中国新诗〉》,《新诗潮》第三辑(一九四八年七月)。

式谩骂,在此就不一一引用了①。接着在《中国新诗》出版了第二、三集之后,《新诗潮》第四辑又刊出专文《评〈中国新诗〉》。作者倒是追寻了这群诗人逐渐聚拢的轨迹:"抗战胜利以后,这类诗首先出现在大公报《文艺》副刊上的有袁可嘉、穆旦、郑敏、辛笛等人,后来在文汇报《笔会》上大登特登的,还有一员后起之秀陈敬容。《诗创造》问世了,而这些人更是一拥而去,而且这时又增加了一批'新人',像唐湜、唐祈、杭约赫、方平等之流。但不久,《中国新诗》更应运而生,一时野草闲花,烂桃坏杏,蔚为大观。俨然成了诗坛上的'盟主'一般。"论者以更激进更革命的诗观,用"枪杆诗"、"墙头诗"、"报告诗"、"朗诵诗"等为标准来衡量《中国新诗》上的作品,把辛笛、袁可嘉、唐祈、唐湜、穆旦、陈敬容等人的诗一一加以贬斥,其中也有对现代诗歌采用反讽、隐喻、象征等多种艺术手法的不理解和误读,最后同样断言:"《中国新诗》确是今天诗坛上的一股逆流。所以,在今日展开诗歌批判运动,我们认为是非常必要的。"②

其实,袁可嘉被批判的《南京》、《上海》,就是以反讽的

---

① 《新诗潮》一九四八年第三、四辑上发表的这两篇文章我在编《"九叶诗人"评论资料选》(华东师范大学出版社一九九六)之前没有查找到,后来承蒋登科先生转来游友基先生提供的复印件,他们两位都出版有专著:游友基《九叶诗派研究》(福建教育出版社一九九七)、蒋登科《九叶诗派的合璧艺术》(西南师范大学出版社二〇〇二),内中对这场论争有详细介绍和评析;另,钱理群先生著《1948:天地玄黄》(中华书局二〇〇八,初版一九九八)一书中有专章"诗人的分化"论析,均可参考。

② 舒波《评〈中国新诗〉》,《新诗潮》第四辑(一九四八年)。

手法揭露南京政府和上海的达官贵人,杭约赫被批判的《严肃的游戏》以及与之构成三部曲的另两首《最后的演出》《感谢》,还有这次收入《海上文学百家文库》"杭约赫等四人卷"里的《致天字第一号》以及辛笛的《逻辑》、《回答》等,都是运用现代诗艺直指当局,甚至最大的独裁者,还有杜运燮的《追物价的人》、唐祈的《老妓女》、《女犯监狱》,陈敬容的《逻辑病者的春天》、唐湜的《骚动的城》、穆旦的《暴力》、《城市的舞》、郑敏的《贫穷》、辛笛的《风景》等都展示了专制统治下的各种社会现象,更不要说唐祈的《时间和旗》和杭约赫的《复活的土地》是以四十年代上海为题材的长诗,珠联璧合地展示了当时上海及世界的时空,强烈地象征出"时间"、象征出"土地"这两个鲜明的时代历史形象,或化用艾略特对时间的思考,用象征手法揭示时间(即历史)和旗(即人民胜利)的主题;或以"快倒了,快到了"的谐音传递了旧的即将死去,新的即将诞生的时代信息。

"九叶"同样具有社会责任感,那些诗作同样针对国民党政府或当时的社会现实,只是他们采用了间接客观的艺术手法加以表达,其艺术效果不是直露的短暂的,而是含蓄的长远的。仅就闻一多先生遇害一事,"九叶"中的"三叶"就有诗文问世,如陈敬容的《斗士·英雄》、《圣者》,唐祈的《圣者》、《墓旁》,辛笛以"诗歌音乐工作者协会上海分会"的名义写了《敬悼闻一多先生》[①]一文之后,仍然按捺不住悲愤的心情又写下《逻辑》一诗:

---

① 原载《文艺复兴》一九四六年第二卷第一期,收入《夜读书记》,上海出版公司,一九四八。

> 对有武器的人说
> 放下你的武器学做良民
> 因为我要和平
>
> 对有思想的人说
> 丢掉你的思想像倒垃圾
> 否则我有武器

也许因为这首六句诗不是直露地表达，读者有阅读障碍，所以后来收入《辛笛诗稿》中作者除了保留副题——敬悼闻一多先生外，还给正题——逻辑特地加上引号以示反讽的含义，即便如此，还是有读者说读不懂。实际上若能理解诗中说话人即是专制统治者，就好懂了。此诗可以看成是戏剧独白诗的微型变体，在舞台上剧中人变换着脸谱，对握有武器的人假惺惺地说自己是要和平的，要他们放下武器；而对有思想的人则露出狰狞的嘴脸，要他们放弃思考，否则就用枪杀来镇压。通过对不同的对象发表自相矛盾的言论，表现出独裁者的强盗逻辑，达到讽刺、揭露和抨击的目的。这首诗本来是针对国民党政府枪杀闻一多先生这一具体事件的，但因经过艺术构思，设置了特殊说话人角色，让他变换脸谱矛盾地自我暴露，也就成为一切专制独裁者的自供状，在今天仍不失其艺术效果。

当年那场"诗歌批判运动"的文字从另外一个角度说明了《中国新诗》所具有的流派风格，而把被点名的这些诗人集中在一起加以批判，更说明"九叶"诗人之间的美学风格是有相通之处的,无论他们分散在南方还是在北方①、是当时的"上海诗人",还是曾经的"西南联大诗人",总之,此时他们是作为一个群体被批判的,只不过因为不符合批判者的革命现实主义或革命浪漫主义的审美口味而被鞭挞被否定罢了,但这个群体的形成与存在在历史的文字、负面的批判中已经确立。看来,如果没有外在的批判和刊物内部的分歧,他们的流派风格还不至于如此迅速地得到确认和发扬。

《中国新诗》封面复印件

---

① 之所以把他们称为"南北才子才女",是因为把在上海《中国新诗》的几位办刊人看作南方,北方则以沈从文为代表(尽管沈从文并没有在《中国新诗》上发表作品,但批判者认为《中国新诗》从"骨子里都流着沈从文的血液")。而沈从文以前在西南联大的学生袁可嘉、穆旦、郑敏等也在北方天津《大公报》上发表过诗文,因此也被列入了北方。其实当时只有袁可嘉是在北京大学任教,穆旦在南京等地工作,杜运燮在新加坡教书;而且从九位诗人的籍贯来看大多是南方人,除陈敬容是四川人外,郑敏和杜运燮是福建人,杭约赫、唐祈和辛笛是江苏人,穆旦、袁可嘉和唐湜是浙江人。

三

"九叶"诗人群体在应战反驳和据理论争中,南北互相呼应而凝聚力得以加强。在《诗创造》时期,《泥土》的批判文章出来以后,《诗创造》沉默了几个月,然后在第五辑的编余小记里表明自己的态度:"在今天的文坛上(诗坛也是一样),有某些'进步'得很的论客,对于一些不属于自己这一小集团的朋友,常常会捏住你文字里的一句半句泼妇骂街似的来使打击。编者的所以把编余小记搁置起来,也就是为了想避免和他们作这一种浪费的周旋。"只是为了满足读者的提议——"希望编者每一辑多少能写下几个字,好让读者们知道编者对这一辑里所刊载的作品有着什么样的看法",因此面对来自同一阵营友人的激烈攻击,终于出来应答,编者强调"批评绝不是谩骂",不应"随便给人戴上一顶帽子,喊打喊杀,给以比对付死敌还要恶毒数倍的打击"。同时指出:这种做法"只是想在这些人的头上竖起自己这一宗这一派的旗子,叫天底下所有写小说的、写剧本的、写诗的和搞理论的向他看齐,都变成他所规定的那一个模样"。因此,再次重申编辑主张:"在诗的创作上,只要大的目标一致,不论它所表现的是知识分子的感情或劳苦大众的感情,我们都一样重视。"[①]事情并没有结束,批判者还不甘休,在先前给《诗创造》戴上"市侩主义"的帽子之后,又找来一顶"唯美派"的帽子,在第十一辑杭约赫署名所写的编余小记中提供了这些情况,并挺身出来承担了

---

① 《编余小记》,《诗创造》第五辑,一九四七年十一月。

编辑责任。

如果说,《诗创造》的应答还是比较温和的,采用的是编余小记这样简短的形式,那么到了《中国新诗》时期,对于接连不断的滥施攻击讨伐局面,"九叶"诗人不再沉默,先由杭约赫和唐祈在第二集以编辑室的名义写文坚持自己的主张:"我们既非夸张的宣传主义,或市侩式的投机的'农民派',也更非畏首畏尾中国式的"唯美派"的空喊斗争,我们愿意首先是一个真正的人,在最复杂的现实生活里,我们从各方面来参与这艰苦而光辉的斗争,接受历史阶段的真理的号召,来试验我们对于新诗的写作。"① 接着在北方的袁可嘉和在上海的唐湜又分别撰专文,有针对性地加以反驳。袁可嘉发文赞叹《中国新诗》代表了"诗的新方向","像一声霹雳的夏夜初雷,一扫充斥云空的沉闷空气!"他对南北诗人合作的根本精神予以肯定,指出《中国新诗》的出现至少有两个重要的意义:

> (一)它具体化了,同时象征了,南北青年诗人们的破例的合作,而这个合作并非基于某一武断的教条,而是想在现实与艺术间求得平衡,不让艺术逃避现实,也不让现实扼死艺术,从而使诗运迈前一步的心愿;(二)《中国新诗》第一二集所刊载的诗作的极不相同的风格证实诗发展的多种可能的途径,决不像某一些文学统一论者所幻想的,非走业经划定的路线不可。从《中国新诗》与别的诗刊的比较里,我甚至敢进一步

---

① 《中国新诗》第二集,一九四八年七月。

肯定《中国新诗》所代表的方向确定地比别的广阔、自由,更有收获优秀果实的希望。①

然后他对这两集中的具体诗歌加以艺术评析,涉及作品的诗人有郑敏、穆旦、唐祈、杜运燮、陈敬容、唐祈、唐湜、辛笛、马逢华等,还有发表译作或诗论的卞之琳、戈宝权、刘西渭等。而唐湜发表在《华美晚报》上的文章《论〈中国新诗〉——给我们的友人与我们自己》,也是一篇《中国新诗》的辩护词,指出抗战后中诗坛和文坛现实存在的问题:

> 被乌里雅诺夫所击倒的保守的民粹派(或谓人民主义者)复活了,而且发展成了旧瓶装新酒的形式主义者与落后的手工业式的经验主义者或技巧主义者,以结合千篇一列的文字技巧与浮薄表象的社会现实,甚至新闻主义式的革命故事为能事,并企图以此统治整个文坛。……

进而强调:

> 《中国新诗》的出现便是一个辩证的现实。它要求

---

① 袁可嘉《诗的新方向》,《新路周刊》一九四八年第一卷第十七期,该文先后收入袁可嘉《论新诗现代化》(三联书店一九八八);王圣思编选《"九叶诗人"评论资料选》(华东师范大学出版社一九九六)。

从真挚的人民生活(包括各阶层的人们生活,没有知识分子的自卑感,也不特别奉承小私有者农民)里获得力量,逻辑地提供并纯化人民的生活意识,正视一切痛楚的呼喊与绝望的挣扎,给出一种有深厚的心理与社会生活的交错意义的悲剧式表现……①

同样,唐湜也对刊物中的诗歌加以一一点评。这份刊物和这些文字的出现说明当时的上海诗坛还是有一定的自由论争的民主空间,而不是不让人反驳、一棍子打死的一言堂,这种文化现象也是对政治文化专制统治的一种反动。而在上海与杭约赫等诗人经常联系、撰稿的地下党员许洁泯、袁水拍、戈宝权等对编辑工作也有不少帮助,尤其上海地下党的文委委员蒋天佐在看到他们承受各种压力时及时给予肯定和鼓励,认为"只要大方向大原则符合于时代的要求,艺术上的不同爱好,不但可以容许,而且应予以鼓励,否则将没有创新、没有发展(大意)。……更何况艺术上的各具特色,正是我们追求的目标嘛!……'经得起从今天到明天这一考验的诗才是最可贵的。'"②。

在为《中国新诗》作如此公开辩护的南北呼应以及得到共产党内清醒明智的观点支持,也使"九叶"诗人群体在这

---

① 唐湜《论〈中国新诗〉——给我们的友人与我们自己》,原载《华美晚报》一九四八年九月十三日,收入《"九叶诗人"评论资料选》,华东师范大学出版社,一九九六。

② 曹辛之(即杭约赫)《面对严肃的时辰——记〈诗创造〉和〈中国新诗〉》,原载《读书》一九八三年第十一期,收入杭约赫诗稿《最初的蜜》,文化艺术出版社,一九八五。

片园地上更加凝聚在一起了。可以看到,上海这片土地并不拒绝流派特色的张显。

四

"九叶"诗人在专制统治下仍然敢于写出那些诗文,在不自由的环境中保持自由创作的状态,同时他们在诗坛的批判中敢于反驳,维护自己的审美判断和追求,除了因为他们看重艺术表达(新闻出版审查官也可能没全读懂他们诗作背后的含义)外,究其原因还与他们在经济地位上的相对独立有关,并不受制于当局或论战的对方。

当时物价急速上涨,大众的生活都很艰难,更不用说要办诗歌刊物了。杭约赫曾回忆:"星群出版的书籍和诗刊,都无力支付稿酬(只有个别的作家如戴望舒等是例外),有时作家还要拿钱出来印书。当时国统区的物价,如脱缰的野马,纸张、印刷、排工等费用,一个月要涨几倍。诗刊每期印两千册,书卖出后收回来的书款还不够付装订费的,所以经济压力很大。"[①]在《诗创造》第五辑(一九四七、十一)的"编余小记"中就透露了这样的状况:"最近物价的狂涨,印刷排工不时的增加,尤其是纸张已涨至百万元左右一令了。比出版第一辑时的成本要高出三倍以上。"到次年办《中国新诗》时更不用说了,因此在袁可嘉的文章中也提到:这些编辑"他们自己掏钱排印,自己编写,校稿,不嫌琐碎地寄给各处对新诗前途同样寄予热望的读者,这里面所内含的认

---

① 曹辛之《面对严肃的时辰——记〈诗创造〉和〈中国新诗〉》。

真努力与辛苦,还是余事。"①从《诗创造》到《中国新诗》办刊经费一直十分拮据,他们中有些人在上海的生活很清苦,甚至居无定所②,但从不诉苦,而是个人自谋出路,自行解决生活问题,从有限的收入中挤出钱来办刊。在物价漫天大涨的情况下,办刊费用面临极大困难的时候,则想方设法通过民间渠道加以解决,其时,辛笛在私人银行金城银行工作,董事长周作民是他父辈老乡,对他比较信任,支持民间的文化出版事业,同意由辛笛出面担保,以贷款的方式支持他们办刊。当时通过辛笛在金城银行贷款的不仅有《诗创造》和《中国新诗》,还有郑振铎、李健吾办的大型文艺刊物《文艺复兴》、被称为国统区的三大民主刊物之二——柯灵、唐弢主编的《周报》、郑振铎主编的《民主》以及上海出版公司、开明书店等。杭约赫回忆"向银行借支成为两刊出版业务的主要经济来源,另外还靠少量的广告收入。"③他们采用的方法是用借支来的钱多买纸张等物品存放起来备用,以尽可能地减轻日复一日加剧的通货膨胀的经济压力。正是在办刊经费和个人生活上的经济独立,使他们不必看别

---

① 袁可嘉《诗的新方向》,《新路周刊》一九四八年第一卷第十七期,该文先后收入袁可嘉《论新诗现代化》(三联书店一九八八)和王圣思编选《"九叶诗人"评论资料选》(华东师范大学出版社一九九六)。

② 陈敬容散文《迁居》对此有所描述,该文收入《陈敬容选集》(四川人民出版社一九八三);又收入《海上文学百家文库》中《杭约赫、陈敬容、唐祈、唐湜卷》(上海文艺出版社二〇一〇)。

③ 曹辛之《面对严肃的时辰——记〈诗创造〉和〈中国新诗〉》。

人的眼色和号令行事,也不存在"在人屋檐下哪能不低头"的无奈,在审美意识上具有相对的独立性,而不轻易被外在流行的观念所束缚或控制,在论争中能起而据理反驳,坚持走自己认定的诗学之路,让别人去攻击谩骂。而自视革命的批判者尽管言语蛮横偏激,但他们手中并没握有置对方于死地的政治权力和经济命脉,被批判者的生存权没有受到致命的威胁和无情的剥夺,因此以后几集的《中国新诗》作者们依然坚持自己的美学个性特点,编者们还是一如既往地精选来稿,使刊物继续保持着流派风格。

不过,有理想追求的文化人(乃至于有思想的老百姓)哪怕经济上再独立,但在掌握国家机器的专制政权面前,事业依然受到压制、人身依然受到威胁,在一批批民间刊物被强行取缔查禁的同时,《中国新诗》和《诗创造》的遭遇也不例外。无论办出版社还是办刊物都"未能躲开国民党反动派的监视,经常有一些可疑的人冒充'诗人'或'读者'来'光顾',星群通过书业公会订的纸张被扣留,寄往外地的书刊邮件被没收。"[①]两刊最终还是被查封,出版社被抄,所出书籍被毁,幸好杭约赫不在场,后避走香港;唐湜在出版社伙计的提前告知下躲过一劫;辛笛发现有"尾巴"跟踪,把家眷送往香港,只身在上海东躲西藏,陈敬容、唐祈也先后离开了上海。

---

① 曹辛之《面对严肃的时辰——记〈诗创造〉和〈中国新诗〉》。

五

"九叶"诗人之所以能够走到一起,与他们的民主文化意识比较一致有关,也与上海的文化精神有着某些呼应。

在四十年代后期的民间报刊文字中可以看到向往"和平民主"是不少人的共识,但不是所有的言谈者都具备了民主意识的。在"九叶"诗人群体形成的过程中可以看到他们的艺术民主意识体现在办刊的过程中,也体现在他们的审

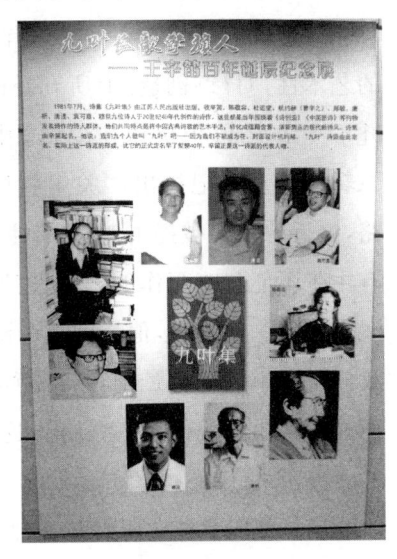

"九叶"展览板

美观念中。民主对他们来说,不是口号,而是贯彻在实际的交往中、渗透在艺术的观念中:"大家在争取民主,在这民主运动中(它应该不是仅属于某一阶层或某一集团的运动吧),我们起码也应该让一个写诗的人有他抒阐自己感情的'民主'。"①他们的民主意识表现在:

一是他们对无论抒发知识分子的感情,还是劳苦大众的感情,只要是表达真实情感,都表示欢迎;《诗创造》最初

---

① 《编余小记》,《诗创造》第五辑,一九四七年十一月。

主张在大方向一致的情况下兼容并包的编辑方针尽管使它的流派风格不明显,但却体现了刊物主持人的民主意识。

二是杭约赫等诗人其实是有自己的美学倾向,看重诗的艺术性,对《诗创造》上所刊登的诗作、文章的一些观点并不一定赞成,但仍让其在杂志中占有一席之地。例如第二辑的编余小记指出:"关于新诗的方向,它所应走的道路,最近曾屡次被提出讨论,有主张重视作品的现实性的,有主张不能忽略写作的艺术性的……这里我们刊登了洁泯先生的一篇文章,他特别强调诗的政治内容。这种看法我们虽然不能完全赞同,新诗距离决定性的结论尚远,它面前的路决不止仅仅一条;但,这也不失为一个很有意义的意见。"①

三是他们在外在压力和内部观点不统一的情况下,从《诗创造》分离出来、另办《中国新诗》,并没有因此与《诗创造》的诗友们反目为仇,而是与原先创办及续办《诗创造》的林宏、郝天航、沈明、康定等始终保持着友好的关系,直至他们各自经历风风雨雨之后的晚年②。尤其是杭约赫,他一人仍兼管两个出版社(星群出版公司和森林出版社)的业务,而且《诗创造》第二年的编辑技术工作和经理业务仍由他担负。《诗创造》和《中国新诗》的封底互相为对方的杂志

---

① 《编余小记》,《诗创造》第二辑,一九四七年八月。
② 参见王圣思《父亲辛笛与"九叶"诗友》,《上海文学》二〇一〇年第五期,收入《何止为诗痴·辛笛》,东方出版中心,二〇一〇。

刊登广告，广做宣传。

四是他们既坚持自己的美学理想，同时也能欣赏和他们不同诗观、不同风格的诗人作品，唐湜在指出穆旦们作为现代主义浪峰的同时，也赞赏"另一个浪峰该是绿原他们的果敢的进击组成的"，认为绿原们"不自觉地走向诗的现代化道路，由生活到诗，一种自然的升华"，他们"崇高、勇敢、孤傲，在生活里自觉地走向了战斗"，文章还表达了美好的期盼——两个浪峰"会一齐向一个诗的现代化运动的方向奔流，相互激扬，相互渗透，形成一片阔大的诗的高潮吧"。①

五是从他们论辩的文风来看，也体现了艺术的民主意识，是说理的分析的辨证的客观的。在袁可嘉的《诗与民主》②中更有系统的理论阐释，指出："最普通的误解是将民主只看作狭隘的一种政治制度，而非全面的一种文化模式或内在的一种意识状态；将诗只看作推进政治运动的工具而非创造民主文化和意识的有机部分。"他把民主提到作为文化形态的高度、作为人人所应该具备的内在意识状态的广度来理解，也就看到民主文化"所要求的辨证性、包含性、戏剧性、复杂性、创造性、有机性、现代性"，同时认为"民主文化的特质可以笼统地被描写为'从不同中求得和谐'"，既看到重点落在"不同"上，又看到同时落在"和谐"上，论证了这二者"不仅不彼此抵销，而且能相互增益，而蔚为灿烂的

---

① 唐湜《诗的新生代》，《诗创造》第八辑，一九四八年二月。
② 《诗与民主》最初发表在天津《大公报·星期文艺》一九四八年十月三十日。

理想文化"。①

六是"九叶"的民主意识还体现在对自身的知识分子身份是自省的,如杭约赫的《知识分子》、辛笛的《手掌》、《识字以来》,陈敬容《陌生的我》等,也许正是因为有这份自省自审,在以后的年代他们感到自己的诗艺不合时宜或搁笔不写,或改做译事,或进大学教书,或做装帧设计,或小心地潜在写作,或根本改行搞工业,但内心仍保持一份知识分子的自我独立②,甚至三十多年后仍把自己看成只是陪衬革命红花的九片叶子而取名"九叶"③。此时这种谦虚既含有历次政治运动之后的余悸,但也继续凸现了他们的自省意识。

当然,也正因为在当时他们形成的是比较松散的诗人群体,以九人为主,还有其他诗艺接近的同道或已有影响的诗人在《中国新诗》上发表作品④,因此在客观上也使他们

---

① 袁可嘉《诗与民主》,收入袁可嘉《论新诗现代化》第四〇—四十一页,三联书店,一九八八。

② 从"九叶"诗人在北大荒、在"文革"中悄悄写下的现代诗及旧体诗中可见。

③ 郑敏在《遮蔽与差异——答王伟明先生十二问》一文(收入《诗歌与哲学是近邻——结构-解构诗论》第四五五-四五六页,北京大学出版社一九九九)和在《必然中的偶然——辛笛与"九叶"的诞生和命名》一文(收入王圣思主编《记忆辛笛》第一七〇页,宁夏人民出版社二〇〇六)中都提到"九叶"如何命名的情景。

④ 正因为如此,我在编选《九叶之树长青》的时候接受编委会陈子善老师建议,将选本分为两辑,前一辑选入"九叶"诗人作品,后一辑收入了发表在《诗创造》和《中国新诗》上的诗风有某种接近的诗作,目的在于展现促成"九叶"诗人流派风格的那一片园地。

没有党同伐异、排斥异己,搞小圈子的可能。

"九叶"诗人有各自的艺术个性,但在诗学观点上有相近之处,他们追求审美内涵和审美手段多元化的综合。他们根植于中国现实的土壤,直面人生和自我,努力把诗歌建构在内心世界和外在世界的重叠点上,无论是时代、社会的重大题材,还是日常生活的思想感情,只要能在内心引起鸣响和回荡的,都在他们诗歌表现的范围之内,因此他们的诗歌既有对现实个性化的表现,又有对人生经验的深刻体察,还有对宇宙哲学的深思默想。同时他们特别重视审美的中介作用,借鉴融化中外诗歌艺术,表现在主观性和客观性的统一,知性和感性的结合,写实和象征的交融等,生活的内在经验通过丰富的艺术转化而升华为底蕴丰厚的诗。尽管他们的艺术实验并不全是成功的,但他们努力思考创新,及时加以理论总结,有着诗艺探索上的自觉。①

这些诗学观点与他们所受的文化教育相关。他们中大多受过大学教育,熟练掌握一门外语,接受过系统的西方文学和文化教育,从浪漫主义、现实主义到现代主义等文学思潮和代表作家那里都能汲取到他们所认可的艺术因子,而处于同时代的西方现代诗人艾略特、奥登、里尔克等尤能引起他们的共鸣。中国文化和文学更是与生俱来地浸润着他们,五四以来的中国新诗也给予他们多种养分,中西文化互

---

① 因篇幅所限,此处不再展开对他们诗作的具体评析,可参见拙文《"九叶"诗派对西方诗歌的审美选择》、《"九叶"诗人的共性和个性》等,收入王圣思《静水流深·我看九叶诗派》,上海教育出版社,二〇〇二。

为参照,使他们视野开阔,取长补短,相得益彰。他们生活在不同于西方的中国现实空间,身临不同于三十年代中国现代派的时代风云,他们对四十年代诗坛的弊病有着清醒的认识:一是直接说教,对现实作机械狭隘的表层反映,诗的审美受到排斥;二是主观感伤,滥情浮泛口号宣泄,诗的源泉日见枯竭,三是只重形式技巧,繁复空洞,诗的内涵日益单薄。他们立足现实,感受时代,博采中西现代诗艺,自觉探索中国新诗现代化的新路,对诗歌的共同热爱和种种共识,使他们互相关注、互相认同、互相应求,最终走到一起来,这也是一种历史的必然。

因此,"九叶"诗人群体形成的原因是多方面的,而正是上海为他们提供了文化土壤,创造了活动空间,上海兼容并蓄、博大宽广、民主开放的文化精神和他们的追求有着种种契合,因此,"九叶"之树于风云变幻的时代能够在《中国新诗》《诗创造》等园地里扎根生长,才有条件形成这样独特的诗歌流派,并以他们的诗歌艺术在中国新诗史上留下探索突破创新的永恒印记,也成为百年海上文学丰富多彩的风景之一。

二〇一〇年十二月初稿
二〇一一年二月定稿